BÄRENWANDLER-BILLIONÄR

BUCHPAKET ALPHA ROMANZE, 4 BÄNDE

AJ TIPTON

Übersetzt von
JULIAN FREIHEIT

Illustrated by
LYDIACHAI

DER ERBE EINES ALPHAS

Der Mahagonitisch krachte in einem Glassplitterregen durch das Fenster.

Das Fenster hatte ich gerade erst reparieren lassen, dachte Orson und ballte seine Fäuste um das Laken, das ihm um die Hüfte hing. Die kalte Luft blies durch das zerbrochene Fenster, traf auf seine nackte Brust und ließ seine Brustwarzen sich verhärteten.

„Beruhige dich, Dad", sagte er zähneknirschend.

Der Bär in seiner Brust wütete schon und versuchte sich, in Anbetracht der anbahnenden Gefahr, zu befreien. *Nicht jetzt. Nicht hier*, sagte er dem Bären und zwang ihn wieder zurück. *Nicht, solange sie noch in Gefahr ist.*

„Du wagst es, dich mir zu widersetzen! Du bist eine Schande für deinen Klan!", brüllte Nikolai, ergriff Orsons Lieblingssessel und schmetterte ihn gegen ein Bücherregal. Die Regalbretter zerbrachen scheppernd und verteilten Orsons Bücher über Programmiersprachen quer über den ganzen Boden. Der kugelförmige Preis, den Orson für seine herausragenden Leistungen im Bereich innovativer Software erhalten hatte, rollte über das Parkett.

„Bitte... ich wusste es nicht." Der Grund für den heutigen Ärger winselte in der Ecke. Sarah zog sich zitternd wieder an, ihre vorzüglichen Kurven verschwanden unter ihrem riesigen Pullover.

Sie trafen sich seit einigen Tagen, aber Orson wusste bereits, dass es nichts auf lange Sicht sein würde – der Bär in seinem Inneren hatte sie nie wirklich gemocht – aber erst vor ein paar Stunden hatte er sie dazu überreden können, sich endlich einmal all ihre Kleider vom Leib zu reißen und Sex mit ihm zu haben. Als sie bemerkte, wie sehr er den Anblick ihrer großen, schweren Brüste genoss, während er hart in sie eindrang, machte sie erst richtig wild. Der beeindruckte Gesichtsausdruck, war allerdings nichts gegen den zu Tode erschrockenen Blick, den sie in diesem Moment hatte. Er war gerade fertig geworden, als sein Vater die Tür zu Kleinholz verarbeitete.

„Du bist mein Sohn!", brüllte Nikolai. „Ich bin der Alpha. Du wirst deinem Klan dienen oder ich werde dich umbringen." Er hielt für einen Augenblick inne. „Oder besser noch: Ich werde nach Cleo schicken. Sie wird deinem lächerlichen Verhalten einen Riegel vorschieben."

Weil ich mal wieder daran erinnert werden muss, dass du denkst, Cleo sei ein besserer Alpha für unseren Klan als dein eigener Sohn, dachte Orson, während er tief durchatmete. Er ging sich mit einer Hand durch sein kurzes, schwarzes Haar und ermahnte sich innerlich, dass er seinen Vater zu respektieren hatte.

Nikolais Flanellhemd fing an zu reißen, als sein innerer Bär sich schon unter seiner Haut streckte und letztendlich den rot und schwarz karierten Stoff in Stücke riss. Unter dem zerrissenen Hemd konnte Orson die Narben seines Vaters sehen, die sich kreuz und quer über seine Brust verteilten. Jede Narbe eine Erinnerung daran, was für unterschiedliche Ansichten sie hatten, was gut für ihren Klan sei.

„Cleo hat ihre eigenen Angelegenheiten, um die sie sich kümmern muss", sagte Orson.

Er hob Sarahs Handtasche vom Boden auf und ging langsam zu ihr herüber, seinen Körper immer schützend zwischen ihr und seinem pirschenden Vater.

„Cleo hat keine Angelegenheiten, die wichtiger sind, als sicherzustellen, dass ihr Verlobter ihr treu bleibt", sagte Nikolai. Er hob den rollenden Preis auf und schmetterte ihn durch das nächste Fenster.

Ich wette mit dir, dass Cleos Fortune-500-Unternehmen das nicht so sieht, aber Orson biss sich auf die Zunge und verkniff sich diesen Kommentar. Er warf stattdessen einen

Blick durch den zerstörten Raum. Solange sein Vater seine Wut an seinen Möbeln und Auszeichnungen ausließ, würde wenigstens Sarah nichts weiter passieren.

„Wer ist Cleo?", flüsterte Sarah, als sie die Tasche nahm und fest an ihren Körper drückte.

„Arrangierte Hochzeit. Glaub mir, es bedeutet gar nichts", sagte er ihr. Er konnte sie riechen. Das Parfüm, das sie aufgetragen hatte, konnte nicht wirklich den beißenden Geruch ihrer Angst übertünchen. „Ich werde dich morgen anrufen." Er behielt weiterhin seinen Vater im Auge und half ihr mit einer Hand auf die Beine.

„Nein, wird er nicht!", schrie Nikolai und trat die auf dem Boden verstreuten Bücher in die Luft. „Mein Sohn wird keine *Kontakte* mit menschlichem Abschaum haben!"

Sarah wich etwas von Orson zurück und benutzte die Wand, um sich selbst wieder auf die Beine zu helfen. „Es tut mir leid, Orson. Du warst großartig, aber ich habe wirklich keine Zeit mich mit...", sie schaute auf ihn und seinen Vater, „all dem hier auseinanderzusetzen."

Orson nickte und verzog keine Miene. Er hatte sich zwar nicht in sie verliebt, aber eine Abweisung tat trotzdem immer weh. Er hatte sie dreimal zum Kommen gebracht; *sicherlich* würde sie ihn so schnell nicht davonziehen lassen.

Sarah war wieder auf den Beinen, umklammerte immer noch ihre Handtasche vor sich.

Offensichtlich hatte sie ihn doch schon drangegeben. Er nickte, um ihr zu zeigen, dass er sie verstanden hatte und drehte sich wieder zu seinem Vater.

Er konzentrierte sich auf die weichen Fasern des Lakens zwischen seinen Fingern, während er Sarahs Stiefel auf dem Marmorboden klicken und zur Tür hinausgehen hörte. Er hörte, wie sie die Autotür zuschlug, gefolgt von dem lauten Zünden ihres Motors und wie er langsam leiser wurde, als sie davonfuhr. Orson konzentrierte sich auf seinen langsamen und gleichmäßigen Atem, bis er den Wagen nicht mehr hören konnte.

Dann ließ er ihn raus.

Sein innerer Bär platzte aus ihm heraus und er verwandelte sich in einen riesigen Grizzly. Sein gewaltiger, pelziger Kopf streifte die drei Meter hohe, hölzerne Decke.

Orson fühlte sich das erste Mal seit Stunden wieder *gut*, als sein menschliches und tierisches Selbst zu seiner wahren Form von Muskeln, Klauen und Reißzähnen verschmolzen. Er brüllte auf, so dass die Wände erzitterten und die Gemälde und Spiegel auf den Boden schmetterten.

„Junge, du bist zu schwach", knurrte Nikolai, während er sich ebenfalls in seine Bärenform verwandelte und sein Kopf bis zu Orsons Schulter reichte. Sein verlängerter Kiefer verzerrte seine Stimme zu einem tiefen Knurren, aber seine Worte und seine Geringschätzung waren eindeutig. „Als ich in deinem Alter war, hatte ich schon den Alpha bezwungen. Und was hast du erreicht? Du spielst mit deinem Computer herum!"

„Ich habe es für den Klan getan!", brüllte Orson. Seine Alpha-Instinkte drängten ihn dazu seinem Vater zu beweisen, dass er Respekt verdiente. In den Augen seines Vaters war das Entwickeln von milliardenschwerer Software etwas Erbärmliches.

In seiner Bärenform war es noch schwerer den Instinkten zu widerstehen seinen Vater herauszufordern. *Er ist der Alpha*, wiederholte er sich immer wieder innerlich. *Es ist meine Pflicht den Alpha zu respektieren.*

„Und was bedeutet dein Geld, wenn deine Taten nur Schande über unseren Klan und meinen Namen bringen? Du hast mit einem Menschen rumgemacht, Orson, einem dreckigen *Menschen*."

Orson zwang sich wieder zurück auf alle Viere, beugte seinen Kopf vor. Er wollte klarstellen, dass es nicht bedeutete, dass er seinen Klan nicht respektiere, nur weil er mit einem Menschen vögelte. Es gab zu wenige Bärenklans, die außerdem noch zu verstreut waren, als dass man der alten Tradition folgen konnte und sich nur mit anderen Bärenwandlern paarte. Nur eine Handvoll der Alphas aus der Alten Welt, wie sein Vater einer war, klammerten sich an diese engstirnige Lebensweise. Vor langer Zeit wurde zur Waffenruhe zwischen den Klans aufgerufen und die alte Tradition gewalttätiger Auseinandersetzungen um Ränge beendet. Nikolais Welt gab es schon nicht mehr, bevor Orson überhaupt geboren war.

Die alten Rivalitäten waren natürlich immer noch vorhanden; altertümliche Fehden verschwanden nicht so einfach. Aber sie wurden in der heutigen Welt ganz anders ausgetragen, und zwar durch das mächtigste Symbol des modernen Zeitalters: Geld. Jeder andere Alpha-Anführer wäre stolz auf Orsons Erfolg gewesen. Er hatte für seinen Klan Software für Milliarden verkauft. Er hatte bewiesen, dass er in der Lage war für die Seinigen zu sorgen, indem er ihnen Macht und Ehre einbrachte.

Wie hatte sein Vater reagiert, als er seine ersten Milliarden gemacht hatte? Er hatte ihn ausgelacht, weil er nicht genügend Narben hatte.

Orson biss die Zähne zusammen und konzentrierte sich darauf, sich wieder in einen Menschen zu verwandeln. Sein innerer Bär heulte auf und kämpfte, aber Orson bezwang ihn. So sehr sein Vater ihn auch aufregte, Nikolai war immer noch der Alpha und Orson musste das respektieren.

Er hob den umgeschmissenen Sessel auf und stellte ihn wieder auf seine Beine. Der hölzerne Rahmen war kaum beschädigt worden. Orson bemühte sich nicht das Laken wieder um seinen nackten Körper zu wickeln, bevor er sich auf den Stuhl setzte. Er hatte das Laken nur wegen Sarahs menschlichem Schamgefühl verwendet. Jetzt wunderte er sich, warum er sich überhaupt mit ihr abgegeben hatte.

Orson bemerkte mit Gefallen, dass sein Vater in seiner Bärenform blieb und auf allen Vieren umherschritt. Selbst wenn Orson in seiner schwächeren, menschlichen Form war, nahm Nikolais Bär ihn noch als eine Bedrohung wahr.

„Wenn du nicht auf mich als dein Vater hören willst, dann hör wenigstens auf mich als dein Alpha. Du sollst das Bündnis, das ich zwischen dir und Cleo hergestellt habe, respektieren oder ich werde dich enterben."

Orson blieb regungslos. Er wollte glauben, dass es nur eine leere Drohung seines Vaters war. Er hatte keine Geschwister und der Klan hatte ebenso wenig andere potentielle Alphas. Wenn Nikolai ihn enterbte, dann würde der Klan auseinanderbrechen und Orson als ein Alpha ohne Familie oder Namen zurücklassen. Natürlich hätte er immer noch das Geld, was er gemacht hatte, aber er würde den Klan verlieren, den er sein Leben lang beschützt hatte.

Fühlte sein Vater sich wirklich so bedroht, weil sein Sohn nicht das blutrünstige Ebenbild seiner selbst war, dass er Orson tatsächlich enterben würde?

Orson beobachte seinen aggressiv umherschreitenden Vater eingehend und die kühle Entschlossenheit in seinen Augen.

Er würde.

„Okay, Vater. Ich werde Cleo heiraten und mich von anderen Frauen fernhalten." Orson fühlte, wie Kopfschmerzen einsetzten. *Cleo heiraten?*

Nikolai nickte langsam, sein Blick verengte sich. „Gut, sieh zu, dass das geschieht."

Ich brauche einen Drink.

❦

„SCHEISSE!", fluchte Casey, als sie das Bierglas auf dem Boden zerschmettern sah. Sie zog Handfeger und Kehrblech unter der Bar hervor und seufzte. *Genau so wird es heute weitergehen. Chaos im Job, falsche Klamotten und jetzt fange ich schon an Dinge zu zerbrechen.*

AUDREY'S Bar war für einen Dienstag relativ ruhig. Die Stammgäste waren noch nicht da und der Vampir in der Ecke nippte an einer Mischung aus A positiv und Wodka und war so vertieft in einen Krimi, dass Casey sich sicher war, dass er es nicht einmal bemerken würde, wenn eine Parade Tigerwandler in Ganzkörperanzügen durch die Bar tanzen käme. Casey warf die Glassplitter so leise sie konnte in den Müll und hielt sich dabei den Saum ihres Hemdes fest, als sie sich vorbeugte. Dieses Hemd war kürzer als ihr lieb war; das Letzte, was sie heute noch brauchte, war, dass es heute zu hoch rutschte.

„Tut mir leid, Audrey. Das werde ich auf jeden Fall bezahlen", rief sie zur Barbesitzerin herüber, die gerade Drinks servierte.

„Ach, mach dir keinen Kopf deswegen", grinste Audrey, während sie ein paar Eiswürfel in den Mixer warf. Sie schnipste mit den Fingern und der Rest von zerbrochenem Glas verschwand in einer dramatischen Rauchwolke vom Boden. „Du wirst eh nicht den Rekord von Lola im Zerstören von Gläsern brechen können. Obwohl das eher ,werfen' als ,fallen' war..."

Casey sah mit Erstaunen, wie die Cocktails von Audrey in der Luft schwebten und über den Köpfen der Gäste flogen, um dann ganz seicht auf den Holztischen neben ihnen zu landen.

Ich werde mich wohl nie an diesen Ort gewöhnen.

Casey wusste, dass es eine Bar für Übernatürliches war, als sie von Audrey als Servicekraft eingestellt wurde. Aber selbst noch nach einem Jahr kam Casey aus dem Staunen nicht raus, wenn Audrey ihr Können als Hexe unter Beweis stellte. Manchmal war es wirklich langweilig nur ein normaler Mensch zu sein.

Die Türen zur Bar krachten unter Geschrei auf, als sechs mit Schlamm bedeckte, mehr oder weniger bekleidete Männer mit einem Trinklied auf den Lippen singend hereinkamen. Sie trugen den Sieger auf ihren prallen Schultern, grölten und hinterließen überall schlammiges Wasser auf dem Boden.

Casey musste sich anstrengen, bei dem Anblick von so viel nacktem Muskelfleisch, nicht gleich loszusabbern. Das war einer der Vorzüge, wenn man bei AUDREY'S arbeitete: die Wandler. Jeder steht auf einen bestimmten Typ. Und Caseys war groß, halb-nackt und knurrte.

„Orson ist unser Wandler-Challenge-Sieger!", Lolas Stimme erklang in der Bar, als sie hinter den Männern eintrat. Die langen, schwarzen Zöpfe der Barkeeperin schwebten über ihrem Kopf, als würde sie ein eigenes Leben besitzen. Ihr strahlend rotes Lächeln hatte denselben Farbton wie die Rosenblätter ihres stachligen Tattoos, welches sich um ihren Nacken schlang und in ihr üppiges Dekolleté fiel. Mühelos griff Lola mit geübter Hand über die Bar und schnappte sich ein paar leere Krüge, während sie durch die Luft sprang und die Krüge in einer geschmeidigen Bewegung unter den Zapfhahn stellte. „Besorgen wir unserem Champion erst mal einen Drink!"

Audrey und Casey applaudierten hinter der Bar, während die Männer in fröhliches Gebrüll einstimmten. Casey konzentrierte sich darauf, möglichst neutral zu schauen, als Orson der Bärenwandler zu Boden gelassen wurde und die Gruppe sich an einen der hinteren Tische setzte. Solche heißen Typen nahmen keine mittellosen, übergewichtigen Barkeeperinnen wahr, geschweige denn, fingen etwas mit ihnen an.

Lola lächelte wieder mit ihrem mysteriösen Grinsen, während sie zapfte. Es war immer schwer herauszufinden, was Lola wirklich dachte, aber Casey wusste, dass Lola sehr stolz auf die Dienstagnacht-Wandler-Challenge war. Lola stellte die Hindernisse selbst auf: Ein Geflecht von Holzstämmen und Seilen für die Werwölfe, Werpanther, Fuchswandler und so weiter, damit sie sich gegenseitig in ihrer verwandelten Form messen konnten. Wenigstens brachte es immer ein gutes Trinkgeld an einem Dienstagabend; etwas was Casey im Moment sehr gut gebrauchen konnte.

„Hey, was ist los?", Audrey schaute Casey schräg und mit hochgezogener Augenbraue an. *Erwischt*. Casey wusste, dass sie sich diesem Gespräch nicht mehr entziehen konnte, wenn Audrey sie so ansah.

Casey fummelte an einer ihrer blonden Locken und verfluchte sich innerlich, dass sie es einfach nicht schaffte ein Pokerface zu wahren. „Meine Catering Firma hatte diese große Lieferung diese Woche. Alles lief perfekt, bis sie dann vor 20 Minuten abgesagt haben. Sie sind vertraglich dazu verpflichtet die eine Hälfte des Essens zu bezahlen, aber ich verliere die zweite Hälfte und habe noch die Kosten für den Kühllieferwagen zu tragen. Es war diese reiche Familie, die eigentlich zu weiteren Kunden führen sollte, aber jetzt bin ich am Arsch."

Audrey schlang die Arme um Casey. „So wie du kochst? Es gibt überhaupt keinen Zweifel, dass du für kulinarische Meisterwerke gemacht bist. Bring das Essen herein und wir verkaufen es an alle hier in der Bar. Sie werden nicht widerstehen können!"

Casey wusste die Umarmung zu schätzen, obwohl sich Audreys dünnes Gestell klein und spitz an ihrem weichen und großen Körper anfühlte. „Aber da gibt es doch noch diese rechtliche Sache..." Sie wedelte mit ihrer Hand durch die Luft, während sie über den offiziellen Wortlaut nachdachte. „Man darf Essen nicht weiter verkaufen. Aber man könnte es verschenken." Casey lächelte das erste Mal nach gefühlten Stunden. Wenigstens würde das Essen gegessen werden. Casey mochte es Leute mit Essen zu versorgen. Selbst, wenn sie damit kein Geld verdienen würde, dann würde sie wenigstens die entzückten Gesichter der Wandler sehen, wenn sie in ihr Essen beißen.

„Könntest du vielleicht bei dem Wandler-Champion anfangen?", Lola ging wieder zurück und zeigte zu dem Tisch mit den schlammbedeckten Wandlern. Orson breitete sich auf einem der Barstühle aus, was das Holz sehr klein erscheinen ließ im Vergleich zu seinem riesigen Körper. Casey verlagerte ihr Gewicht auf den anderen Fuß, während sie versuchte nicht auf seinen zu großen Teilen nackten Körper zu starren. „Bären sind überraschend schnelle Läufer. Viele wissen das nicht." Lola hievte problemlos eine Kiste Wodka auf ihre Schulter und zwinkerte. „Und sie könnten dich noch auf eine Menge anderer Arten überraschen."

Audrey kicherte über Lolas zurückhaltende Wortwahl und schlug mit einem nassen Tuch nach ihrem Hintern, als sie vorbeiging. „Ich würde auf Lola hören, Casey. Sie weiß normalerweise, wovon sie spricht. Obwohl ehrlich gesagt: Der ist nicht wirklich mein Typ."

Casey starrte ihre Chefin an. *Ist die Frau verrückt?* Orson war *perfekt*. Sie hatte ihn schon einige Male in die Bar kommen sehen, hatte sich aber nie getraut ihn einmal anzusprechen. Sein Brustkorb war so kräftig und breit, dass er sogar ihre breite Taille in Schatten hüllte. Seine babyblauen Augen stachen gegen sein dunkles, schwarzes Haar hervor wie kleine Juwelen. Und seine Bartstoppeln waren wie Kanten an seinem Kiefer, die perfekt zu der kleinen Delle in seinem Kinn passten. Jedes Mal, wenn er die Bar betrat, musste Casey sich davon abhalten sich mit einer Serviette Luft zuzufächern.

„Hmmm, ich finde der sieht doch ganz akzeptabel aus", sicherte sie sich ab.

Wenn sie zugab, wie heiß sie eigentlich auf ihn war, würden Audrey und Lola solange nicht aufhören, bis sie in seinen Schenkeln versinken würde,. Und dann würde sie von ihm wieder nur zu hören bekommen, dass sie „total lustig und süß" sei, aber dass er eher auf Frauen stand, die „nicht so leicht ins Schwitzen gerieten". Was bei Männern so viel hieß wie: Frauen, die eher weniger bis gar nichts essen.

„Es spielt eh keine Rolle", sagte Casey. „Ich muss das Catering-Geschäft wieder ans Laufen kriegen. Ich werde keine Zeit für irgendwelche Dates haben."

Audrey kicherte und zeigte auf die Schlammpfütze, die sich inzwischen vor dem Eingang gebildet hatte. Der Schlamm verschwand wie von Geisterhand und ließ nur eine saubere Reihe an Fliesen zurück. „Schon klar. Damit lass ich dich jetzt einfach mal davon kommen, Kleines. Aber glaub ja nicht, dass ich dir glaube. Schnapp dir mal das Essen aus dem Wagen; ich kümmre mich darum, dass die blauen Augen hier nicht einfach abhauen."

Casey summte vor sich hin, während sie die kalte Metalltür des Kühllieferwagens aufschloss. Der Duft von gegrilltem Seewolf mit Habanero-Chutney, in Buttermilch gebratene Hühnerbrust auf würziger Soße, der gegrillte Lachs mit einem kreolischem Schrimps-Risotto und die

Bouillabaisse mit Okraschoten und Schinken lag in der Luft, als würden sie sie mit einem freundlichen Lächeln willkommen heißen. *Vielleicht wird der Tag heute doch nicht so schlimm, wie ich dachte.*

„Hey, du." Eine tiefe Stimme überraschte sie von hinten.

„Scheiße!", kläffte Casey, während sie sich umdrehte und ihre Schlüssel wie ein Messer vor sich hielt. Orson stand hinter ihr, seine Brust mit Schlamm befleckt, was ausgezeichnet zu seinem sexy Gesamtpaket passte. Sie fühlte, wie ihr Gesicht heiß wurde und rot anlief.

„Orson Antonov." Er hielt ihr die Hand hin. Casey wollte gerade seine Hand schütteln, da bemerkte sie, dass er ein Bündel Geld in der Hand hielt.

Waren das alles Hunderter? Sie hatte noch nie so viel Geld auf einmal gesehen. Casey schaute ihn wieder an und war nicht sicher, ob sie aus Verwirrung, Neugierde oder Aufregung handeln sollte. *Vielleicht sollte ich ihn einfach küssen.* Bevor sich dieser streunende Gedanke manifestierte, verdrängte sie ihn ganz schnell wieder.

„Ich denke, das sollte die Kosten decken können." Er drückte das ganze Geld in Caseys Hand, schritt dann an ihr vorbei und hob die Paletten mit dem Essen auf, als würden sie überhaupt nichts wiegen. „Ich zahle bar, damit du keine Probleme wegen deiner ‚rechtlichen Kleinigkeit' bekommst." Er drehte sich um und verschwand in der Dunkelheit.

Verdammte Wandler und ihr gutes Gehör. *Scheiße. Was habe ich noch alles gesagt?* Sie wollte sich gerade herumdrehen und etwas sagen, wusste zwar noch nicht was, aber da war er auch schon verschwunden.

~

ORSON IGNORIERTE die Katastrophe in seinem Wohnzimmer. Er hatte seinen Bediensteten gesagt, dass sie nicht aufräumen sollten; das zerschmetterte Glas und die Holzscherben waren eine Erinnerung an die Worte seines Vaters. *Warum habe ich nur gesagt, dass ich der Heirat mit Cleo zustimme?*

Es war so einfach, die Realität mit seiner Verlobten zu vergessen, wenn der Geruch von Caseys Essen immer noch in der Luft lag.

Ihm war die Barkeeperin schon vorher aufgefallen; es war unmöglich sie zu übersehen. Wenn er ganz ehrlich zu sich selbst war, dann hatte er Sarah auf der Software Expo nur aufgerissen, weil sie ihn an Casey erinnerte. Die Barkeeperin hatte unglaubliche Kurven und es raubte ihm den Atem, wenn er sah, wie sich ihre Brüste aufbauten, wenn sie sich auf die Theke lehnte. Und ihr Geruch... es war eine Mischung aus weiblichem Moschus, frischem Teig und Cayennepfeffer.

Er ließ die Schale mit dem gebratenen Hühnchen neben sich aufs Bett fallen, leckte sich die Finger und lehnte sich zurück. Er nahm einen tiefen Atemzug und genoss den Geruch von frischen Brötchen und Butter.

Er griff nach unten, um seinen Gürtel zu öffnen und seine enge Hose auszuziehen. Den ganzen Weg nach Hause war er schon steinhart gewesen, so dass er fast zweimal von der Straße abgekommen wäre. *Was hat diese Frau an sich, dass sie mir nicht mehr aus dem Kopf geht?*

Selbst seinem inneren Bären schien sie zu gefallen, etwas, was er nicht ignorieren konnte. Jedes Mal, wenn er die AUDREY'S Bar besuchte, dann wurde sein innerer Bär zu ihrem Duft hingezogen. Jedes Mal, wenn er sie sprechen hörte, bestätigte sie ihm, dass sie clever, kompetent, loyal, lustig und...wunderschön war... *Ich bin in Schwierigkeiten.*

Es waren nur noch Reste von dem Seewolf übrig, nachdem er bis aufs letzte Stück alles auf dem Heimweg gegessen hatte und auch das Buttermilch-Hühnchen war schon fast weg. Er versuchte sich selbst dazu zu überreden, den gegrillten Lachs und die Bouillabaisse lieber einzufrieren und für später aufzuheben. Aber auch nur der Gedanke, diese Gerüche von ihm wegzusperren, kam ihm so unvorstellbar vor, wie sein Leben mit Cleo zu leben.

Es war *sehr* gut, dass Casey nicht mit Männern ausging. Als er sie in der Bar belauscht hatte, fühlte er zuerst eine herbe Enttäuschung, gefolgt von sofortiger Erleichterung. Wenn diese Frau noch zu haben war, dann wäre es unmöglich, seinem Vater gegenüber Wort zu halten.

Aber, *verdammte Scheiße*, wenn Casey zugegeben hätte, dass sie ihn wolle, als Audrey sie bedrängte, dann hätte ihn nichts mehr aufgehalten Casey in AUDREY'S berühmtes Rendezvous-Hinterzimmer zu ziehen. Lola hatte die Angewohnheit Gäste, die sie abschleppen wollte, mit zu vielen Shots abzufüllen, damit sie im Hinterzimmer ihren ‚Rausch ausschlafen' konnten. Einigen Gerüchten zu Folge resultierten daraus bisher mindestens ein Kind, drei Hochzeiten und ein Friedensvertrag.

Er zog sich die Boxershorts aus und stellte sich den Raum vor, so wie seine Freunde ihn geschildert hatten. Er griff mit seinen fettigen Hühnchenfingern nach seinem Schaft und fing langsam an ihn zu reiben. Wenn Casey ihm gesagt hätte, dass sie auf ihn stehe, dann wäre er nicht mehr in der Lage gewesen zu warten, bis er zu Hause war.

Orson wusste genau, dass er sie sich über die Schulter geworfen und direkt in das Hinterzimmer getragen hätte. Dort hätte er ihr die Kleider vom Leib gezogen, wie ihrem perfekt mariniertem Hühnchen die Haut, und wäre mit seiner Zunge über ihre Brüste gefahren, als würde er ihre süße Habanero-Chutney Soße lecken.

Er übte noch mehr Druck auf seinen Schwanz aus, stellte sich vor, wie sie ihn ritt, ihre Brüste gegen ihren makellosen Körper schlugen, während sie ihn hart vögelte. Sie war stark; er konnte es daran sehen, wie sie die Ablagen der Gläser trug. Ihre Schenkel würden sie halten, während er in sie hinein stieß.

Er wollte hören, wie sie seinen Namen schrie, während sich ihre Muschi um seinen Schaft presste und ihre Lustschreie durch die ganze Bar hallten. Und er wusste, dass sie auch schreien würde. Sein Bär würde sie nicht so sehr wollen, würde er nicht eine ebenbürtige Kraft in ihr erkennen.

Er stellte sich vor, wie sie den Kopf nach hinten warf, während er ihr den Kitzler massierte, zärtlich in ihre Brust biss und sie mit geballter Kraft zum Höhepunkt kam. Es konnte nicht sein, dass eine Frau so perfekt war, ihre Kurven so perfekt gerundet, dass sie sich an seinen Körper schmiegen konnte. Sie sagte, dass sie sich nicht ausging, aber war sie sich überhaupt bewusst, welche Macht sie besaß: die Macht ihn in die Knie zu zwingen.

Der Orgasmus kam so plötzlich und unerwartet, dass er fast aus seinem Bett fiel.

Und sein Herz klopfte so laut, dass es einen Moment dauerte, bis er bemerkte, dass es an der Tür und nicht in seiner Brust klopfte.

Oh Gott, wenn das mein Vater ist, muss ich ihm sagen, dass er die Vermählung mit Cleo vergessen kann, dachte er, als er sich schnell die Hose an- und den Gürtel zuzog. Während er durch das Wohnzimmer zur Eingangstür schritt, überlegte er sich noch einmal genau, was er ihm sagen würde.

Die große Eichentür flog mit einem Knall auf, bevor er auch nur den Türgriff in der Hand hatte.

Cleo stand auf der anderen Seite, ihre Hand immer noch zur Faust geballt.

Ich brauche eine stabilere Tür.

„Hallo, Liebling. Ich habe gehört du hattest ein Gespräch mit deinem Vater", sagte sie, während sie auf ihren zehn Zentimeter hohen Absätzen an ihm vorbeischritt.

Sie war die Art von Schönheit, die man von übermäßig retuschierten Magazinen her kannte. Der graue Anzug passte ihrem schlanken Körper perfekt: Ihre Beine unter ihrem Rock waren wie gerade Pfähle aus Fleisch und Muskeln und ihr braunes Haar fiel ihr so perfekt auf die Schultern, dass jeder Stylist vor Neid erblassen würde. Orson kannte die Welt der Wohlhabenden gut genug, um zu erkennen, dass das goldene Logo auf Cleos Handtasche wahrscheinlich mehr gekostet hatte als Caseys gesamtes Monatsgehalt. Und Cleos große Sonnenbrille war wahrscheinlich teurer als Caseys Auto gewesen.

Wenn Dad wüsste, dass ich jetzt schon alles von Cleo mit Casey vergleiche. Orson zuckte zusammen, als er seiner Verlobten zurück durch das Wohnzimmer folgte. Er wäre sogar fast in Cleo reingelaufen, als sie mitten auf dem Flur innehielt, um sich ein Bild von dem Schaden zu machen.

„Erzähl mir, was passiert ist", sagte sie, während sie eine perfekt gezupfte Augenbraue hob und in seine Richtung blickte.

„Das spielt keine Rolle", sagte Orson, ging um sie herum, um sich dann in einen Stuhl fallen zu lassen. Er zeigte auf das weniger beschädigte Sofa und deutete ihr Platz zu nehmen.

Vorsichtig bahnte sie sich ihren Weg über das zerbrochene Glas und wollte sich gerade setzen, als sie wieder hochschnellte und loslief – *beeindruckend, wie sie das hinbekommt mit solchen Absätzen,* dachte er, *nur eines der Gründe, warum sie zäher ist als ich. Da bin ich mir sicher* – sie kam mit der Schale mit dem gegrillten Lachs zurück.

„Was ist das?", fragte sie und hob eines der Stücke hoch und biss etwas ab. Sie stöhnte und hielt die Schale mit dem Essen noch fester.

„Hey! Das ist meins!", rief er und sprang aus seinem Stuhl. Sie knurrte ihn an und tanzte zurück, hüpfte aus ihren High Heels, damit sie ihm besser ausweichen konnte und sprang dann auf den Küchentisch. Er war sich nicht sicher, aber es sah fast so aus, als hätte sie zum Teil ihren Mund zum Bären verwandelt, damit sie einen größeren Bissen nehmen konnte.

„Oh, mein Gott, Orson! Du musst unbedingt die Person, die das hier gemacht hat, einstellen, entführen oder heiraten!", Sie hielt die Schale hoch über ihren Kopf, bevor sie ein weiteres Stück nahm und es sich in den Mund fallen ließ.

Orson stöhnte auf und lief in sein Schlafzimmer, um den Rest vom Essen in das Gefrierfach zu stellen und somit vor Cleo in Sicherheit zu bringen. Er wusste aus seiner Kindheit noch sehr gut wie boshaft sie werden konnte, wenn sie etwas wollte. Er hatte immer noch Narben von damals an seiner Hand, als er versucht hatte seine Action-Figuren von ihr zurückzuholen; da waren sie erst fünf Jahre alt gewesen. Aber *solche* Narben zählten natürlich nicht für seinen Vater.

„Glaub mir, wenn mein Vater mich lassen würde, dann würde ich sie bestimmt heiraten", sagte er.

„Genau. Dein Vater, deswegen bin ich eigentlich hier." Nachdem sie das letzte Stück Lachs gegessen hatte, sprang sie elegant vom Tisch und über die Couch, um sich dann mit den Beinen überschlagen hinzusetzen. „Er ist fest entschlossen, diese Heirat durchzusetzen. Obwohl keiner von uns beiden das will. Aber es ist eindeutig", mit einer Handbewegung deutete sie auf den Schutt auf den Boden, „dass er sich nicht wirklich davon abbringen lässt."

Orson lehnte sich auf seinem Stuhl zurück. Er konnte immer noch den Lachs auf ihren Lippen riechen und war noch nie in seinem Leben so gewillt gewesen Cleo zu küssen. „Dad ist so altbacken. Er hat mir schon gedroht mich zu enterben. Das wäre nicht nur ein Desaster für meinen Klan, sondern würde alle Klans dieser Region aus dem Gleichgewicht bringen."

„Ganz genau. Und deswegen brauchen wir einen Plan." Cleos Handy vibrierte in ihrer Handtasche, sie fischte es heraus, schickte eine kurze Nachricht zurück und ließ das Telefon auf ihrem Schoß liegen. „Sorry, aber wir sind mitten in einem wichtigen Deal und es scheint, als brauche man meine Unterschrift für jedes kleine Detail." Sie machte einen übertriebenen Seufzer und lehnte sich in die Couch zurück, aber Orson lächelte nur.

„Da stehst du doch total drauf", sagte er.

Sie setzte sich wieder gerade hin und erwiderte sein Lächeln. „Das stimmt, aber weißt du worauf ich gar nicht stehe?", Sie schaute ihm tief in die Augen. „Als eine Schachfigur für deinen Vater zu fungieren. Er kam zu meinem Vater ins *Krankenhaus* und ließ sich darüber aus, wie er dich wegen der arrangierten Hochzeit zurechtweisen musste."

„Cleo, das tut mir Leid. Wie geht es Deinem Vater?", Er kannte Cleos Vater nicht wirklich gut, er hatte nur eine vage Erinnerung an ihn als starken Anführer. Er hatte Cleo damals immer am Nacken von ihren Spielverabredungen zerren müssen, um sie nach Hause zu bringen. Orson erinnerte sich daran, dass er über ihren schreienden Protest, sie müsse noch die anderen Jungs in dem Spiel, was sie gerade spielten, fertig machen, nicht mal mit der Wimper gezuckt hatte. Als ihr Vater an Krebs erkrankte, übergab er seine Firma – und den Familienklan – ihrer Führung. Sie übernahm sein kleines Geschäft und machte daraus ein Unternehmen, welches heute regelmäßig im *Economist* als eines der erfolgreichsten des Landes genannt wurde.

„Dein Vater hat nicht allzu viel Schaden angerichtet; mein Vater war schon immer sehr gut darin das frauenfeindliche Geschwafel von Nikolai zu ignorieren. Aber ein paar der anderen Alphas hatten mitgehört, als sie sich trafen, um meinen Vater zu besuchen. Als ich deine Software für meine Firma kaufte, sagtest du, dass das Geld dir den entscheidenden Einfluss im Klan gibt, damit du deinen Vater herausfordern kannst. Der Deal ist jetzt ein Jahr her und dein Vater ist immer noch der herrschende Alpha. Was ist los, Orson?"

Orson rückte auf seinem Stuhl hin und her. „Er ist kein schlechter Alpha und er glaubt wirklich, dass er das alles zu Gunsten des Klans tut."

„Wir leben aber nicht mehr im Mittelalter. Wir sind keine Hinterwäldler mehr, die in Höhlen leben. Seine altertümliche und starrköpfige Herangehensweise wird deinen Klan letztendlich zerstören." Ihr Handy vibrierte wieder, sie nahm ab, hörte einen Moment lang zu und schrie dann, „nein, du Idiot! Ich habe dir gesagt, dass es für die Konten in *London* ist. Warum zur Hölle sollten wir das für *Oslo* tun? Stell das wieder richtig oder ich werde deinen Kopf morgen Mittag auf meinem Schreibtisch haben. Und das war keine Metapher!" Sie legte auf und lächelte Orson an. „Du wirst deinen Vater herausfordern und dann bist du, als neuer Alpha, in der Lage diese arrangierte Hochzeit abzusagen."

„Du weißt schon, dass du ein bisschen unheimlich bist, oder?", sagte er.

Cleo stand auf, glitt mit ihren Füßen wieder in ihre High Heels und schwang ein wenig mit der Hüfte, als sie sich in Richtung Kühlschrank bewegte. „Liebling, ich bin furchteinflößend und das solltest Du auch niemals vergessen." Ihre Hand lag schon auf der Kühlschranktür, als Orson aufsprang, durch das Wohnzimmer rannte, seine Hand auf die Tür legte und sie verschlossen hielt.

„Und du solltest nicht vergessen, wie schrecklich ich sein kann", knurrte er. „Und wenn du noch mehr von Caseys Essen nimmst, dann beiße ich dir die Hand ab."

Sie grinste breit. „Oh, ihr Name ist also Casey? Wenn du dich schon nicht aufraffst, um deinen Klan von der Herrschaft deines Vaters zu befreien, dann tue es wenigstens, damit wir mehr von diesem Essen bekommen. Du weißt, dass ich sogar Familienmitglieder für weniger töten würde."

Er atmete tief durch. „Bei meinem Klan ist der Vollmond der Zeitpunkt, um Alphas herauszufordern. Das ist in zwei Wochen. Dann werde ich es tun. Er wird zu schätzen wissen, dass ich mich wenigstens um alte Traditionen schere; vielleicht reicht ihm das sogar schon, damit er aufgibt und mich nicht dazu zwingt ihn töten zu müssen." Der Gedanke daran ließ ihn erschauern. Er und sein Vater hatten ihre Meinungsverschiedenheiten, aber das Herausfordern von Alphas konnte *sehr blutig* werden.

„Vergiss nicht, dass er auch *dich* töten könnte", sagte Cleo mit einem unerwartet angsterfülltem Blick. „Alles kann bei solch einer Herausforderung passieren. Wenn ich egoistisch wäre, dann hätte ich von dir verlangt, dass du die nächsten zwei Wochen damit verbringst eine neue Software für meine Firma zu programmieren, damit ich bald das internationale Monopol halte, aber ich glaube, du bist glücklicher, wenn du dich", sie schlug auf die Seite des Kühlschranks, „mehr mit *fleischlichen* Genüssen beschäftigst."

„Ich kenne Casey nicht mal wirklich", sagte er. Er hoffte, jetzt nicht rot anzulaufen. Dann hätte er wirklich gar nichts mehr zu melden.

„Dann hast du genau zwei Wochen, um das zu ändern. Am besten fängst du sofort damit an."

CASEY WURDE KLAR, dass die Arbeit bei AUDREY'S ihr bisher bester Job überhaupt war, als sie Lola anfeuerte, die gerade mit einem Bergtroll Arm drückte. Es war ein relativ ruhiger Nachmittag an der Bar gewesen; nur ein paar der Stammgäste waren erschienen und Lola war langweilig geworden. Und eine gelangweilte Lola, ist eine gefährliche Lola.

Der Bergtroll war ein unförmiges Monster, über zwei Meter groß und Arme mit einem Umfang wie Teller. Grimmige, orangefarbene Totenköpfe waren überall auf seine grüne Haut tätowiert. Dagegen sah Lola aus wie eine Fee, deren Kopf gerade einmal bis zu seiner Brust reichte. Und der größte Teil davon waren ihre Haare. Keiner wusste, was Lola wirklich war (und niemand traute sich sie zu fragen), aber sie lachte nur glücklich als der Troll finster zu ihr herabschaute und ihre Hunderte von kleinen Zöpfen fröhlich um ihren Kopf herumtanzten. Der Tisch knarrte und ächzte unter ihren Kräften und wackelte auf dem unebenen Boden.

„Ich leg dich flach! Wie. Deine. MUDDER!", schrie Lola, als sie den Unterarm des Trolls niederdrückte und damit die Tischplatte in zwei Hälften zerbrach.

Audrey, die hinter Casey an der Bar stand, murmelte: „Zu erledigen: Einen neuen Tisch kaufen", während Lola aufsprang, um einen weiteren Sieg zu ihrer „Armdrücken-Champion"-Liste an der Wand hinzuzufügen.

Casey grinste, als sie das Honigglas mit den eingelegten Lavendelsprossen und Rum nahm und die siruppartige Mischung für die Baumnymphe in den Mixer gab, die bereits darauf wartete. Die Flügeltür des Eingangs öffnete sich und Casey schaute auf, während sie eine freundliche Miene aufsetzte.

Wärme ging durch ihren Körper. Der Raum fühlte sich auf einmal sehr klein an und ihr Kopf war wie in Watte gepackt. Ihr fiel es schwer zu atmen.

Er war es.

Orson Antonov schritt in die Bar, die untergehende Sonne in seinem Rücken. Er war in einem eleganten, maßgeschneiderten Anzug gekleidet, der seine muskulöse Statur nur noch mehr hervorhob.

Er sah wie ein verdammter Superheld aus.

„Du kannst wirklich kochen." Seine Stimme war so hinreißend – es war wie ein tiefes Grollen, was noch Nachbeben in ihrem Bauch verursachte – und sie brauchte einen Moment, um zu verstehen, was er da gerade gesagt hatte.

Oh Gott, er redet mit mir. Und heute war auch noch Waschtag, was bedeutete, dass sie ein ziemlich ungünstiges Arbeitshemd trug, das ein wenig an ihrer Taille zog und sich an ihrem Rücken aufrollte. „Ja?"

Der Stapel Hunderter war inzwischen auf einige wenige Scheine in ihrer Handtasche geschrumpft. Es war viel mehr gewesen, als das Essen und dessen Zubereitung ursprünglich gekostet hatte. Nachdem sie ihre Miete und die Kreditkartenrechnung damit bezahlt hatte, wollte sie ihm den Rest zurückgeben. Sie war schon wie von ihm hypnotisiert und wollte nicht wissen, was es bedeutete, auch noch bei ihm verschuldet zu sein.

„Ich meine, du kannst richtig gut kochen. Das Essen war köstlich."

Es hatte was, so wie er da stand-- Füße schulterbreit auseinander, seine Hüfte neigte sich frech ein wenig zur Seite-- er war so lässig und sexy, dass sie am liebsten auf die Knie gehen und ausprobieren wollte, wie viel von seinem Schwanz wohl in ihren Mund passte. *Konzentrier dich. Denk nicht an seinen Schwanz in deinem Mund.* „Oh, danke." *Ich würde dir jetzt so gerne einen blasen. Sag es nicht.* „Ich habe eigentlich einen Catering-Service..."

„Das habe ich mitbekommen. Wir Wandler können bekanntlich viel besser hören als Menschen."

Das stimmt. Das war nicht fair. Wie kann ein so hinreißender, so wohlhabender, so intelligenter Mann (er hatte seine Software für Milliarden verkauft, bevor er 30 war, verdammt nochmal) – nicht, dass sie zu Hause nach ihm im Internet gesucht und alles über ihn recherchiert hätte – auch noch Superkräfte und die Fähigkeit haben sich nach Belieben in einen verdammten *Bären* zu verwandeln? Liegt es nicht in der Natur, dass jeder auch ein Makel oder einen Fehler hat? *Warum redet er überhaupt mit mir?*

Er zog seine Visitenkarte aus seiner Jackentasche. „Ich arrangiere gerade ein Treffen mit ein paar Geschäftspartnern."

Oh, er braucht einen Caterer. Casey versuchte nicht allzu enttäuscht zu wirken. Ist ja nicht so, dass Bärenwandel-Billionäre herumlaufen und nach einer Frau wie ihr Ausschau halten. *Das ist wahrscheinlich eine gute Geschäftsgelegenheit für mich*, sagte sie sich und versuchte das Positive zu sehen. „Natürlich. Ich habe auf jeden Fall Zeit."

„Perfekt. Hier ist meine Karte mit meiner Adresse. Um

sieben Uhr heute Abend." Er legte die kleine Karte auf den Tresen.

„Wunderbar, kann ich dir noch einen...", sie schaute auf und sah nur noch wie die Türen zufielen. Er war schon wieder verschwunden. *Lola hatte Recht. Bären wissen sich wirklich zu bewegen.*

CASEY GLÄTTETE ihren Pferdeschwanz im Rückspiegel ihres Autos und beruhigte sich selbst. „Nicht nervös werden, nicht komisch benehmen, nicht tollpatschig sein. Du hast alles unter Kontrolle." Sie hielt ihr Portfolio – einen großen, weißen Ordner mit Fotos und Beschreibungen ihrer letzten Catering-Aufträge – wie einen Schutzschild vor sich. Sie sprang aus dem Auto, schritt den gut gepflegten Eingangspfad entlang und holte ein paar tiefe Atemzüge, um sich zu beruhigen.

Sein Haus war riesig, vier Etagen aus Stein mit noch großen Fenstern, von denen man in die umliegenden Wälder blicken konnte. Die Villa war so weit draußen, dass sie die ganze Zeit auf ihr GPS schauen musste, um sicherzugehen, dass sie noch auf dem richtigen Weg war. Sie bemerkte die Flügel des Hauses (es waren mindestens drei, die sie von hier vorne sehen konnte) und versuchte sich vorzustellen, wie viele Servicekräfte sie wohl brauchte, um das ganze Grundstück mit Essen zu versorgen.

Sie klingelte und begann sich ein paar Notizen in ihren Block zu machen. Dabei kaute sie geistesabwesend auf der Stiftkappe herum.

„Ja, bitte?", Ein älterer Herr in einem Smoking öffnete die Tür und runzelte die Stirn.

Casey erstickte fast an der Stiftkappe, spuckte sie auf die

Mauer, die den Eingang umgab. *Verdammt noch mal, ein echter Butler!*

„Hi! Ja, Sir. Orson... Herr Antonov... hatte mich hierher gebeten. Er sagte, es gebe eine Party und...", sie deutete auf ihr Portfolio. „Ich bin vom Catering-Service."

Der Mann bewegte sich weder, noch sprach er. Er schaute sie weiter an, als warte er auf die Antwort einer Frage, die er noch gar nicht gestellt hatte.

„Ich bin Casey?", versuchte sie es.

Das Auftreten des Mannes änderte sich augenblicklich. Er lächelte nicht wirklich warm, aber immerhin war es ein Lächeln, öffnete die Tür weiter und trat zurück ins Haus, um Casey hereinzulassen.

„Die anderen sind hier entlang." Er ging vor und führte sie durch eine Reihe von kleinen Fluren.

Die anderen?

Das Anwesen war ein Irrgarten von dekorierten Winkeln und hölzerner Veredelungen. Um jede Ecke gab es eine weitere Überraschung an Kunst oder Architektur. Sie wusste zwar, dass Orson reich war, aber ihr war nicht klar gewesen, dass er auch noch guten Geschmack hatte.

Sie gingen ein letztes Mal um eine Ecke und betraten dann einen riesigen Raum, der von verzierten Kristall-Kronleuchtern beleuchtet wurde. Der komplette Raum war voll mit Leuten, die in Smokings gekleidet waren, extravagante Ballkleider anhatten oder was am schlimmsten war: Caterer in Dienstkleidung. Casey schaute an sich herunter und sah Jeans, Turnschuhe und ihr zugeknöpftes Hemd.

Ich hab's verkackt.

Auf gar keinen Fall brauchte hier jemand einen Caterer. Orson hatte offensichtlich die Essens-Angelegenheit im Griff. Sie wirbelte herum, hoffte, dass der Butler sie in barmherziger Diskretion hier herausbrachte, ohne dass sie vorher irgendwer sah. Aber er war bereits verschwunden.

Über die Wandler mit ihren Superkräften fluchend, rannte Casey wieder zurück auf den Flur und hoffte den Butler noch einzuholen. *Ich weiß noch nicht einmal seinen Namen! Soll ich einfach ein paar übliche Butlernamen rufen? Ist das beleidigend?*

„Scheiße", murmelte sie, während sie sich ihren Weg durch das Haus bahnte. Sie war allerdings so von dem Charme des Hauses eingenommen gewesen, dass sie gar nicht aufgepasst hatte, welchen Weg sie von der Eingangstür genommen hatten. *War es zweimal links und dann rechts? Oder zweimal rechts und dann links? Wie zur Hölle komme ich hier wieder raus?*

„Verlaufen?", rief eine dunkle Stimme hinter ihr.

ER war es. Casey versuchte normal, fast schon gelangweilt zu klingen. „Ich war eigentlich gerade dabei zu gehen", quietschte sie. Sie drehte den ersten Türgriff, den sie fand und hoffte, dass es der Weg nach draußen war.

„Das ist der Waschraum", kicherte er. „Komm einfach mit mir." Sie fand bereits, dass er in der Bar umwerfend aussah, aber hier war er einfach nur noch atemberaubend. Der maßgeschneiderte Anzug betonte seine breiten Schultern und das dezente "V" herunter zu seiner Taille. Er hätte auch gut ein Superspion aus einem Film sein können, wenn man von den leichten Stoppeln an seinem Kinn absah. Das dunkle Haar gab seinem Gesicht eine gewisse, raue Schönheit, dass sie sich am liebsten sofort an ihn geschmissen hätte.

Casey fühlte sich jetzt noch ungepflegter als vorher, während sie ihm über eine kurze Treppe und einen Flur entlang über einen weichen, roten Teppich folgte. „Ich glaube nicht, dass das der richtige Weg...", begann sie.

„Ich glaube, ich habe genau das, was du suchst." Er führte sie in ein großes Schlafzimmer mit riesigen Fenstern, die Aussicht über die Wälder boten. Das braune, hölzerne Gestell des Bettes war mit aufwändigen Schnitzereien von kämpfenden und essenden Bären geschmückt. Außerdem taten sie auch noch...andere Dinge. Als sie bemerkte, worauf sie da gerade schaute, lief sie rot an.

Ich bin in Orsons Schlafzimmer. Nicht ausflippen. Bleib cool.

Er reichte ihr ein langes, schwarzes Ballkleid mit einem herzförmigen Halsausschnitt, hauchdünnen Ärmeln, die mit kleinen Silberperlen bestickt waren, und einem Schlitz im Kleid, der Casey den Atem verschlug. Es war atemberaubend.

„Für mich?" Caseys Stimme war nur noch ein Flüstern.

„Ich habe mir gedacht, dass du vielleicht etwas für die Party brauchst." Er gab ihr zwei Schachteln. „Schuhe und eine Halskette. Die Frau aus dem Laden hatte mich schon von weitem gesehen." Er grinste über beide Ohren und sie schmolz innerlich dahin.

Casey konnte keinen klaren Gedanken fassen.

„Ich komme sofort wieder." Sie schnappte sich das Kleid, rannte ins Badezimmer und rief über ihre Schulter: „Danke!"

Was mache ich hier? Mache ich das gerade wirklich? Ja. Auf jeden Fall mache ich das. Heilige Scheiße.

Sie war heilfroh über ihr Timing, denn sie hatte sich heute Morgen erst rasiert. Sie zog das Kleid über ihre Schenkel. Der seidene Stoff des Kleids fühlte sich so weich auf ihrer Haut an und umarmte jede ihrer Kurven. *Woher zur Hölle kannte er meine Größe?* Sie schlüpfte mit ihren Armen durch die Ärmel, richtete das Dekolleté zurecht und ging sich dann noch einmal schnell mit den Fingern durch die Haare. Sie frischte noch einmal ihr Makeup mit dem wenigen, was sie noch in ihrer Handtasche dabei hatte, auf und hoffte, dass der Ballsaal nicht zu hell beleuchtet war.

Sie trat aus dem Badezimmer und hielt überrascht inne. Orson hatte sich seinen Anzug ausgezogen und stand jetzt vor ihr in seinen Teddybär-Boxershorts. Er verglich zwei Smokings, die vor ihm hingen.

Ihr fiel die Kinnlade herunter. Das war eine Menge nackte Haut. Und ihn hier fast nackt in seinem Schlafzimmer zu sehen, war noch einmal etwas ganz anderes, als ohne Shirt und schlammbedeckt in der Bar.

„Oh, sorry!", keuchte Casey. Sie wollte ihn so sehr anfassen, ihm mit den Fingern durch seine Brusthaare fahren und ihm ihre Brüste in das Gesicht drücken. Ihr Verlangen war so groß, dass sie sich zwingen musste komplett still stehen zu bleiben, weil sie Angst hatte, sie würde sofort über ihn herfallen. „Ich wusste nicht, dass du dich...ähm...umziehst." *Er musste gewusst haben, dass ich herauskommen würde, oder?* Wenn das seine Art war sein Interesse zu zeigen, dann gab es keinen Grund sich zu beschweren.

Und los geht's. Sie drehte sich langsam um und zeigte ihm den Reißverschluss, der von kurz über ihrem Hintern bis hoch zu ihrem Nacken lief. „Machst du ihn mir zu?"

Ihr Herz raste, als er langsam näher trat; leichte Schritte auf hölzernem Boden. Sie konnte seinen warmen Atem auf ihrem Nacken spüren, als er sich zu ihr vorbeugte.

„Gefällt es dir?" Sie wusste nicht, ob er das Kleid oder seinen fast nackten Körper meinte.

Die Wärme, die sein Körper ausstrahlte und wie seine Hand auf ihrer Taille lag, ließ Casey fast schon aufstöhnen. „Es ist wunderschön. Woher kanntest du meine Größe?"

Er nahm zärtlich ihre Haare mit einer Hand, während er mit seinen Fingern ihren Nacken entlang glitt und eine

Gänsehaut zurückließ. „Ich bin aufmerksam. Vor allem, wenn es um etwas geht, das ich will."

Heilige Scheiße. Sie glaubte, dass sie jeden Moment platzen würde.

Ihr Kleid war halb geschlossen. Er streifte mit einem Finger quälend langsam über ihre Haut, während er den Reißverschluss weiter schloss. Casey konnte seine harte Erektion, die kaum von den dünnen Boxershorts verdeckt wurde, an ihrem Rücken spüren. Sein Verlangen machte sich jetzt auch zwischen ihren Beinen bemerkbar.

„Und was willst du, Orson?" Sie wirbelte herum, um ihm direkt in die Augen zu sehen.

„Ich will dich", knurrte er. Orson zog sie zu sich heran und zerquetschte fast ihre Lippen mit einem wilden Kuss. Seine Zunge überfiel ihren Mund, erforschte und streichelte sie von innen. Die Wärme in ihr flammte jetzt richtig auf, als er sie so kraftvoll verschlang. Sie brannte in seiner Hitze und wollte, dass es niemals endete. Er unterbrach den Kuss, glitt mit seinen Lippen über ihr Kinn und leckte und knabberte zärtlich an ihrem Hals.

„Oh, gut", keuchte sie. „Wenn wir heute Nacht nämlich nicht vögeln, dann lasse ich Lola dich umbringen."

Orson lachte und sie fühlte das Vibrieren vom Hals bis zu ihren Brüsten. „Du bist ein wahrer Alpha", er zog Casey in einer schnellen Bewegung aus ihrem Kleid, während seine Hände die Weiten ihres Körpers erforschten. Es gab keine Zeit unsicher zu sein; alles, woran sie denken konnte, war wie seine Hände über ihre Haut glitten und wie sich sein Mund langsam zu ihren Brüsten vorarbeitete.

Ihr BH und ihre Unterhose waren schon ausgezogen, bevor sie überhaupt merkte, dass er seine Hände am Verschluss hatte. Er schien überall gleichzeitig zu sein, ihre Welt allumfassend. Er drückte Sie gegen die Wand und hielt ihr Gewicht ohne Anstrengung, während seine Hand von ihrer Wade zum Knie fuhr und dann ihren Oberschenkel mit festem Griff hielt.

Der Biss in ihre Nippel war zärtlich, aber besitzergreifend. Sie fuhr mit ihren Fingern durch seine Haare und hielt ihn, während er ihre spitze Knospe leckte. Hungrig knabberte er daran und Casey entglitt ein Stöhnen, als er mit seiner Hand die andere Brust massierte; Hand und Mund in einem quälend langsamen Rhythmus.

Casey winselte frustriert und drückte sich von der Wand ab, um sich noch tiefer in seiner Wärme zu verlieren. Sie wollte mehr. Sie wollte ihn in ihr. *Sofort.* Sie führte seine Hand von ihrem Oberschenkel, zog sie etwas höher und drückte seine Hand auf ihren Kitzler, während sie anfing sich gegen seine Finger zu reiben.

„Du bist so heiß", stöhnte er in ihre Brüste, biss etwas fester zu, als er einen Finger tief in sie einführte und ihren Kitzler mit der Handinnenfläche streichelte. Sie ritt seine Hand, riss fest an seinen Haaren, während sie hart gegen die Wand schlug.

„Bitte, Orson!", stöhnte sie und drückte sich noch fester auf seine Hand. Sie langte nach unten, um seinen Ständer durch die Boxershorts zu reiben, aber er nahm ihre Hand und presste sie gegen die Wand.

„Noch nicht, Baby. Du bist noch nicht feucht genug", sagte er. *Nicht feucht genug?* Sie hatte das Gefühl fast in ihrer eigenen Geilheit zu ertrinken, so feucht war sie bereits.

Er ließ von ihrer Brust ab und drückte seinen ganzen Körper gegen sie, küsste sie wild und drang mit seinen Fingern noch tiefer in sie ein. Er hielt ihre Hand hoch über ihrem Kopf, während sein nackter Oberkörper an ihren Brüsten rieb.

Diese zarte Reibung war zum Verrücktwerden. Sie

sträubte sich, schob sich an seine Hand, versuchte noch näher zu kommen. Der Druck staute sich so heftig auf, dass sie dachte sie würde jeden Moment anfangen zu schreien.

Gerade als sie gegen ihn ankämpfen wollte, um an seinen Schwanz zu kommen, kniff er sie zärtlich in ihren Kitzler und sie fühlte wie ein Orgasmus wie in Wellen aus ihr herausplatzte. Sie schrie Unverständliches, während seine geschickten Finger die letzten Sekunden des Orgasmus aus ihr herauskitzelten und sie dann an der Wand zusammenbrach.

„Bist du sicher, dass du nicht zur Party willst?", lächelte er, offensichtlich zufrieden mit seiner Handarbeit. Er nahm die triefend nassen Finger zu seinem Mund und leckte sie ab. Sie hatte noch nie so etwas Geiles gesehen.

Party? Sie brauchte einen Moment, um zu verstehen, wovon er überhaupt sprach.

„Oh, Gott! Die Party! Glaubst du, sie haben...?"

„Das sind Wandler. Natürlich haben sie uns gehört", grinste er breit.

„Oh."

„Ist das okay für dich?" Sein Grinsen trübte sich ein wenig und sie fühlte, wie ihr Herz dahinschmolz. „Wenn du willst, können wir zurück zur Party gehen. Dort gibt es sicher ein paar gute Catering-Kontakte für dich..."

Sie schaute auf die ungemütlichen High Heels und das zerknitterte Kleid auf dem Boden, über welches sie, in ihrem Enthusiasmus zur Wand zu kommen, getrampelt waren. Dann schaute sie zu dem perfekten Mann, der mit einem Ständer in Boxershorts vor einem Bett stand.

„Auf keinen Fall." Sie lief durch den Raum und sprang auf ihn zu, umschlang seine Hüfte mit ihren Beinen und zog sich heran, um ihn zu küssen. Sie hatte erwartet, er würde einfach mit ihr hintenüber auf das Bett allen. Aber er hielt sie einfach fest und stand, als könne er ihr Gewicht locker den ganzen Tag tragen.

Ich weiß, warum ich Wandler liebe. Seine Muskeln wölbten sich und umschlossen sie. Seine Erektion drückte wieder gegen sie.

„Brauchst du die Boxershorts wirklich noch?", flüsterte sie und biss ihm ins Ohrläppchen. Sie hätte nicht gedacht, dass sie nach dem Orgasmus so schnell wieder erregt sein würde, aber sie bemerkte. wie sie bereits wieder feucht wurde.

Orson trug sie zum Bett und legte sie auf die Decke. Er sah sie an, als würde er sie von Kopf bis Fuß verschlingen wollen.

„Du siehst so gut aus auf meinem Bett", hauchte er.

Ihr Mund wurde trocken, als er die Boxershorts auszog und sein dicker, harter Ständer heraussprang. Sie öffnete ihre Beine und schob sich weiter zurück aufs Bett.

„Und es sieht noch besser aus, wenn du auch darin bist." Sie wusste nicht, woher sie plötzlich diesen Mut nahm, aber mit Orson fühlte sie sich frei und sicher, so wie noch nie in ihrem Leben. Er war so riesig; dadurch fühlte sie sich mit ihren Kurven sexy und weiblich, statt „überwältigend".

Sie krümmte ihren Finger, um ihm zu zeigen, dass er näher kommen sollte. „Komm her", sagte sie.

Er kroch über das Bett zu ihr mit einem Gesichtsausdruck, der sie ganz wild machte. „Du solltest etwas über Alphas wissen", sagte er, während seine Hände ihre Knie ergriffen. Mit seinen Fingernägeln glitt er sanft über die Innenseite ihrer Oberschenkel und beugte sich dann vor, um ihr mit Zunge und Zähnen leicht in die Schenkel zu beißen. „Wir mögen es gar nicht, wenn man uns sagt, was wir tun sollen." Er neckte ihre Oberschenkel weiter mit

Zunge und Zähnen und machte sich langsam auf den Weg nach oben. Casey fing an zu stöhnen und zu bitten.

„Oh, bitte. Ich brauche dich." Casey wandte sich in Frustration. Seine Berührungen ließen sie durchdrehen.

„Noch nicht", er war jetzt mit seinem Mund vor ihrer triefend nassen Weiblichkeit. Casey stöhnte lang und laut auf. Er zog sie zu sich, leckte ihre Schamlippen und umkreiste ihren Kitzler mit seinen Fingern.

Sie wand sich, drückte sich vom Kopfteil mit einer Hand ab und fühlte wieder, wie diese Welle durch ihren Körper rauschte.

„Oh, ja, genau da. Oh Gott, hör nicht auf."

Er tauchte zwei Finger in sie ein und leckte ihren Kitzler, bis sie schon wieder den Höhepunkt erreichte und vor Lust schrie. Ihr war inzwischen egal, dass unten eine Party lief oder dass die feinen Leute sie hören könnten.

Casey ritt mit taumelndem Kopf die letzten Wellen ihres Orgasmus. „Das war...", fing sie an.

„*Jetzt* bist du bereit gevögelt zu werden", sagte er.

„Was?" Er wollte doch wohl nicht noch einen weiteren Höhepunkt aus ihr herausholen. Ihr ganzer Körper fühlte sich wie verbraucht an. Sie war sich sicher, einige blaue Flecken an ihrem Rücken davon bekommen zu haben, dass sie immer wieder gegen die Wand und das Kopfteil gestoßen war. Und heute Nacht war bereits die intensivste Nacht ihres Lebens gewesen. Natürlich waren sie fertig, oder?

Orson hob sie und schwang sie herum, so dass sie auf allen Vieren dastand und ihr Hintern sich ihm präsentierte. Selbst als ihr Kopf sagte: „Ich kann nicht mehr", schrie ihr Körper, „Ja! Ja! Ja!"

Er hielt sie an der Taille fest, seine Hände gruben sich in ihr Fleisch.

Ihr verschlug es den Atem, als er plötzlich von hinten mit einem einzigen, harten Stoß in sie eindrang. Sein Umfang füllte sie bis zum Rand aus und sie konnte seinen festen Druck in ihrem ganzen Körper spüren.

„Orson!", schrie sie, während er hart in sie hineinstieß und sie mit seinen Händen an den Hüften vor- und zurückschob. Sie drückte fest gegen ihn und beugte sich weiter vor, in dem Versuch ihn noch tiefer in sich aufzunehmen.

„Genau so, Baby", stöhnte er, „nimm den großen Schwanz. Nimm ihn richtig."

Casey konnte jeden Zentimeter durch ihren Körper hämmern spüren. Seine Haut auf der ihren erregte sie noch mehr. Keuchend nahm sie einige der Kissen und stapelte sie unter ihren Brüsten, um den Winkel noch weiter zu verändern, so dass er mit seinem Schwanz noch tiefer in sie eindringen konnte.

Sie fühlte, wie ein weiterer Orgasmus sie überkam.

„Ich bin kurz davor, Orson!"

Orson stöhnte laut auf, während er noch tiefer in sie einstieß und ohne Rücksicht schneller und schneller wurde. Ihm entglitt ein Schrei, als er seinen heißen Samen in sie abspritzte und Caseys Tunnel sich um seinen dicken Schwanz verkrampfte. Ihre Schreie tönten zusammen wie ein brüllender Chor, der durch die Flure erklang.

Ich glaube, ich fange an mich in dich zu verlieben, wollte sie sagen.

„Hammer Party", keuchte Casey mit einem Lächeln.

ZWEI WOCHEN VERGINGEN wie im Flug. Orson wünschte sich, Casey einfach in seinem Schlafzimmer einsperren und von ihrer Muschi naschen zu können, aber sie musste arbeiten. Stattdessen zwang er sich dazu, sich darauf zu konzentrieren einen neuen Algorithmus zu entwickeln. Für den Fall, dass er nächsten Vollmond überleben würde.

Er konnte es Casey nicht übelnehmen, dass sie einige Catering Jobs zu erledigen hatte, seitdem er ihr seine Industrieküche zur Verfügung gestellt hatte. Man brauchte immer eine Menge Platz, wenn man für einen ganzen Klan kochen wollte. Sie wäre vor Freude fast in Ohnmacht gefallen, als er ihr ihren neuen Ofen gezeigt hatte.

Sein Haus füllten nun die verführerischen Düfte von würzigen, russischen Senfeiern, knackigem Bauchspeck mit einer Vinaigrette aus geräuchertem Speck, Meeresfrüchten auf Maisgrütze in einer Hummer-Buttersauce und in Chili gewälztes Thunfisch-Steak mit Mango-Sauce. Als sie zuletzt Pulled-Pork-Barbecue mit Jalapeño-Pfirsich-Krautsalat gemacht hatte, musste sie ihn mit dem größten Messer, was sie finden konnte, davon abhalten alles aufzuessen, bevor sie das heiße Chafing-Dish ausgeliefert hatte.

Der einzige Nachteil war, dass die einladenden Gerüche aus seiner Küche diverse Mitglieder seines Klans aus den umliegenden Wäldern anlockten und alle ein wenig probieren wollten. Nachdem Casey das erste Mal von einem der Klanbrüder in Bärenform in der Küche überrascht wurde, während sie mit nichts außer einem von Orsons T-Shirts in der Küche stand, zog sie sich seitdem komplett an, bevor sie das Schlafzimmer verließ. *Leider.*

Sie mit seinen Brüdern zusammen zu beobachten war eine Offenbarung. So wie sie sie foppte und beiseiteschob, damit sie ihr Platz in der Küche machten, war es als würde er jemandem von seiner eigenen Rasse zuschauen. Jedes Mal war sein innerer Bär friedlich, wenn sie in seiner Nähe war; etwas was er vorher noch nie erlebt hatte. Sie *passte* einfach.

Und im Schlafzimmer überraschte sie ihn immer
wieder. Ihre Empfänglichkeit, die Geräusche, die sie
machte, das Gefühl, wenn er sie anfasste...er konnte einfach
nicht genug von ihr bekommen.

Er würde niemals vergessen, wie überrascht sein Bär in
der Nacht war, als sie mit nichts außer einer seiner seidenen
Krawatten in sein Schlafzimmer gekommen war und ihn
herausforderte: „Zeig mir doch einmal deinen Einfallsreich-
tum, von dem immer alle reden."

Er schnappte sich ein paar weitere Krawatten aus
seinem Kleiderschrank und band ihre Arme und Beine an
die Bettpfosten. Er musste selbst am nächsten Tag noch in
den unmöglichsten Momenten darüber grinsen, wie sie in
Ekstase gewinselt hatte, als er sie mit seiner Zunge
verwöhnte.

Nur noch drei Tage bis Vollmond. In der Küche summte
Casey vor sich hin, während sie Rosenkohl karamellisierte,
den es zusammen mit Pfeffer-Steak zum Abendessen gab.
Er war glücklich, dass sie wenigstens einen Makel hatte: Sie
sang absolut schrecklich, aber er fing bereits an auch an
ihren krummen Melodien, genauso wie am Rest von ihr,
Gefallen zu finden.

*Ich muss ihr bald davon erzählen, dass ich meinen Vater
herausfordern muss*, dachte er, während er die Seite eines
Programmierbuches umschlug und bemerkte, dass er seit
fünf Minuten nicht mehr mitbekam, was er da eigentlich
las. Sie war inzwischen zu einem zu wichtigen Teil seines
Lebens geworden, als dass er ihr den Kampf hätte
verschweigen können. Laut der alten Tradition mussten die
Partner beider Alphas als Zeuge beim Kampf dabei sein. Zu
alter Zeit wurde das so gemacht, damit die Partnerinnen
sich für die andere Seite entscheiden konnten, falls ihnen
das Können des Herausforderers besser gefiel. Orson war

aber froh, dass dieser Teil der Zeremonie über die Jahre in Vergessenheit geraten war.

„Orson? Falls wir uns trennen, kann ich die Küche behalten?", rief Caseys Stimme aus der Küche. Er lächelte und ein warmes Glühen ging ihm durch die Brust. Außerdem musste er ihr bald gestehen, dass er sie liebte.

Das war eines dieser menschlichen Dinge, die er ein bisschen lächerlich fand. Er hatte ihr doch schon in den letzten zwei Wochen mit all seinen Gesten und gemeinsamen Momenten gezeigt, dass er sie liebte. Waren dann diese drei Worte da noch so wichtig?

Aber Cleo hatte ihm geschrieben, dass er die Gewohnheiten der Menschen nicht ignorieren sollte. „Sag ihr 'Ich liebe dich' oder die Küche wird geschlossen." Es war es nicht wert einen Kampf per SMS darüber auszutragen, wie sehr viel mehr er an Casey schätzte als nur ihr Kochen und außerdem würde sie – so wie er Cleo kannte – all die Nachrichten behalten und als Toast bei ihrer Hochzeit vorlesen.

„Und wo willst du dann mit meiner Küche hin?", rief er zurück.

„Ich überlasse dir den Ostflügel." Sie kam aus der Küche gerannt, einen langen Holzlöffel in der Hand, den sie vor sich hielt. Sie hielt ihm den Löffel hin. „Zu süß?" Er ließ das Buch von seinem Schoß fallen, als er sich nach vorn beugte, um zu probieren. Es schmeckte köstlich.

„Vielleicht ein bisschen versaut, aber genau so mag ich es." Er schaute ihr in die Augen, um sicherzugehen, dass sie ihn verstand. Sie lief rot an und lächelte, bevor sie wieder zurück in die Küche verschwand.

Er musste nur noch herausfinden, wie er die Herausforderung stellen wollte. Eine SMS würde seinen Vater nur zu mordslustiger Wut verärgern und ihn am Telefon herauszufordern kam ihm genauso falsch vor.

Ich werde es persönlich machen müssen, seufzte Orson. Er scrollte gerade durch die Kontakte seines Telefons, als jemand an die Eingangstür hämmerte und sie fast aus den Angeln hob.

Seit Cleos letztem Besuch hatte er die Tür dreifach mit Eisen verstärkt und sie selbst getestet. *Diese Tür wird verdammt noch mal halten.* Er hatte ein ungutes Gefühl, wer auf der anderen Seite der Tür stehen mochte, ging aber dennoch hin, um sie zu öffnen.

Er war noch nicht mal den halben Flur entlang gelaufen, da hörte er, wie Glas hinter ihm zersplitterte. Er verwandelte sich sofort in seine Bärenform.

Casey schrie. Er eilte zurück in die Küche, krachte auf den Boden auf allen vier Tatzen.

Er sah rot. Sein Vater hatte sich mit ausgefahrenen Klauen vor Casey aufgebaut. Sie hielt eines ihrer Messer in der Hand. Sie wirkte so klein und mutig und wunderschön im Gegensatz zu dem Monster, was sich vor ihr aufgetürmt hatte.

Orson sprang zu ihnen herüber, legte den Abstand zwischen ihnen in Nullkommanichts zurück, schubste Casey aus dem Weg und stellte sich auf seine Hinterbeine, so dass er größer war als Nikolai.

„Lass sie in Ruhe!", brüllte er.

Er konnte hören, wie Casey sich hinter ihm bewegte; hoffentlich in Sicherheit. Er konnte ihre Angst riechen.

„*Schon wieder* so ein dreckiger Mensch? Du hast dich deiner Verlobten und deinem Klan verpflichtet!"

„Was?" Caseys Stimme klang so klein, aber trotzdem böse.

Mist, ich wusste, ich hätte über dieses Hochzeitsthema mit ihr reden sollen.

„Deine Versprechen sind so schwach wie dein Charakter. Du bist nicht stark genug, um mein Erbe zu sein. Du wirst unseren Klan mit deiner Unehrenhaftigkeit zerstören!"

„Vater, Cleo hat kein Interesse daran mich zu heiraten", sagte er und hoffte, es sei laut genug, dass seine Worte in der ganzen Küche zu hören waren. „Du respektierst weder ihren noch unseren Klan, wenn du unsere Entscheidung ignorierst und eine geplante Heirat durchsetzen willst, die weder gewollt ist noch gebraucht wird. Ich habe die Ressourcen unseren Klan zusammenzuhalten und erfolgreicher als jemals zuvor zu machen. Du bist derjenige, der das alles zerstört, wenn du an deinen veralteten Traditionen festhältst."

„Du denkst also, du seist ein besserer Alpha als ich es bin, was?", brüllte Nikolai.

„Ja!" *Es ist soweit.* „Ich fordere dich hiermit als Alpha heraus. Der erste Treffer gewinnt."

Sein Vater nickte und beide ließen sich langsam auf alle Viere nieder. „So soll es sein", knurrte er. „Morgen früh in der Dämmerung entscheidet sich das Schicksal unseres Klans."

DER HIMMEL ERHELLTE sich langsam über dem Horizont und Casey presste ihre Augen fest zusammen, sich wünschend, dass die Sonne nicht aufgehen möge. Orson hatte sicher ein paar der Details ausgespart, aber es klang auch so schon, als ob er in ernsthafter Gefahr sei.

Immer mehr Klanmitglieder waren in der Nacht angekommen, um einen großen, eindrucksvollen Ring im Hinterhof aufzubauen. Sie bauten zwei kunstvoll verzierte Plattformen auf den beiden sich gegenüberliegenden Seiten, jeweils mit einem thronartigen Stuhl für die beiden

Kämpfer. Einige schwere silberne Ketten bildeten einen weiten Kreis, der als Barriere zwischen der anstehenden Gewalt und den jubelnden Zuschauern fungieren sollte.

Das alles machte Casey krank.

Neben Orsons Klan, gab es eine Reihe anderer Zuschauer, fast alles Bärenwandler, die alle um einen guten Platz kämpften. Sie sah unter ihnen auch einige, die wahrscheinlich Wolf- oder Fuchswandler waren; etwas kleiner und geschickter, schubsten sie sich bis an vorderste Front, um besser sehen zu können. Die Atmosphäre hätte eigentlich angespannt sein sollen, aber stattdessen schienen die Wandler das Spektakel wie eine Sportveranstaltung zu genießen. Sie unterhielten sich aufgeregt und schlossen Wetten ab. Sie glaubte zu sehen, wie jemand umherging und Nüsse an die Zuschauer verkaufte, aber sie schloss ihre Augen wieder, bevor sie sich sicher sein konnte.

Casey erschauerte, als sie sich an Orsons warmen Körper schmiegte und darauf wartete, dass die Sonne aufging. Er hatte sich schon verwandelt und zu seiner prachtvollen Größe aufgerichtet. Abwesend streichelte sie durch sein weiches Fell; sie wusste nicht, ob sie es machte, um ihn oder sich selbst zu beruhigen. Angsterfüllt hörte sie zu, wie Cleo die Regeln erklärte.

„Der Alpha ist für seinen ganzen Klan verantwortlich – die Finanzen, Mitgliedschaften, alles. Er ist sozusagen der Geschäftsführer, nur dass er sich nicht vor seinen Anteilseignern rechtfertigen muss." Cleo seufzte. „Diese verdammten Anteilseigner. Egal. Der Alpha ist so lange an der Macht, bis er stirbt oder..." sie gestikulierte in Orsons Richtung, „irgendein Trottel ihn zum Kampf heraus fordert."

„Das war deine Idee", murrte Orson. Casey wusste nicht, wie er in Form eines Bären redete, aber die Wandler überraschten sie inzwischen überhaupt nicht mehr. Sie hoffte nur, dass er ihr nach diesem Morgen noch mehr über all das erzählen würde.

Cleo lachte, was ein wenig gezwungen klang. „Um ehrlich zu sein, hätte ich nicht gedacht, dass du das wirklich machst." Sie wandte sich wieder Casey zu. „Mach dir keine Sorgen, es ist nicht mehr wie früher. Der Gewinner war normalerweise derjenige, der überlebte. Aber seitdem es nur noch so wenige von uns gibt, können wir es uns nicht mehr erlauben uns gegenseitig umzubringen." Sie grinste breit, aber Casey sah es schon nicht mehr. „Jetzt geht es nur bis aufs Blut."

Casey erschauderte und klammerte sich an Orsons Fell. „Das hört sich auch nicht viel besser an."

So wie Orson da stand, wurde er von den ersten Sonnenstrahlen von hinten angeschienen. Er sah so atemberaubend aus, dass sie fast geheult hätte.

„Ist es auch nicht", sagte er mit seiner extra rauen und tiefen Bärenstimme. „Da mein Vater so ein Traditionalist ist, wette ich, dass er immer noch nach den alten Regeln spielt."

Gegenüber verließ Nikolai sein Podest, um den Ring zu betreten. Sein Fell voller Narben und herausgerissenem Fell.

„Hättest du sie nicht einfach anlügen können?", sagte Cleo.

Casey schrie gleichzeitig: „Nein!" Sie zog an seinem Fell in der Hoffnung Orson irgendwie von den Gefahren des Rings fernzuhalten.

Tränen rollten über ihre Wangen, als Orson aus ihrer Reichweite majestätisch in seine Ecke des Rings schritt. Sie wollte zu seiner Seite herübergehen, aber Casey fühlte, wie Cleos starke Hände sie zurückhielten.

Es passierte plötzlich und ohne irgendein Vorspiel oder

eine Zeremonie. Casey hatte erwartet, dass so etwas Tradi-
tionelles wenigstens eine Einleitung oder ein paar Worte
von jemandem wie einem Schiedsrichter gab. Aber der Ring
erwachte einfach plötzlich zum Leben, als die zwei aus
ihren Ecken mit Klauen, Zähnen und Muskeln aufeinander
zurasten.

Beide Bären standen sich auf ihren Hinterbeinen gegenüber, brüllten und drohten, fast so wie zwei Boxer sich erst
einmal gegenseitig prüften. Nikolai war ein wenig kleiner
als Orson, aber mit einem Körper voller Narben, der nur so
vor Erfahrung strotzte. Orsons relativ makelloser Körper
deutete auf das genaue Gegenteil: Er war einfach kein
Kämpfer.

Nikolais Klauen flogen zu allen Seiten, kratzten und
schlugen auf der Suche nach Orsons Haut. Orson war aber
schneller als sein Vater, konterte ihn mit unglaublicher
Geschwindigkeit, indem er Nikolais gleichbleibenden
Rhythmus ausnutzte.

Die Menge jubelte, als Orsons Zähne aufblitzten und
sich in den Nacken seines Vaters gruben Er biss mit aller
Macht zu. Ein Schrei entglitt Nikolai und er schlug Orson
mit einer schmetternden Rechten zurück. Orson verlor das
Gleichgewicht und fiel auf seinen Rücken. Nikolai sprang
auf ihn und grub die Zähne in die Flanke seines Sohnes.

Das muss das Ende sein, betete Casey. Sie umklammerte
Cleos Hand so fest, dass ihre Knöchel bereits weiß wurden.

Das Fell des Bären war so dick, dass sie nicht sagen
konnte, ob Blut geflossen war. Die anwesenden Zuschauer
schnüffelten voller Erwartung, aber ihre Enttäuschung
zeigte Casey, dass der Kampf noch nicht zu Ende war.

Orson kam wieder auf die Beine, immer noch umklammert von den Fangzähnen seines Vaters. Als er stand, rollte
er sich auf seinen Rücken und haute Nikolai die Klauen in

die Schulter. Er zog seinen Gegner auf sich und hämmerte mit einem seiner Hinterbeine Nikolai in den Bauch. Der Schwung seiner Rolle in Kombination mit der Kraft seines Tritts, schickte Nikolai quer durch die Luft und schmetterte ihn in die Ketten, die den Ring abgrenzten. Er fiel schallend zu Boden. Die Menge tobte.

„Nikolai kämpft wie ein Bär", schrie Cleo über den Lärm hinweg. „Und unser Orson-Junge kämpft wie ein Bär, der in den letzten zehn Jahren Judo trainiert hat." Sie zwinkerte Casey zu. Casey lächelte zurück.

Orson stampierte durch den Ring in Richtung seines benommenen Vaters. Seine Klauen hinterließen drei rote Striemen auf dessen Brust. Blut.

Es war zu ende.

Casey jubelte mit den anderen Zuschauern; Freudentränen liefen ihr über die Wangen.

„Er hat es geschafft! Er hat es geschafft!", rief sie und sprang auf und ab.

Das Gebrüll stoppte. Nikolai stand wieder auf seinen Hinterbeinen und raste auf seinen Sohn zu wie ein Güterzug; Mordlust in seinen Augen.

„Pass auf!", schrie Casey. *Nein nein nein nein*. Sie sah Orson schon tot auf dem Boden, den letzten Hauch seines Lebens auf die kalte Erde blutend. In den wenigen Wochen, die sie zusammen gewesen waren, war er alles für sie geworden. Ohne ihn war das Leben nur ein sinnloser Kreislauf aus schlechtem Trinkgeld und gebrochenen Verträgen. Mit ihm war jede Farbe prächtiger, jedes Lied voller Bedeutung und jeder Geschmack noch aufregender. Wenn er stürbe, bestünde ihre Welt wieder nur noch aus Grau.

Nikolai schlug zu und hinterließ eine Wunde auf Orsons Schulter.

„Foul!", rief Cleo. „Nikolai hat die Regeln des Kampfes entehrt!"

Orson schlug und stieß heftig zurück, dass Nikolai wieder in die Ketten geschleudert wurde. Orson stand auf und brüllte so laut auf, dass es von überall zurückzuhallen schien und das Glas im Haus erbeben ließ. Jeder Zentimeter an ihm war Macht und Anmut; er war ein wahrer Alpha.

Und das ist es, was Nikolai nicht ertragen kann, realisierte Casey. Der alte Bär konnte es nicht ertragen im Schatten seines Sohnes zu stehen, also wolle er Orson dazu zwingen ihn umzubringen. Nikolai war bereit durch die Hand eines neuen Alphas zu sterben, um die alte Tradition zu wahren; auch wenn es bedeutete, dass die Folgen für Orson verheerend sein würden.

Ich muss ihn aufhalten, Casey ballte die Fäuste. *Ich bin die Frau eines Alphas. Ich weiß, dass ich es kann. Denke, wie der Anführer dieses Klans.*

Casey fing Cleos Blick ein und began in einem langsamen Rhythmus zu rufen: „Ent-ehrt, ent-ehrt, ent-ehrt!" Cleo setzte mit ein und ihr Gebrüll hallte über das ganze Feld.

Auch der Rest der Zuschauer stieg mit ein und schrie vereint „Ent-ehrt, ent-ehrt, ent-ehrt!"

Orson schien durch die Unterstützung der Menge noch größer zu werden. Seine Schläge wurden noch fester. Nikolai dagegen schien zu schrumpfen, als er bemerkte, was los war. Selbst, wenn er jetzt sterben würde, hätte er bereits verloren. Casey hatte seine noble Aufopferung in Schmach verwandelt.

Sie bemerkte den Augenblick, in dem ihm klar wurde, dass alle ihren Respekt vor ihm verlören, wenn er jetzt nicht aufgab. Nikolai wich zurück, seinen Kopf in Unterwerfung gesenkt.

Die Menge jubelte und Casey rannte bereits zu Orson. Die Zuschauer machten ihr Platz, als sie sich einen Weg durch die Menge bahnte. Sie warf sich um seinen riesigen Bärenhals.

„Du hast gewonnen", flüsterte sie ihm ins Fell.

Er leckte ihr Kinn mit seiner langen, geschickten Zunge und sie musste kichern. „Wir haben gewonnen."

DER DUFT von gebratenen grünen Tomaten mit karamellisierten Zwiebeln wehte durch die Flure des Hauses und erfüllte ihr Zuhause mit einem unwiderstehlichen Aroma. Casey konnte gar nicht glauben, wie sich ihr Leben zum Guten verändert hatte. Ihr kulinarisches Können hatte sich unter den vielen Wandlerklans herumgesprochen, wodurch sie jetzt beschäftigter war als jemals zuvor und so viele Veranstaltungen beliefern musste, dass sie bald würde expandieren müssen.

Orsons Klan hatte sie voll und ganz als Partnerin des neuen Alphas anerkannt. Es war als sei sie jetzt Teil einer großen, hungrigen Familie. Sie schaute aus dem Küchenfenster in die umliegenden Wälder, lächelte und dachte sich, *Heute ist ein guter Tag.*

„Jetzt sofort?", erschallte Cleos Stimme aus dem Flur. Caseys Lächeln wurde größer. Je mehr Zeit sie mit den Wandlern verbrachte, desto mehr gehörte Cleo zu den Leuten, die sie am liebsten hatte. „Nein. Verdammt noch mal, nein, ich werde nicht gehen. Ich will dabei sein." Casey hörte, wie sich Cleos High Heels gefolgt von Orson der Küche näherten.

„Hey, Cleo!" Casey gab ihr eine kurze Umarmung. „Was habt ihr heute vor? Wieder mal 'ne Milliarde verdienen?"

Cleo lächelte sie kurz an und lehnte sich dann gegen die Küchenzeile. „Eher etwa so zwei Milliarden; die genauen Zahlen habe ich hier..." Orson riss Cleo das Mobiltelefon aus der Hand, bevor sie reagieren konnte. „Na gut, na gut", sagte sie, während sie sich das Telefon von ihm zurückholte und ihm dabei ein wenig die Zähne zeigte.

„Cleo wollte gerade gehen", knurrte Orson.

Cleo schaute zwischen ihm und Casey hin und her. „Jetzt schieb es nicht schon wieder auf die lange Bank oder ich komme zurück und werde sie dir einfach wegnehmen."

„Keine Sorge, so einfach kann mich keiner klauen", sagte Casey, legte ihren Arm um Orsons Hüfte und lehnte ihren Kopf an seine Seite. Er legte seinen Arm besitzergreifend um ihre Schulter.

Cleo warf ihr einen Kuss zu. „Ich mache mir keine Sorgen. Ich würde dir einfach ein Restaurant kaufen." Ihr triumphierendes Lachen folgte ihr hinaus, als sie aus der Küche tänzelte.

Orson schaute nun leicht besorgt auf sie herab. „Würde sie dich damit rumkriegen?"

Casey lachte. „Wenn du das verhindern willst, musst du mir einfach ein Restaurant kaufen."

Orson zog Casey zu sich heran und küsste sie zärtlich. „Vor gar nicht allzu langer Zeit, habe ich dort im Innenhof um meine Position als Alpha gekämpft. Weil ich nicht mit den Entscheidungen leben konnte, die mein Vater für mich getroffen hatte. Also habe ich meinen Vater für meine Freiheit herausgefordert." Er glitt auf den gekachelten Boden, kniete auf einem Bein nieder. „Aber als ich deine Stimme im Ring hörte und wusste, dass du in Gefahr warst, da wurde mir klar, dass ich für mehr als nur meine Freiheit kämpfte. Ich kämpfte für die Liebe. Für...dich."

Caseys Herz schlug ihr bis in die Ohren und ihr fehlten die Worte.

„Willst du mich heiraten?" Er zog eine kleine Schachtel mit einem unglaublich schönen Ring hervor.

Sie stand vor Aufregung da wie angewurzelt. Sie erinnerte sich nicht mehr genau daran, was danach passierte, aber das nächste, woran sie sich erinnerte, war, dass sie beide mit halb ausgezogenen Kleidern auf dem Küchenboden lagen und sie ihre Brüste an seinem starken Oberkörper rieb.

Sie presste sich an ihn und spürte seine harte Erektion an ihrem Körper. Sie schob ihre Unterhose beiseite und öffnete seinen Hosenstall, so dass sein Schwanz durch den Schlitz seiner Boxershorts heraussprang. Sie setzte sich auf ihn und fühlte, wie er sie dehnte und komplett ausfüllte, bis sie schrie:

„Ja! Ja, ich will!"

ZWEI PARTNER FÜR EINEN ALPHA

S ag diesen Hexenschlampen, dass ich ihre Hippie-Scheiße satt habe!" schrie Cleo in ihr Handy, während ihre Louboutins auf dem Zementboden der Garage klickten. Sie rückte ihren Bleistiftrock zurecht und wühlte in ihrer pinken Louis Vuitton Tasche nach ihrem Autoschlüssel mit dem Handy zwischen Schulter und Wange eingeklemmt. "Ich bin der verdammte CEO. Muss ich wirklich jeden Mist *persönlich* in die Hand nehmen?"

Sie ließ ihre Tasche auf das Dach ihres Auto fallen und wühlte weiter nach dem Schlüssel, während die nervöse Stimme ihres Assistenten Brad ihr umständlich versuchte zu erklären, dass es ihm eine Heidenangst einjagte sich mit diesem verrückten Hexenzirkel anzulegen.

Sie seufzte. *Wer hätte gedacht, dass ein ganzes Hotel aus Eis zu bauen noch der einfachste Teil dieses ganzen Auftrags war.*

Der ‚Mondschein' Hexenzirkel war völlig entrüstet darüber gewesen, dass Cleo sich magische Unterstützung besorgt hatte, um zu verhindern, dass das Hotel in der Hitze schmolz. Die Drohbriefe—*sogar echte Papierbriefe*, dachte Cleo mit Abscheu-- kamen schon den ganzen Tag durch das Fenster hereingeflogen. Magie war also zu "heilig", um es für einen kommerziellen Zweck, wie dem Hotel zu verwenden, aber wiederum nicht heilig genug, dass man damit ohne Probleme wichtige Leute mit Briefen zubomben konnte.

Cleo kam zu dem Schluss, dass die Hexen auf einen besseren Deal aus waren. Letztendlich wollten doch alle nur Geld. Und auch sie hatte dieser Instinkt schon vor ihrem 35. Geburtstag zu einer Milliardärin werden lassen.

"Sag ihnen, dass wir verstehen, dass wir ihre Konkurrenten zu sehr reichen Frauen gemacht haben, aber wir haben *ihnen* doch schließlich den Deal zuerst angeboten. Und wenn sie jetzt so nett wären, mit den Protesten und

Drohungen aufzuhören, dann könnte ich mir vorstellen in *Zukunft* sicher einmal mit ihnen zusammenzuarbeiten."

Cleo fand triumphierend ihre Schlüssel, die unter ihrem geheimen Oreo Vorrat versteckt waren. Aber in dem Moment, in dem sie ihre Autotür berührte, wurde sie von einem hellen, weißen Blitz geblendet und ein melodisches Brummen umgab sie von allen Seiten. Das Geräusch wurde immer lauter und greller, bis sich der Boden unter ihren dünnen High-Heels aufzulösen schien. Cleo fiel zu Boden.

"Verdammte Hexen!" schrie sie hinaus ins Nichts, immer noch geblendet und in dem Versuch sich irgendwie zurück zu ihrem Auto zu tasten.

Cleo hielt plötzlich inne. Sie fühlte nicht mehr den harten Zementboden der Garage unter sich. Stattdessen wühlte sie mit ihren Fingern durch Grasbüschel und Erde.

Was zur Hölle? Sie rieb sich die Augen und begann langsam wieder sehen zu können.

Cleo schaute sich um.

Sie war im Nirgendwo. Um sie herum nichts als flache Wildnis, die sich in alle Richtungen erstreckte. Dies war kein Ort an dem sie sein wollte. Und es war leider nicht mal mehr im Geringsten in der Nähe von ihrem Auto. Sie nahm einen tiefen Atemzug und lächelte grimmig auf ihr Handy, welches sie immer noch mit ihrer Hand umklammert hielt, und zählte innerlich die Gründe auf, warum sich diese Hexen besser nicht mit ihr angelegt hätten.

Milliardärin? Check. Alpha eines mächtigen Bären-wandler Klans? Check. CEO mit Connections, die sogar den Präsidenten vor Neid erblassen lassen? Doppel-Check.

Mit denen werde ich fertig.

Cleos High-Heels versanken langsam im Gras. Sie rollte genervt mit den Augen und wählte, wütend auf das Handy hackend, die Nummer von Brad.

Das Gerät in ihrer Hand fing heftig an zu rappeln und kreischende Geräusche von sich zu geben. *Fantastisch.* Sie versuchte die Karten-App zu starten, aber stattdessen flackerte nur der Bildschirm und grüne Funken blitzten aus dem Telefon.

"Jetzt haben sie auch noch mein Handy verhext!" brüllte Cleo in die Leere. Das war nicht nett. Das war nicht lustig. Das war eine Kriegserklärung. Und Cleo hatte genug Geld, um sich eine ganze Flotte Panzer zu besorgen. Ihr innerer Bär tobte.

Diese Schlampen würden dafür bezahlen.

Sie schlüpfte aus ihren High-Heels und schmiss sie in ihre Handtasche. Sie schaute sich um-- das Gute daran, dass sie mitten in dieser flachen Einöde war: sie konnte jeden sehen, der sich ihr näherte-- und zog dann ihren Rock und ihr Höschen aus, gefolgt von Oberteil und BH. Sie faltete alles und verstaute es dann in ihrer Tasche. Der Wind fühlte sich auf ihrer nackten Haut erfrischend an. Es war schon so lange her, dass sie so ganz nackt in der Natur war und erst jetzt fiel ihr auf, wie sehr sie es vermisst hatte. Ihr langes, frisch blondiertes Haar, flatterte wie ein Fähnchen im Wind.

Sie versicherte sich, dass ihre Kleidung und das Handy sicher in der Tasche verstaut waren, zog dann zwei elastische Kordeln heraus und band sie fest an die Tasche, die sie sich dann anlegte, wie einen Rucksack. Die Schlaufen ließen ihre Tasche zwar nicht mehr aussehen wie eine Designertasche, aber es war immer noch besser, als eine kaputte Tasche, weil sie sie würde im Mund tragen müssen.

Ihr innerer Bär reckte und streckte sich. Sie bemerkte, wie sie größer und stärker wurde, während der Bär langsam zum Vorschein kam. Weiches, schwarzes Fell bedeckte sie von Kopf bis Fuß und sie fühlte, wie ihre Knochen sich in ihrem Körper neu arrangierten. Ihre Ohren verschoben sich nach oben auf ihren Kopf, während sie weiter wuchsen und sich verformten. Nachdem sie die Verwandlung beendet hatte und sich der Schwerpunkt ihres Körpers verschoben hatte, fiel sie auf alle Viere.

Vielleicht wird sich doch noch alles zum Guten wenden, seufzte Cleo.

Mitten ins Nirgendwo teleportiert zu werden war echt nervig, aber ihren Bären die Kontrolle übernehmen zu lassen, war wenigstens noch entspannender als die Hände ihrer Masseurin daheim. Es fühlte sich einfach *richtig* an, wenn sie in ihrer Bärenform war. Die etlichen Stunden, die sie in dieses Eishotel gesteckt hatte, hatten ihr nicht einmal einen Augenblick Zeit gelassen, ihren inneren Bären auch nur mal kurz herauszulassen. Erst jetzt bemerkte sie, wie viel Unbehagen sie schon die ganze Zeit mit sich herumgetragen hatte.

Sie lief über das flache Gras und genoss es, wie die großen Halme sie leicht unterm Bauch kitzelten, wie die Sonne warm auf ihren Rücken schien und der Lehm, der ganz weich war unter ihren großen Pranken. Hunderte verschiedener Gerüche verwöhnten ihre Nase und lockten ihren Bären mit Abenteuern, die aus allen Richtungen zu kommen schienen.

Wann habe ich eigentlich das letzte Mal einfach spontan etwas unternommen?

Ihre innere Vernunft versuchte ihrem Bären klar zu machen, dass sie sich beruhigen, ihr Handy in Ordnung bringen, wieder in die Zivilisation zurückkehren und sich mit den Hexen, die sie verbannt hatten, auseinandersetzen sollte. Aber eigentlich fühlte es sich ganz gut an, alles einfach einmal *loszulassen* und nichts anderes zu tun, als sich der Geschwindigkeit und der Stärke ihres Bären hinzugeben.

Jetzt wo niemand und nichts hier waren, war es ihr egal, ob die Börse gerade stieg oder fiel. Sie musste sich keine Sorgen darüber machen, was die Anteilseigner wohl sagen würden, wenn sie sie so als schwarzen Bären mit einer Louis Vuitton Tasche auf ihrem Rücken sehen würden. In ihrer jetzigen Gestalt musste sie sich vor niemandem rechtfertigen und konnte mit allem fertig werden.

Naja, vielleicht nicht mit allem. Ein Hauch eines unbekannten Geruchs kam von Osten. Es war definitiv von einem Tier, vielleicht auch von mehreren; und es roch alt. Sehr alt. Und stark.

Die beste Idee wäre es, weg von dem mysteriösen Geruch, und nach Westen zu laufen. *Wieso sollte ich?*

Cleo lief gemütlich Richtung Osten, während die Tasche auf ihrem Rücken auf und ab sprang.

"Etwas jagt den Zentauren Angst ein," sagte Titus und drehte sich zu Connor, aber sein bester Freund lief dem, was auch immer da kommen mochte, entgegen. "Verdammte scheiße, nicht schon wieder," sagte Titus und lief ihm hinterher.

Titus rannte durch das hohe Gras, sprang über einen leuchtenden Regenbogenhaufen eines Einhorns und verfehlte nur knapp den Rücken eines Greifen, der gerade auf einem Rosenbusch herumkaute. Ein großer, blauer Pegasus kreiste über seinem Kopf und wieherte aufgeregt, dass sich etwas näherte.

"Connor!" rief ihn Titus. *Wird er es denn niemals lernen?* Schon seit sie Kinder waren, hatte Connor erst gehandelt und dann überlegt. Wenn Connor etwas sah, das ihn interessierte, dann sprang er Hals über Kopf in die Sache, zuversichtlich, dass es gut ausgehen würde. Aus demselben Grund sind auch Titus und Connor aufeinander getroffen, als sie Kinder waren, aber trotzdem bescherte Connors Verharmlosung von Gefahren Titus immer wieder Kopfschmerzen. Titus konnte sich schon ausmalen, wie Connor sich über die dunklen Gewässer des Sees begab, um dem Seemonster Kekse anzubieten und davon auszugehen, dass das gefräßige, fleischfressende Seemonster seinen muskulösen Körper als "Freund" und nicht als "Essen" sah.

Connor begründete es dann immer damit, dass sie durch seinen Instinkt schon öfters verlorene Seelen für die Ranch gefunden hatten, als das Titus ihn vor etwas Feuerspuckendem retten musste.

Titus sah das allerdings nicht so.

Er holte Connor in der Nähe des Zentauren-Stalls, auf der Rückseite der Ranch, endlich ein. Ohne sich umzuschauen, hielt Connor die Hand zum Gruß erhoben. Connor wusste schon ohne ihn zu sehen, dass Titus bei ihm war. So war Connor eben. Er zeigte auf den Waldrand, welcher an ihr verstecktes Tal grenzte.

"Siehst du das?" flüsterte Connor.

Titus' Blick folgte der Richtung, in die Connor zeigte und sah es: Ein schwarzer Bär, der einen pinken Rucksack trug, kam auf sie zu.

Was zur Hölle?

Seit Titus von Connors Familie mit sechs Jahren adoptiert worden war, hatte er schon eine Menge sehr merkwürdiger Sachen gesehen. Er hatte sich schon fast daran gewöhnt, dass die Sphinx, schon wieder weiß-Gott-was-alles in ihren Höhlen bastelten. Und natürlich war ihm auch das Seemonster mit den vielen Tentakeln nicht mehr fremd, aber er wahrte dennoch die Distanz. Aber das hier war etwas Neues.

"Was ist es?" fragte Titus Connor.

"Das, mein Freund, ist die schönste Frau, die ich jemals gesehen habe," hauchte Connor.

Titus schaute wieder zu dem Bären. Es war ein Bär. Ein Bär mit einem Rucksack, aber trotzdem immer noch ein Bär. Es sah eher wie etwas aus, das aus einem Zirkus geflohen war.

"Meinst du das ernst?"

Connor drehte sich zu ihm um und sah ihn an. Seine leuchtend violetten Augen blitzten verärgert auf. "Wer von uns beiden hat hier den magischen Blick? Ich natürlich. Und das, mein Freund, ist eine verdammt heiße Braut."

Titus zuckte nur mit den Schultern und nickte dann. Er versuchte meistens Connors magische Abstammung zu verdrängen. Seit Titus als Sechsjähriger aus Versehen der falschen Hexe mit einem feurigen Schluckauf die Wäsche verkohlt hatte, war er verflucht worden. So sehr er sich auch bemühte, er schaffte es einfach nicht mehr sich in einen Drachen zu verwandeln. Und seine Eltern und der Klan haben nicht gerade freundlich auf diesen Fluch reagiert; sie verstießen ihn auf der Stelle und sagten ihm, dass er nicht wiederkommen brauchte, bevor er wieder in der Lage war, sich in einen Drachen zu verwandeln. Wenn Connor ihn nicht gefunden und die wahre Form unter seiner Haut erkannt hätte, dann hätte Titus bis heute nicht überleben können, da war er sich sicher. Das war eine Schuld, die er niemals würde ausgleichen können, egal wie oft er seine übernatürlichen Kräfte dafür einsetzte, um Connor aus den vielen brenzligen Situationen, in die er sich ständig manövrierte, zu befreien.

"Und, was denkst du?" sagte Titus. "Was macht ein Bärenwandler so weit hier draußen?"

Connor zuckte mit den Schultern. "Solange sie nicht

hierher kommt, um irgendwelche ausstehenden Rechnungen einzufordern, ist sie willkommen hier zu bleiben. Weil, *ehrlich gesagt*, kann ich mich gar nicht an ihr sattsehen." Er gestikulierte in ihre Richtung und seine Hände machten ein paar anzügliche Bewegungen.

"Warum muss ich ausgerechnet dich daran erinnern, dass du dich benehmen sollst? Hör auf sie so anzuglotzen," sagte Titus und gab Connor einen Klaps auf die Schulter. Währenddessen beschleunigte der Bär und kam verdammt schnell auf sie zu. Titus tauschte wortlos einen besorgten Blick mit Connor aus. *Bleib stehen.*

Wenigstens dieses Mal hörte Connor auf ihn und er blieb stehen. Titus wollte sie nicht verletzen, aber er würde bis auf den Tod kämpfen, um Connor zu beschützen.

"Habt ihr hier draußen Empfang?" Die Stimme, die aus diesem Bärenmaul kam, klang weiblich, selbstsicher und sehr genervt. "Ich muss euer Telefon benutzen."

Titus starrte. Obwohl er wusste, dass sie ein Bärenwandler war, fand er es einfach nur merkwürdig eine menschliche Stimme aus diesem Maul zu hören.

Connor lachte, "Natürlich gnädige Frau. Folgen Sie uns einfach. Es steht in der Ladestation."

Der Bär-- *die Frau, ich sollte sie als eine Frau sehen*, ermahnte Titus sich selbst-- schaute sich auf der Ranch um, während sie Connor zum Haus folgte. Wahrscheinlich wünschte er sich das nur, aber sie schien genauso ihn und Connor genau zu beäugen, wie sie den Zentauren, Einhörnern, Pegasi und Greifen beim Weiden zusah.

Ihr Blick zeugte nicht gerade von Überraschung. Connor hatte nicht mit Besuch gerechnet und trug nur ein altes, kariertes Hemd, das hauptsächlich aus Löchern bestand. Er hatte lässig ein paar der Knöpfe aufgemacht, als er sah, dass der Bär zu ihnen kam und stellte seinen Waschbrettbauch und seine wohlgeformten Brustmuskeln zur Schau. Selbst seine zotteligen, blonden Haare brachten die Frauen noch zum Dahinschmelzen, wenn sie vom Wind zerzaust waren.

Aber natürlich schmolzen sie genauso oft über Titus dunkles Aussehen dahin.

Vielleicht hätte ich auch mein Hemd aufknöpfen sollen, dachte Titus, verwarf diesen Gedanken dann aber wieder. Sie war nur auf der Durchreise, es spielte keine Rolle, was sie von ihnen hielt.

"Wie heißt du?" fragte Titus.

"Cleo. Und ihr beiden?" Sie betrachtete beide mit ihren schwarzen Augen.

"Ich bin Connor und das ist Titus. Aber du kannst uns jeden Namen geben, den du willst," sagte Connor. Sein Flirten hatte er sich hauptsächlich von schlechten Filmen und Serien abgeschaut.

Wir sollten öfters mal wieder ausgehen, seufzte Titus.

Cleo ging erst gar nicht darauf ein, was Titus auf Anhieb an ihr mochte.

"Was ist das hier für ein Ort?" fragte sie stattdessen. "Ist das eine Art Privatzoo?"

"Nein!" sagte Titus. "Bist du verrückt? Das hier ist ein *Zufluchtsort.*"

"Magische Lebewesen kommen hierher, wenn es ihnen nicht gut geht oder sie sich nicht mehr sicher fühlen," sagte Connor und schaute dabei Titus mit einem Blick an, der sagte: 'Wer braucht jetzt eine Erinnerung daran, dass er sich mal vernünftig benehmen sollte?' "Und wenn sie gehen wollen, dann gehen sie. Manche bleiben."

„Wer würde hier freiwillig mitten im Nirgendwo bleiben wollen? Ok, nichts für ungut, ich bin mir sicher, dass es für euch und eure... Lebewesen das Richtige ist. Ich allerdings muss noch ein wichtiges Geschäft abschließen, eine Firma leiten und außerdem noch einen Klan anführen." Sie murmelte noch etwas anderes, was eher nach einem Kraftausdruck klang, aber trotz seiner übersinnlichen Fähigkeit zu hören, war sich Titus dessen nicht sicher.

Als sie das Haus erreichten und Connor die Tür öffnete, wurde er fast von Daisy, dem Höllenhund überrumpelt. Über ein Meter knurrender Muskel und mit drei Köpfen, die ziemlich bedrohlich dreinschauten.

"Alles okay, Mädchen, das ist Cleo, sie ist nicht wirklich ein Bär," sagte Connor mit seiner leisen, beruhigenden Stimme.

Daisy beruhigte sich nicht. All ihre drei Lippen schoben sich zurück, sie fletschte die Zähne und ihre Nackenhaare stellten sich auf, als der Bär ihr Territorium betrat. Titus stellte sich zwischen Daisy und Cleo und zog die Aufmerksamkeit des rechten Kopfes auf sich. Sobald der Kopf ihn erkannt hatte, beruhigte er sich und zog sich zurück. Blieben nur noch die anderen zwei knurrenden Köpfe.

Connor tat dasselbe. Er schritt vor zu Cleos linken und beruhigte den Kopf auf der linken Seite, der sich kurz darauf auch zurückzog.

"Sei unterwürfig," murmelte Connor zu Cleo.

"Auf gar keinen Fall," knurrte Cleo, stellte sich auf ihre Hinterbeine und brüllte so laut, dass die Fenster im ganzen Haus rappelten. So wie sie da auf ihren Hinterbeinen stand, der Kopf leicht den Rahmen der riesigen Eingangstür streifend, türmte sie sich einen Meter über Daisy auf.

"Oh scheiße," murmelte Titus.

Alle drei Köpfe waren wieder wie wild, schnappten nach ihr und waren drauf und dran Cleo in Stücke zu zerreißen.

"Daisy--" fing Connor an, aber es war zu spät.

Daisy fing auf einmal an zu wachsen. Der schon riesige

Höllenhund, wuchs auf das Doppelte, dann auf das Drei-fache an. Sie stieß den Küchentisch um und ihr aggressiv wedelnder Schwanz schleuderte Töpfe und Teller quer durchs Haus.

Connor und Titus schauten sich an. Wenn Daisy so ausflippte, konnte keiner der beiden sie wieder beruhigen. Cleo musste sich wieder zum Menschen verwandeln. Sofort.

Cleo beobachtete mit großer Überraschung ebenfalls den plötzlich riesigen Höllenhund.

"Das ist was anderes," sagte sie kleinlaut.

"Du musst dich verwandeln. Sobald du ein Mensch bist, wird sie dich nicht mehr als Bedrohung wahrnehmen," sagte Titus.

"Ich würde es eigentlich eher bevorzugen meine Klauen zu behalten," sagte Cleo zähneknirschend und ging einen Schritt zurück.

Daisy brüllte bis das Haus erzitterte. Sie neigte ihren mittleren Kopf, was ein Zeichen dafür war, dass sie jedem Moment attackieren würde.

"Tu es auf der Stelle" sagte Connor. "Vertrau uns oder du wirst sterben."

Für den Hauch einer Sekunde, dachte Titus, dass Cleo nicht auf Connor hören würde. Dann kräuselte sich das Fell auf ihrem Rücken und schrumpfte, ihr Körper wurde immer kleiner und schmaler wie ihr Bär langsam verschwand und zurück blieb nur eine wunderschöne, nackte Frau, die einen pinken Rucksack trug. Ihr blondes Haar fiel ihr auf den Rücken. Titus wandte schnell seinen Blick ab, aber nicht ohne vorher einen kurzen Blick auf ihre kleinen Brustwarzen und ihren perfekten, runden Hintern geworfen zu haben. Sein innerer Drache rollte sich vor Freude und wandte sich unter seiner Haut.

Schnell zog er sein Hemd aus und gab es ihr, aber nicht ohne Daisy aus den Augen zu lassen. Sein innerer Drache hatte noch nie so stark auf eine Frau reagiert und es verunsicherte ihn etwas. Selbst der Höllenhund war sichtlich überrascht über die unerwartete Verwandlung und schrumpfte wieder auf die normale Größe. Titus und Connor seufzten vor Erleichterung.

Cleo riss Titus das Hemd aus der Hand und Connor beobachtete sie, wie sie das Hemd überzog. Das Hemd reichte ihr bis zu den Knien, aber der Stoff war so dünn, dass er sogar ihre Brustwarzen leicht durchscheinen sehen konnte. *Sei ein Gentleman, sei ein Gentleman, sei ein Gentleman*, sagte er zu sich selbst. Aber es half natürlich nicht, wenn Connor sie so offensichtlich anstarrte.

Erst als Daisy wieder in ihrer normalen Größe war, traute sich Titus vor und blockierte ihre Sicht auf Cleo. Als sie dann nicht mehr diese Frau sehen konnte, beruhigten sich alle drei Köpfe und erlaubte ihm sie zu streicheln. Als er sie dann noch an ihrem Lieblingspunkt hinter den Ohren ihres mittleren Kopfes kraulte, war sie vollends beruhigt.

"Gutes Mädchen. Du bist ein gutes Mädchen!" krähte Titus. Er warf einen Blick über seine Schultern und sah Cleo, wie sie ihn ansah, als hätte *er* drei Köpfe.

"Nur damit ihr es wisst," sagte Cleo, die Händen in den Hüften, "Ich hasse diesen Ort, verdammt nochmal. Und wo ist jetzt das scheiß Telefon?"

~

DAS IST MAL KACKE, dachte Connor. Als er Cleo aus den Wäldern kommen sah, hatte er schon davon geträumt, dass sie die Richtige war. Irgendetwas an ihr, vielleicht ihre

Stärke und ihr Selbstbewusstsein, ließen ihn denken, dass sie genau zu ihm, Titus und der Ranch hier passte.

Aber der Traum war schnell zerplatzt.

Cleo schien es sehr eilig zu haben, sie und alles hier hinter sich zu lassen. Aber genau da lag auch das Problem. Jedes Mal, wenn sie eines der Handys oder Festnetztelefone anfasste, sprühte es grüne funken und die Geräte hatten einen Kurzschluss. Um noch etwas Salz in die Wunde zu streuen, gingen sie natürlich, kurz nachdem sie sie wieder aus der Hand gelegt hatte, an. Mit voller Batterie.

Connor und Titus hatten beide versucht für sie zu wählen, aber jedes Mal, wenn sie dann zu sprechen versuchte, verschlug es ihr, wie verhext, die Stimme. Nach dem dritten Versuch war sie kurz davor das Handy gegen die Wand zu schmeißen und nur Titus' übersinnliche Reflexe bewahrte das Telefon davor in tausend Stücke zu zerspringen, indem er es aus der Luft fing.

Als nächstes versuchten sie, sie in die Stadt zu fahren. Ohne Erfolg. In dem Moment, wo sie dem Wagen zu nahe kam, fiel einfach die gesamte Elektronik aus. Der Truck funktionierte für Titus und Connor allein einwandfrei, aber kaum war Cleo zu nahe, da würgte er einfach ab.

"Es ist eigentlich ziemlich clever, wenn du mich fragst," sagte Connor zu Titus und Cleo nach einem letzten Versuch Cleo auf das fahrende Fahrzeug zu bekommen, bevor es wieder ausging. "Die Hexen sind viel schlauer, als ich gedacht habe."

Die Blicke, die Titus und Cleo ihm zuwarfen waren Antwort genug. Connor richtete sich auf.

"Nur weil ihr zwei ungerechterweise gewisse Hexen nicht mögt, heißt das noch lange nicht, dass der Hexenzirkel generell es nicht drauf hat und schafft jemanden wie Cleo aus dem Weg zu räumen. Aus dem Weg ist sie vorerst nämlich auf jeden Fall," verdeutlichte Connor nochmal.

Titus schüttelte den Kopf und zog seine Stirn kraus. Connor wusste, dass Titus niemals eine Hexe lobpreisen würde, nachdem, was sie ihm angetan hatten- egal wie schlau sie war. Und Connor hatte ebenso schon vor langer Zeit mitbekommen, was für einen Schaden eine Hexe anrichten konnte.

"Hier," sagte Titus zu Cleo, vermied es Connor anzuschauen und hielt ihr eine Hand hin. "Ich wette du hast eine Sekretärin oder einen Assistenten? Gib mir doch bitte die Nummer und ich werde mich um einen alternativen Plan kümmern, wie wir dich hier auch ohne irgendwelche Elektronik herausbekommen."

Cleos Hand klammerte sich krampfhaft um das Handy in ihrer Hand, aber dann gab sie nach und überreichte es ihm.

Connor bemerkte, dass sie für einen kurzen Augenblick ihre Finger in seiner Handfläche verharren ließ, als sie ihm das Telefon überließ und ein Funken Hoffnung keimte wieder auf. *Wenn sie nur anfangen würde das hier alles ein kleines bisschen weniger zu hassen, dann vielleicht...*

Er bremste sich selbst noch weitere Hoffnung zu schöpfen. Connor hatte schon immer eine besonders gute Gabe Menschen einzuschätzen, in etwa so sehr, wie Titus Eigenschaft sich in einen Drachen zu verwandeln. Er vermutete, dass Cleo jemand Besonderes war. Wenn sie nur begreifen würde, wie gut sie doch zu ihnen passen würde, dann würde sie vielleicht bleiben.

Titus ging außer Reichweite, um sicherzustellen, dass Cleos Nähe nicht den Empfang des Telefons beeinträchtigte.

Connor betrachtete Cleo. Sie hatte eine Jeans an-- eng

umschlungen von einem Gürtel-- und eines von Titus' weniger abgetragenen Hemden, welches sie sich eng um die Hüfte gebunden hatte, damit es sich nicht zu sehr im Wind aufblähte. Sie sah wie ein Cowgirl aus und Connor konnte einfach nicht anders als auf den einzigen nackten Teil ihrer Taille zwischen Hemd und Jeans zu schauen.

"Also, ähm, dann warten wir mal. Soll ich dir währenddessen hier mal alles zeigen?" sagte Connor. Titus wäre stolz auf seine Zurückhaltung. Was er stattdessen *fast* gesagt hätte war: "Hey, wenn ich dir zeigen würde wie ein paar Phönixe herummachen, würde dich das dazu anregen dich von mir und Titus vögeln zu lassen?" Vielleicht würde Connor es wirklich noch lernen seine Zunge zu hüten. Aber je mehr Zeit er mit Cleo verbrachte, desto mehr Ideen kamen ihm, wofür er seine Zunge noch so einsetzen könnte.

Cleo schaute ihn an. Ihr Blick wanderte von seinen dicken Cowboy Stiefeln, hoch zu seinen engen Jeans und verharrte einen Augenblick auf seiner nackten Brust. *Das Hemd aufzuknöpfen war auf jeden Fall die beste Idee, die er bisher gehabt hatte.* Er fühlte sich wohl, wenn sie ihn ansah, genoss jede Sekunde.

‚*Fass mich an*', wollte er sagen, konnte sich aber noch daran hindern.

Es ist noch zu früh, um es zu versuchen, aber als sie ihm ins Gesicht schaute, konnte er nicht anders, als sich die Lippen zu befeuchten. Ihr Schmollmund lud einfach dazu ein sie zu küssen. Es fiel ihm nicht schwer sich vorzustellen, wie sie damit seinen Schwanz umschloss. Er bemerkte, wie ihm eine Schweißperle die Stirn herunterlief. Wenn sie jetzt wieder nach unten schauen würde, würde sie sehen, dass er gerade einen Ständer bekam.

"Also, ähm, Tour?" Er fing an zu gehen. "Das würde dir helfen, dich auf andere...Gedanken zu bringen." Er war sich nicht sicher, was er tun würde, wenn sie ihm nicht folgen würde, aber er brauchte erstmal ein bisschen Abstand. *Ställe ausmisten, Heu stapeln, die Sphinx daran hindern, wieder scheiße zu bauen.* Sein Ständer erschlaffte endlich wieder. Verdammte Sphinx. Von allen Lebewesen, waren sie die einzigen, die es niemals schafften ihr eigenes Heim zu finden und wieder zu gehen, stattdessen gruben sie sich immer tiefer in den Berg.

Die Nachmittagssonne fühlte sich warm auf seiner Brust an und seine Anspannung löste sich. Connor liebte es hier draußen zu sein und das Gefühl des weichen Grases und der Erde unter seinen Stiefeln. Die sanften Grashügel der Ranch, sahen vor allem neben Cleo noch besser aus. Die blau-grauen Berge am hinteren Ende des Tals sahen einfach majestätisch aus, dagegen war das dunkle Grün der Wälder, am Fuße der hinteren Hügel eher mysteriös und geheimnisvoll.

Er stieg über einen Einhornhaufen und nahm sich für später vor, sich Zeit zu nehmen und hier wieder einmal sauber zu machen. Er hatte irgendwie das Gefühl, dass es ihm schwerer fallen würde, wenn Cleo erst einmal wieder weg war.

"Eure Ranch hier war mir am Anfang als Bär vielleicht noch ein bisschen zu viel. All diese unbekannten Gerüche und mir unbekannten Raubtiere," sagte Cleo, "Aber jetzt ist es irgendwie..."

"Wie..." hakte Connor nach. *Sag, dass du es magst, sag dass du es magst...*

"Ich weiß auch nicht... es ist großartig! Ich wusste noch nicht einmal, dass es Pegasi und Greifen wirklich gibt." Sie winkte. "Sind das da wirklich Zentauren? Heilige Scheiße." Sie eilte herüber zu dem Stall mit den Zentauren, bevor Connor sie daran hindern konnte.

"Warte!" rief er, wobei er sich zum ersten Mal vorstellen konnte, wie sich Titus immer fühlt, wenn er ihm das hinterherrief.

Kurz vor dem Stall der Zentauren hielt sie inne. "Was? Sind die gefährlich?" Eines der Einhörner ging auf Cleo zu und sie ging ihr daraufhin mit ihren Fingern voller Erstaunen durch die silberne Mähne. Connor wünschte sich, dass er diesen Moment mit dieser Schönheit von Frau und dem Einhorn, die sich in der hellen Nachmittagssonne beäugten, für immer festhalten könnte.

"Sie sind nicht gefährlich, sie sind einfach nur--"

Er hatte nicht mehr die Gelegenheit diesen Satz zu beenden, bevor die Herde Zentauren zum Zaun rannte und versuchten Cleo in ein Gespräch zu verwickeln.

"Hi!" sagte der erste. Er war ein riesiger Hengst, sein menschlicher Kopf und Oberkörper hatten einen leicht bronzenen Ton. Seine Pferde-Hälfte, hatte zum einen eine ziemlich beeindruckende Erektion und war sonst ziemlich muskulös und haselnuss-gold-farben.

"Hallo," sagte Cleo vorsichtig, wobei sie immer noch mit einer Hand das Einhorn streichelte. Sie drehte sich zum Zentauren um und lachte so breit, dass Connor sich wunderte, dass die Tiere nicht sofort geblendet waren, von so viel Schönheit.

"Jetzt ermutige sie nicht auch noch," sagte Connor, aber da war es schon zu spät. Sobald sie geantwortet hatte, fingen alle anderen Zentauren an auf sie einzureden, irre Stimmen, ein einziges enthusiastisches Durcheinander.

"Oh mein Gott! Hi! Hi! Hi! Hast du das Gras schon gesehen? Es ist sehr schön heute!"

"Das Gras! Ich war gerade dabei es zu essen, da sah ich auf einmal einen Schmetterling und plötzlich bin ich auf etwas draufgetreten. Die Sonne ist so schön! Du bist schön!"

"Ich habe gar keinen Schmetterling gesehen, wo ist er?"

"Wenn ich in die Sonne schaue, dann brennen mir die Augen. Warum will die Sonne nicht mein Freund sein?"

"Schmetterling! Wo? Wo? Wo? Hi! Hi! Wer bist du?"

Cleo schaute die Zentauren an, dann wieder Connor.

"Ich dachte immer Zentauren sind so weise."

Connor nahm ihre Hand und legte sie zärtlich unter seinen Arm, führte sie weg von den quasselnden Zentauren.

"Vielleicht in anderen Teilen der Welt, aber hier haben wir leider nur diese Dummköpfe," Connor zuckte mit den Schultern und bemerkte wie sehr er es mochte, wenn ihre Hand ihn berührte. Und genauso bemerkte er auch, dass sie nicht versuchte ihre Hand wegzuziehen. Ganz im Gegenteil, sie lehnte sich sogar an ihn und streifte ihn die ganze Zeit, während sie spazierten. "Die Zentauren haben ein gutes Herz, aber sie sind so nervig und tollpatschig, dass wir sie tagsüber eingesperrt lassen." Er machte eine Pause bis Cleo ihn ansah, gegen die Sonne blinzeln musste und sich näher zu ihm vorlehnte. Er musste schlucken. Ihre Augen glitzerten im Licht. Wobei er eigentlich nicht mal glaubte, dass es so etwas gab. "Es ist für ihre Sicherheit und wir haben unsere Ruhe," beendete er schnell den Satz.

Cleo blickte zu den Zentauren über ihre Schulter, während sie geistesabwesend seinen Arm streichelte. Es fühlte sich wie eine kleine Sonne an, die auf seiner Haut brannte. Ihr Blick verharrte bei den Zentauren. Immer noch riefen sie ihr Einladungen zum gemeinsamen Schmetterlingsjagen zu.

"Ich weiß, was du meinst," sagte sie.

Connor wusste nicht mal mehr worüber sie gerade noch gesprochen hatten. Zentauren? Ihre Hand? Ihre Hand hatte ihn gestreichelt? Er bemerkte, dass Titus zurückkam. Es war wie ein Summen im Hinterkopf, dass ihm seine Gegenwart verriet. Für einen Augenblick, fantasierte er darüber, wie sie ihn weiter so streichelte, während Titus von hinten in sie eindrang und--

"Cleo ich habe gute und schlechte Neuigkeiten," sagte Titus.

Verdammt.

Sie griff fester nach Connors Arm, was bisher das einzige Anzeichen dafür war, dass die sonst so kontrollierte und ruhige Cleo nervös war.

"Die gute Neuigkeit ist: Wir werden dich nach Hause bekommen. Wir haben einen Diesel-Truck aus den Siebzigern ohne jegliche Elektronik finden können. Er sollte noch gut genug in Schuss sein, bis hierher und wieder zurückzufahren.

"Und die schlechte Nachricht?" fragte Cleo.

"Die schlechte Nachricht:" die Hände in den Hüften. "Er ist weiter drüben, ein paar Staaten weiter und man braucht in etwa drei Tage, um hierherzukommen." Connor kannte Titus so gut, dass er wusste, dass er gerade ein Grinsen unterdrückte. *Gut. Titus mag sie also auch.* "Dein Assistent muss rüber fliegen, den Wagen abholen und ihn bis hierhin fahren, was eine ganz schöne Reise ist." Wenn Connor nicht wüsste, dass er immer so unglaublich ehrlich war, dann hätte er Titus auch zutrauen können, dass er es eingefädelt hatte, dass es ein paar Tage dauern würde. Ihr armer Assistent würde auf jeden Fall eine ganze Weile unterwegs sein.

"Tut mir wirklich leid," fuhr Titus fort. "Du fühlst dich jetzt wahrscheinlich ein bisschen machtlos- etwas, was dir sicherlich nicht oft passiert. Aber wir bekommen das schon hin."

"Aber auf der anderen Seite hast du dann mehr Zeit mit uns!" sagte Connor.

Connor dachte wieder nicht nach. Er konnte an nichts

anderes mehr denken, als daran, dass Cleo noch etwas bei ihnen bleiben würde. Auf einmal lehnte er sich vor, um sie zu küssen.

Seine Lippen waren nur einen Hauch entfernt, als sie zurückschreckte, ihn von sich wegschubste und die beiden erschrocken ansah.

"Es tut mir Leid!" platzte es aus Connor heraus.

"Cleo--" fing Titus an, mit den Armen ausgestreckt.

Sie wirbelte herum, stürmte ins Haus und keiner der beiden hielt sie mehr auf. Connor entwich ein langer Seufzer.

"Scheiße."

Scheisse.

Mit geballten Fäusten schritt Cleo in dem gemütlichen Gästezimmer, was die Jungs für sie hergerichtet hatten, auf und ab. Dass Connor so weit gegangen war, war nur eine logische Konsequenz gewesen; sie hatte ihm auf jeden Fall genug Gründe dafür gegeben. Aber es fühlte sich jedes Mal so *gut* an, wenn sie "aus Versehen" mit ihren Brüsten an seinem harten Oberkörper entlangstreifte.

Sie stolperte und fiel fast über die Ecke eines Teppichs, der einen Großteil des Holzbodens im Zimmer einnahm. *Das kommt davon, wenn ich dauernd an seine Muskeln denken muss.*

Sie setzte sich auf das weiche Kissen am Fenster. Der Sonnenuntergang war einfach atemberaubend heute- er war wie gemalt. Wann war wohl das letzte Mal, dass sie eine freie Minute hatte und einfach nur so da saß und dem Sonnenuntergang zusah. Zwei Einhörner vögelten gerade auf einem Hügel, ihre Silhouetten vor ein paar leuchtenden

Wolken, was zusammen aussah wie eine Postkarte aus einem erotischen, magischen Paradies.

Ich hätte Connor mich einfach küssen lassen sollen. Sie lehnte sich nach vorne und drückte ihre Stirn gegen das kühle Glas. Wäre es wirklich so schlimm, diesen appetitlichen Mann zu verschlingen und sich an seinen muskulären Körper zu schmiegen? Sie hätte ihn bei seinem zotteligen, blonden Haar packen können, ihre Lippen auf seine drücken und sich mit einer Hand bis zu seinem Hinter vortasten können, um herauszufinden, ob er wirklich so knackig und fest war, wie er aussah. Sie hätte ihn aus seinen schäbigen Klamotten reißen und fühlen können, wie sein Körper vor Verlangen bebte. Sie würde seinen Schwanz reiten, bis ihm Hören und Sehen verginge.

Selbst die Kühle des Fensters konnte ihre Hitzewallungen nicht mehr abkühlen.

Das Bild in ihrem Kopf änderte sich und es erschien Titus, der sie feste von hinten nahm. So wie sich seine Hände anfühlten, als er ihr aus dem Wagen geholfen hatte, ließen immer ihren Atem stocken. Und diese Stimme. Sie könnte sich stundenlang anhören, wie er ihren Namen sagte. Sie stellte sich vor, wie seine dunkle Haut vor Schweiß glitzerte, während er ihren Körper festhielt. Sie war kurz davor laut aufzustöhnen, aber sie biss sich in die Hand. Titus würde gnadenlos zustoßen und sie könnte sich nicht dagegen wehren. Stattdessen würde sie vor Genuss laut aufschreien.

Und da ist mein Problem. Sie ging sich mit ihren Händen durch ihre langen, blonden Haare; zerrte dabei an ihnen. Wie sollte sie sich bloß zwischen diesen zwei heißen Männern entscheiden können. Connor war spontan, lustig und schlauer, als er zugab. Titus war nachdenklich, höflich und schien sie wirklich zu verstehen. Und offensichtlich waren sie beste Freunde. Auf ein derartiges Drama hatte sie keine Lust.

Cleo stöhnte frustriert auf. *Halte einfach nur noch zwei Tage durch, dann bist du wieder zurück.*

Sie öffnete das Fenster, um die Ranch besser in Augenschein nehmen zu können. Eine leichte Brise mit dem Duft von Gras und dem magischen-- auch wenn sie das nicht für möglich gehalten hätte- Geruch der Tiere wehte herein. Der dunkle See, die grünen Hügel und die fremden Kreaturen waren einfach wunderschön. Sicher war das hier ein verrückter Ort und ein Alptraum ihn finanziell zu unterhalten, aber sie mochte ihn einfach. Nicht zu vergleichen mit allem, was sie bisher kannte-- sie zog eigentlich lieber überfüllte Städte mit gehetzten Menschen vor-- aber aus irgendeinem Grund fühlte sich das hier *richtig* an. Sie fühlte sich wie zu Hause. Ihr innerer Bär wollte heraus und dieses geheimnisvolle Land noch weiter erkunden.

Ein Greif ging über dem Wald nieder und tauchte kurz darauf mit einem Reh in seinen Klauen wieder auf. Sie lächelte. *Wie kann sich so ein merkwürdiger Ort nur wie zu Hause anfühlen?*

Ein Klopfen unterbrach ihre Gedanken.

"Cleo? Das Abendessen ist jetzt fertig. Wenn du willst, dann iss doch mit uns." Titus Stimme wurde von der Holztür abgedämpft.

"Oh ja, natürlich. Auf jeden Fall!" Cleo versuchte enthusiastisch zu klingen. *Ich kann nicht glauben, dass ich mich hier im Zimmer einschließe, wie ein kleiner Teenager.* Sie *versteckte* sich, weil sie nicht wusste, was sie mehr wollte: Connor, Titus oder als Bär umherlaufen und sich an den Gerüchen satt-riechen.

Sie seufzte. In einem Raum mit diesen beiden Männern zu sitzen, ohne sie anfassen zu dürfen, würde ihr noch schwerer fallen, als Schlupflöcher in einer Regulation für Monopole zu finden. Sie richtete schnell ihr Haar und warf ihrem Spiegelbild ein triumphierendes Lächeln zu. *Du hast das alles unter Kontrolle.*

Cleo begab sich in Richtung der Küche, aus der schon leckere Gerüche kamen. Sie hielt die Luft an vor Freude über das, was sie da sah. In Cajun geräucherte Austern, Filet Mignon in einer Wasabi-Kruste und Kartoffelpüree mit Trüffel standen auf dem Küchentisch. Der Duft von dem Karamell-Käsekuchen, der noch im Ofen war, gab ihr den Rest.

Ihr bester Freund, Orson, hatte vor kurzem erst eine Köchin geheiratet und Cleo war sich sicher, dass keiner so gut kochen konnte wie sie-- aber anscheinend lag sie da falsch.

"Das riecht alles so unglaublich lecker!" Cleo unter-drückte den Impuls ein wenig mit ihren Fingern zu probieren.

"Connor ist der Koch." sagte Titus und lachte stolz. "Nor-malerweise essen wir nicht *sooo* gut, aber..."

"Aber wir können es natürlich nicht lassen, ein wenig anzugeben, wenn wir so eine atemberaubende Frau wie dich, zu Besuch haben." Beendete Connor den Satz.

Cleo merkte, wie sie rot anlief. Sie war es gewohnt, dass sie Komplimente von Männern bekam, aber etwas an der Art, wie Connor es sagte, machte das Kompliment zu etwas mehr. Sie versuchte die Fassung zu behalten und witzelte:

"Dann bin ich froh, dass du so viel gekocht hast. Ich habe nämlich einen Bärenhunger."

Titus lachte und schüttete Wein ein; erst ein wenig, um Cleo wie einen Sommelier probieren zu lassen und dann füllte er das Glas auf. Es war ein erdiger, chilenischer Wein-Cleos absoluter Lieblingswein. Sie bemerkte, wie der Stress dieses verrückten Tages von ihr abfiel, als sie Connors Essen aß und Titus' Wein trank. Sie unterhielten sich ganz ungezwungen, als würden sie sich schon seit Jahren kennen.

"Wie habt ihr zwei euch eigentlich kennengelernt?" Cleo nahm eine Auster in den Mund und unterdrücke ein zufriedenes Aufstöhnen, als der würzige Geschmack ihre Zunge berührte.

Connor und Titus blickten sich ernst an. *Oh Scheiße.* Cleo bereute diese Frage sofort wieder. *Habe ich da gerade ein paar böse Erinnerungen geweckt?* Gespannt wartete sie auf eine Antwort, schon bereit sich zu entschuldigen.

Titus fing an, „Wir haben uns schon als Kinder kennengelernt. Connors Familie hat mich aufgenommen, nachdem..."

"Nachdem seine dämliche Familie ihn vor die Türe gesetzt hatte, weil er nicht mehr in der Lage war sich zu verwandeln." beendete Connor. Er schnitt eine Grimasse, als er sah, wie kurz ein schmerzerfüllter Blick über Titus' Gesicht huschte. "Sorry Kollege, ich weiß, es ist ein heikles Thema. Aber deine Eltern sind einfach hier die Arschlöcher, nicht du."

"Du hast mir immer gesagt," zweifelte Titus. "dass ich der falschen Hexe auf den Fuß getreten bin, genau wie du Cleo." Titus warf ihr ein Lächeln zu. "Meine Familie-- also wirklich der ganze Klan-- sind ziemlich altmodisch. Sobald ich meine Fähigkeit meinen inneren Drachen rauszulassen, verloren hatte, wurde ich verbannt." Titus räusperte sich. "Aber, um deine Frage zu beantworten, was eigentlich passierte war, dass unser sechs Jahre alter Connor einen Drachen in Menschenform ganz alleine da sitzen sah, doch anstatt schreiend wegzulaufen, wie jedes andere Kind, bot er mir die Hälfte seines Schokoriegels an und nahm mich mit nach Hause."

"Darf ich ihn behalten?" fragte Connor und mimte eine Kinderstimme nach und rüttelte dabei an Titus Arm.

"Deine Eltern haben es dir erlaubt?" fragte Cleo, mit dem Mund voller Trüffel Kartoffelpüree.

"Sie waren da ganz locker. Sie vertrauten einfach meinen Instinkten." grinste Connor. "Meine Großmutter war eine Hexe, die eine besondere Intuition hatte, welche ich wohl geerbt haben muss. Ich kann durch Dinge hindurchsehen." Er nahm einen tiefen Schluck Wein. "Ich kann zum Beispiel dich und deinen Bären sehen." kicherte Er. "Deinem Bär scheint das Essen ja ziemlich zu schmecken."

Halt dich zurück, du Idiot, ermahnte Cleo ihren inneren Bären, der sich schon vor Freude auf dem Rücken wälzte. Wie immer, ignorierte er ihre Befehle und tollte weiter voller Freude umher und verlangte auch noch nach einer dritten Portion Kartoffeln.

"Wir haben diese Ranch eröffnet, um andere übersinnliche Lebewesen vor der Welt da draußen zu beschützen." Titus öffnete eine zweite Flasche Wein. "Es ist leider ein wenig schwierig sich damit über Wasser zu halten."

"Es ist wirklich eine Herausforderung die Miete der Einhörner und der Seemonster einzutreiben," kicherte Connor.

"Aber wir bekommen das schon hin. Naja...versuchen es zumindest." sagte Titus matt. "Glücklicherweise schaffen die meisten Geldeintreiber es nicht an dem Seemonster vorbei." Er nahm einen tiefen Schluck Wein.

"Schwieriger ist es aber, eine Frau zu finden, die zu uns beiden passt; außerdem sind wir ja so alleine und isoliert hier draußen." Connor kaute ganz langsam. "Da wir so gerne immer alles teilen, macht es das auch nicht gerade einfach eine Frau kennenzulernen- so viel kann ich dir schon mal sagen."

Cleo musste sich zusammenreißen, um nicht vor Schreck ihren Wein wieder auszuspucken. Die Vorstellung, wie diese beiden Männer sie gleichzeitig vögelten, brachte sie auf Hochtouren. *Hat er das gerade wirklich gesagt?* Connor schien immer direkt zu sagen, was ihm gerade in den Sinn kam, vielleicht redete er wieder einmal einfach so vor sich hin. Cleo versuchte sich mit dem abzulenken, was sie am besten konnte und kannte: Geschäfte.

"Wenn ihr wollt, dann könnte ich mal ein Blick auf eure Finanzen werfen. Ich habe ein Fortune 500 Unternehmen aus der kleinen Firma meines Vaters gemacht. Ich bin mir sicher, dass ich einen Weg finden werde eure Ranch zu finanzieren."

Titus fing aufgeregt an die vielen Kosten der Ranch aufzuzählen, wogegen Connor sich lieber um den Karamell-Käsekuchen kümmerte. Cleo nickte zu Titus' Worten, versuchte sich auf Einkommensquellen und Löhne zu konzentrieren, aber ihre Gedanken schweiften immer wieder ab und landeten in dunklen und versauten Orten.

Sie hatte nur noch zwei Tage hier; Sie sollte jetzt wirklich nicht in Fantasien schwelgen, in denen sie diese zwei attraktiven Männer verschlang. Sie wäre schon beschäftigt genug damit, die Ranch aus den Schulden herauszubekommen; da brauchte sie nicht noch zusätzliche Komplikationen. Aber nach nur ein paar Stunden mit den beiden, war sie so scharf, wie schon seit Jahren nicht mehr. Sie stellte sich vor wie beide Männer sie komplett ausfüllten. Sie rückte auf dem Stuhl zurecht und bemerkte im selben Moment, dass sie schon ziemlich feucht war.

Reiß dich zusammen! Ich kann nicht glauben, dass es jetzt schon so weit gekommen ist.

～

CONNOR KONNTE NICHT SAGEN, was ihn zuerst aufgeweckt hatte: seine Intuition in Form eines inneren Juckens oder der herbe Geruch von Rauches.

"Titus!" rief er, haute gegen die Wand, die ihre beiden Schlafzimmer voneinander trennte und zog sich schnell die Jeans und die Stiefel an, während er schon auf dem Weg war und zur Tür hüpfte. Im Augenwinkel sah er Daisy, wie sie sich in einer Ecke der Küche zusammenkauerte und auf die Größe eines Chihuahuas geschrumpft war.

Connor konnte schon die Schreie von den Zentauren und Einhörnern hören, als er aus dem Haus trat. Ein einsamer Phönix flog über dem Haus, sein Hinterteil noch in Flammen. Durch Cleo abgelenkt, hatten sie völlig vergessen auf die Häutungszyklen des Phönixes zu achten und ihn weit weg von dem trockenen Holz und dem Heu in den Ställen zu halten. Der komplette Stall war in Brand gesetzt worden, Feuer verschlang das Dach und züngelten zu beiden Seiten herunter. Das zerbrechliche Holz sah so aus, als würde es jeden Moment zusammenbrechen.

Der Wasserschlauch war nur wenige Meter von dem Inferno entfernt. Connor schaltete auf automatisch pumpen und rollte den Schlauch aus, so schnell er konnte. Das Wasser schoss durch den Schlauch in seiner Hand und Connor kämpfte mit dem Wasserdruck um die Kontrolle. Seine Muskeln wölbten sich, als er den riesigen Schlauch in die Richtung des Stalls richtete und so einige der Flammen zurückdrängen konnte, so dass einige der Einhörner nach draußen fliehen konnten.

Die Schreie der Zentauren drangen noch aus dem brennenden Gebäude. Entweder waren sie zu aufgeregt oder zu ängstlich, um die Flucht zu ergreifen. Jemand musste ihnen heraushelfen.

Connor ging langsam, den großen Schlauch vor sich

haltend, auf den brennenden Stall zu und drängte weitere Flammen zurück, in der Hoffnung auch den Weg für die restlichen Tiere noch ebnen zu können, bevor das ganze Gebäude über ihnen zusammenfiel.

Er rief die Zentauren bei ihrem Namen, hoffte, dass sie seine Stimme auch noch durch das knisternde und knackende Feuer hören konnten. Ihre Schreie änderten sich aber plötzlich zu einem zu Tode erschrecktem Durcheinander, dabei lief es ihm eiskalt den Rücken herunter.

"Hilfe!"

"Gefangen!"

"Wir sind verloren!"

"Helft uns!"

"Gefangen!"

Die Hitze des Feuers war wie eine Wand, die ihn zurückzwang, aber Connor kämpfte weiter gegen sie an. Wasserspritzer hatten ihn von Kopf bis Fuß nass gemacht, sein Haar klebte an seiner Stirn und Wassertropfen liefen ihm über die Brust. Seine nasse Jeans rieb eng gegen seine Beine.

Connor fühlte, dass Titus jetzt auch kam. *Endlich.*

"Na, gut geschlafen?" rief Connor über die Schulter.

"Halt weiter die Tür für uns frei. Ich mach das schon," rief Titus, bevor er direkt in das Feuer rannte. Er verschwand hinter der Wand aus Feuer und Connor kämpfte weiter gegen die Flammen, um ihnen einen Weg durch das Feuer zu öffnen.

"Was zur Hölle macht er da?" Cleo erschien neben ihm. Sie griff nach dem Wasserschlauch hinter ihm und half ihm den Schlauch weiter zu stabilisieren, damit er das Wasser besser kontrolliere konnte. *Ich wusste doch, dass sie genau die richtige ist*, dachte Connor.

Laut sagte er, "Titus ist ein Drachen, er ist--"

Bevor er seinen Satz beenden konnte, schossen vier Zentauren durch die Tür und rannten in Panik direkt auf sie zu. Connor wirbelte herum, stürzte sich mit Cleo zu Boden und schütze ihren Körper mit seinem, während der Lärm von Hufen sie zu beiden Seiten einkreiste. Er fühlte ihr Herz rasen, ihren Atem aufgeregt nach Luft schnappend.

Es sollten eigentlich fünf Zentauren sein, dachte Connor.

Ein donnernder Krach erschallte hinter ihnen und Connor wirbelte herum, nur um zu sehen, dass der gesamte Stall erzitterte und dann in einer heißen Explosion in sich zusammenfiel. Er drehte sich rechtzeitig vor Cleo und verhinderte, dass sie von den Splittern getroffen wurde, er selbst spürte einen heißen Stich in seinem Rücken.

"Titus!" schrie Cleo, schob Connor leicht zurück, damit sie sehen konnte, was passiert war. Sie hielt sich fest an ihm, während sie zusahen, wie der Rest des Stalls von den Flammen verschlungen wurde. "Titus," sagte sie wieder, leise, ganz so als würde sie beten. Sie hatte ihren Kopf auf Connors Schulter gelegt und er spürte, wie ihre Herzen im selben Rhythmus schlugen.

Eine kleine Flammenexplosion, ein riesiger Schatten und plötzlich erschien Titus, der dem letzten Zentauren aus den Flammen verhalf. Titus' Haut war immer noch in Flammen gehüllt und er sah aus, als würde er gerade direkt aus einem Action-Filmposter herausspazieren. Der letzte Zentaur hatte einige versengte Stellen auf seiner Haut, aber ihm ging es gut genug, dass er noch zu seinen Gefährten rennen und sich von ihnen trösten lassen konnte.

Das Feuer hatte Titus' Hose fast komplett verbrannt und sie hing ihm nur noch in Fetzen an den Beinen; seine dunkle Haut von der Hitze gerötet. Connor konnte seinen inneren Drachen sehen, wie er kämpfte und sich befreien wollte, um sich in der heißen Glut des Feuers zu baden.

"Heilige--" hauchte Cleo, nicht in der Lage den Satz zu beenden. Titus kam zu ihnen herüber und fiel neben ihnen auf die Knie. Wie von selbst streckte sie eine Hand, wie von einem Magnet angezogen, nach ihm aus, um sein Gesicht zu berühren und sicherzustellen, dass er okay war. Ihre zweite Hand langte nach Connors Gesicht, dem es heiß durch seinen Körper fuhr und es sich in seinem Lendenbereich regte.

Sie gehört uns.

CLEO WAR NOCH NIE SO SEHR in Schrecken versetzt worden. Titus war wortwörtlich in ein brennendes Gebäude gerannt, während Connor nur mit einem Schlauch bewaffnet die Flammen bekämpfte. Sie hätten sich verletzen können. Sie hätten *sterben* können. Ihr liefen die Tränen, während sie beide umarmte. Cleo war völlig überrascht, wie schnell ihr die beiden Männer ans Herz gewachsen waren. Allein der Gedanke daran auch nur einen der beiden zu verlieren, tat weh.

Fast die gesamte Kleidung von Titus war abgebrannt, aber seine Haut schien keinen Schaden davongetragen zu haben. *Er ist wirklich ein Drachen*, dachte sie voller Erstaunen.

Ihre Finger liefen über seine Haut auf der Suche nach einer Verletzung. Titus hielt die Luft an, als sie ihn berührte und er ging ihr gleichzeitig mit seiner großen Hand beruhigend durch die Haare.

Sie lehnte sich an ihn, wandte sich aber Connor zu. Er war klatschnass, sein Gesicht rußverschmiert. Sie strich sein nasses Haar zurück und ihre Finger suchten jetzt seine Haut auf Verletzungen ab. Er zog sie zu sich heran und drückte seine Lippen auf ihre.

Das Gefühl ihn endlich zu küssen war so befreiend, dass sie sofort bereute ihn nicht schon längst geküsst zu haben. Sein Kuss strahlte Stärke und Güte aus und hatte den leichten Geschmack von gegrilltem Seewolf. Eine wundervolle Kombination für einen Mann, der *genau* weiß, wie er seine Zunge zu benutzen hat. Cleo legte einen Arm um Connors stahlharten Rücken, während sie mit der anderen Hand nach Titus Gürtel griff.

"Ich will euch," keuchte sie.

Das war Einladung genug für die beiden. Titus' Mund verwöhnte Cleos Nacken, küsste und knabberte an ihrer zarten Haut, während sich seine Hände nach vorne schlängelten und ihr Oberteil öffneten. Connors Hände glitten zu ihrem Gürtel und öffneten ihn, während seine Zunge den Weg zu ihrer fand.

Alle drei zogen sich ganz aus, bis sie komplett nackt unter dem Nachthimmel waren. Sie lagen auf der Erde, einige Meter von der zerstörten, immer noch vor sich hin schmorenden Ruine und all den fantastischen Lebewesen, die ihnen neugierig zusahen. Die Luft roch nach Ruß, verbranntem Holz und versengtem Haar, aber all das nahm Cleo nicht mehr wahr, als Titus und Connor mit ihren Händen ihren ganzen Körper erforschten.

Cleo gab sich ihnen völlig hin; die rauen Hände liebkosten sie, dass Lust immer wieder und wie in Wellen durch ihren Körper brandete. Sie wusste nicht, wie es sich anfühlt, die Kontrolle anzugeben, aber jetzt genoss sie es in vollen Zügen, dass die Männer das Ruder übernahmen. Eine kühle Brise wehte, streifte ihren Körper und sie hielt die Luft an. Sie war ihnen völlig ausgeliefert und sie mochte dieses Gefühl.

Titus Hände ließen von ihr ab und sie antwortete darauf mit einem Stöhnen. Sie sah aus dem Augenwinkel, wie er auf dem Feld hinter ihnen eine Decke über ein paar hüfthohe Heuballen warf und ihr Puls raste plötzlich. *Sie werden mich an Ort und Stelle nehmen.*

Connor hob sie hoch, seine starken Hände umfassten ihren Hintern, trugen sie herüber zu den Heuballen und ließen sie sanft darauf nieder. Sie krümmte sich vor Verlangen, als die beiden Männer vor ihr standen und auf sie herabschauten.

"Sie ist unglaublich," flüsterte Titus.

"Sie gehört jetzt uns," grinste Connor.

Sie fielen über sie her. Titus begann an ihren Füßen, streichelte und küsste Cleos Waden, arbeitete sich langsam ihren Körper mit seinen Händen und seinem Mund hoch. Jeder Zungenschlag ließ es ihr eiskalt den Rücken herunterlaufen.

Währenddessen galt Connors volle Aufmerksamkeit ihrer Brust, leckte ihren inzwischen spitzen Nippel und rollte ihn zwischen seinen Zähnen, während er mit dem anderen zwischen seinen Finger spielte. Cleos Hand langte nach Connors Hinterkopf, zog ihn fester zu sich, stöhnte und keuchte. Wenn Titus Küsse wie brandende Wellen waren, dann war Connors Zunge gleißendes Feuer.

Titus war inzwischen bei ihren Oberschenkeln angelangt, und kam ihrer feuchten Spalte mit quälend langsamer Geschwindigkeit immer näher. Er schaute zu ihr auf und lächelte sie mit seinem umwerfenden Grinsen an.

"Sie ist wunderschön." stöhnte er bevor er sie verschlang, mit der Zunge ihre Schamlippen leckend. Sein warmer Mund auf ihrer Muschi fühlte sich einfach unglaublich an, seine Zunge ließ sich immer wieder etwas Neues einfallen und er fand immer wieder sensible Stellen, die sie selbst noch gar nicht kannte.

Dann widmete er sich ihrem Kitzler, leckte und saugte daran, während er ihre Schamlippen mit seinen Händen auseinanderzog. Er neckte sie, spielte mit ihrem feuchten Loch, bis sie am liebsten geschrien hätte. Ohne Vorwarnung, steckte er zwei Finger in sie und fingerte sie schonungslos.

Cleo brachte nur noch ein Winseln hervor. Ihre Hand glitt Connors feuchte Haut entlang und spürte die harten Rippeln seiner Muskeln unter ihren Fingern. Sein Haar war immer noch klatschnass und das Wasser rann auf ihren Körper herunter, als er zur anderen Brust wechselte und sie mit der Wärme seiner Zunge neckte. Connors Hände erforschten ihren Körper, liebkosten ihre zarte Haut, während sein Mund ihre Brüste umschloss. Sie drückte ihren Rücken durch und drückte ihre Brüste feste gegen ihn.

"Hmm, ja," stöhnte sie, griff nach dem Heu neben ihr. "Ich will euch alle beide." Sie stieß mit ihrer Hüfte vor, so dass Titus' Finger tiefer in sie eindrangen und zog gleichzeitig Connors Hand zu ihrem Mund und lutschte an seinem Finger.

Wie Connor ihre Nippel bearbeitete und Titus sie so fingerte, war mehr als sie ertragen konnte. Cleo wandte sich und schrie, umklammerte mit ihrer Muschi Titus' Finger, während sie schreiend zum Orgasmus kam.

Sie nahm ihre Umgebung erst wieder richtig wahr, als Titus seine Finger aus ihr herausgezogen hatte. Sie räkelte sich in Verlangen nach Titus' Fingern und versuchte sich an Connor zu klammern, aber auch er war von ihrer Seite gewichen. Die beiden Männer standen jetzt vor ihr, ihre

Haut glitzerte vor Schweiß in der Dämmerung und sie sah zum ersten Mal ihre beiden nackten Körper ganz.

Oh Gott. Selbst Connor, der kleinere der beiden, war einer der muskulösesten Männer, den sie je gesehen hatte. Er hatte einen Körper voller Muskeln von der harten Arbeit und den Kämpfen mit den Phönixen und dem Stapeln von Heuballen. Ihr Blick wanderte runter zu ihren erigierten Schwänzen, auf dessen Eichel schon Lusttropfen zu sehen waren; sie musste schlucken. Unbewusst spreizte sie ihre Beine, die Feuchte dazwischen zeugte davon, dass sie bereit war für sie und es kaum erwarten konnte von ihren riesigen Schwänzen ausgefüllt zu werden.

"Kommt her. Sofort," sagte sie und winkte sie mit ihrem Finger zu sich herüber.

"Selbstverständlich Ma'am," sagte Connor, und stellte sich zwischen ihre Beine.

"Wie Sie wünschen," sagte Titus und ging hinter sie, um ihre Schultern zu massieren. Sie lehnte sich zurück, fühlte wie er all ihre Verspannungen löste, von denen sie nicht einmal wusste, dass sie diese hatte.

Connor blickte auf ihren Schlitz, als wäre es das Schönste, was er je in seinem Leben gesehen hatte; sein Mund stand voller Erstaunen offen. Er ging ein wenig nach vorne, bis sein Schwanz kurz vor ihrer warmen Spalte war und neckte sie mit seiner festen, harten Eichel. Sie hob ihre Hüfte in der Hoffnung mehr von ihm zu spüren, aber erst als sie sich wieder zurückzog und entspannte kam er ihr wieder näher.

"Connor..." sagte sie in gehauchtem Stöhnen, obwohl sie eigentlich bedrohlich klingen wollte. Er zwinkerte ihr zu und drang quälend langsam in sie ein, bis sein ganzer Umfang sie ausfüllte. Er war riesig, und seine Länge berührte sie genau an den richtigen Stellen.

Es war so ein intensives Gefühl, dass sie ihre Zehen im Heu vergrub, sich gegen ihn krümmte und versuchte ihn noch tiefer in sich aufzunehmen. Sein Daumen fand ihren Kitzler und umkreiste ihn in kleinen Kreisen und sie wandte sich noch heftiger unter ihm.

"Ich will mehr," stöhnte Cleo.

Connor stieß noch fester zu und stöhnte auf, seine großen Hände hoben Cleos Beine an ihren Knöcheln hoch und legten sie auf seine Schultern. Der Winkel fühlte sich großartig an: mit jedem Stoß streichelte sein Schwanz ihren Kitzler und Cleo versuchte sich vergeblich an irgendetwas zu klammern.

Sie dreht sich zu Titus um, der schon voller Verlangen mit seinem harten Schwanz auf sie herabschaute. Mit einem schelmischen Grinsen zog Cleo Titus mit ihrer Hand näher zu sich. Er stand so nah an den Heuballen, dass sie nur ihren Kopf zur Seite legen musste, um den Lusttropfen von seiner Eichel zu lecken. Er warf voller Genuss seinen Kopf in den Nacken.

Connor drang immer schneller in sie ein, während ihre Zunge Titus gesamte Länge erkundete und leckte und ihre Hände zart mit seinen dicken Eiern spielten. Dann öffnete sie ihren Mund und verschlang ihn.

Das Gefühl wie sie Titus in ihrem Mund und Connor in ihrer Muschi spürte, war etwas, was sie noch nie in ihrem Leben erlebt hatte. Sie hatte sich nicht ausgemalt, wie man sich so ausgefüllt, benutzt und geil fühlen konnte. Sie zog Titus näher, nahm seine Hand und führte sie an ihren Hinterkopf, so dass er sie in den Mund ficken konnte.

Sie gab sich ihnen völlig hin, genoss das Gefühl, wie Titus immer wieder in ihren Rachen stieß und Connor ihre klatschnasse Muschi heftig durchnahm.

"Oh fuck. Sie ist so eng." sagte Connor atemlos, während

er mit seinen Händen Cleos streichelte und sie gleichzeitig vögelte.

"Ihr Mund fühlt sich so geil an." Titus schnappte nach Luft. "Ich bin so tief in ihrem Mund und," er stöhnte auf, „sie macht gleichzeitig so unglaubliche Sachen mit ihrer Zunge." Er nahm eine Hand und zwickte sie leicht in ihren harten Nippel. "Oh Gott, ich kann es nicht mehr länger zurückhalten."

Cleo stöhnte in Zustimmung. Sie massierte weiter Titus' Schwanz mit ihrer Zunge und begann zu summen, während sie gleichzeitig ihre Muschi zusammenpresste und sich um Connors Schwanz schlang. Sie wollte, dass sie in ihr kamen. *Jetzt.*

Titus war der erste, der den Höhepunkt erreichte, ließ einen Schrei raus, während er ihr tief in den Rachen spritzte. Darauf zog er ihn aus ihr heraus, küsste sie intensiv und glitt mit der Hand nach unten, um ihren Kitzler zu verwöhnen. Connor kam kurz darauf mit einem lauten Schrei, während er die Oberschenkel mit aller Kraft festhielt und in ihr zur Explosion kam.

Cleo erschauderte und wandte sich, schrie und bebte als ihr Orgasmus durch ihren Körper rauschte. Völlig erschöpft fiel sie nach hinten zurück, ihre zwei Lover an ihrer Seite. Sie lächelte in das Heu und fiel in den tiefsten Schlaf ihres Lebens.

"Verstehst du denn nicht, dass das die Lösung ist?" rief Cleo.

Titus nickte, obwohl er sein inneres Unbehagen nicht ignorieren konnte. Natürlich stimmte Connor schon wieder enthusiastisch zu, seinem Instinkt folgend, sich einfach in alles direkt Hals über Kopf hineinzustürzen, ohne auch nur über mögliche Konsequenzen nachzudenken.

Cleo hatte ihnen schon den ganzen Morgen von ihrer Lösung für die finanziellen Probleme der Ranch erzählt. Sie hatte es erst versucht ihnen im Bett zu erklären, aber Titus war zu abgelenkt, weil er damit beschäftigt war ihren ganzen Körper mit seiner Zunge zu erkunden, wobei er feststellte, dass sie überall anders schmeckte. Erst viele Stunden später-- als Connor noch den Saft von Cleos Muschi probierte und Titus' Sperma aus ihrem Mundwinkel tropfte-- entschieden sie sich, dass es Zeit war sich anzuziehen.

Die hungrigen Schreie des neugeborenen Phönix' war ein weiterer Grund aufzustehen und ihre morgendlichen Arbeiten zu verrichten, bevor das Biest wieder die Küche in Brand setzte.

"Die Hexen werden bereit sein für das ganze Zeug richtig viel zu bezahlen," sagte Cleo. "Greifenfedern, Einhörner- und Zentaurenhaare, selbst Phönix- und Sphinx-Kot: All das sind richtig seltene Komponenten für viele ihrer Zaubersprüche. Die meisten Hexenzirkel, die ich kenne, würden dafür um die halbe Welt reisen. Wenn wir aber einen Weg finden würden, die Nebenprodukte eurer Tiere direkt zu den Hexen zu liefern, dann könnten wir jeden Preis verlangen."

Die drei standen am Ufer des Sees und blickten auf die grünen Hügel der Zentauren Enklave. Die Überreste des Stalls waren der einzige Schandfleck auf den sonst so grünen Hügeln; die Einhörner und Greifen tollten aber schon wieder lebhaft umher und der Schrecken des Feuers war vergessen. Sie schienen richtig belastbare Kreaturen zu sein; noch viel mehr als ihre Aufpasser.

Jedes Mal wenn Titus an Hexen dachte, erschreckte er

sich zu Tode und wurde an seinen Fluch erinnert und daran, dass er für immer ein Mensch bleiben würde.

Aber was blieb ihnen übrig? Cleo hatte Recht. Das war die einzige Möglichkeit die Ranch zu retten und solange Cleo noch da war, um die Einzelheiten zu verhandeln, auch die beste Gelegenheit.

Titus legte seinen Arm um sie, zog sie näher zu sich heran und roch den Duft seines Shampoos in ihren Haaren. Sein innerer Drache stöhnte in Ekstase und er war ihr schon völlig verfallen. Ihr Duft, wie sie ihren Körper bewegte, der starke und intelligente Geist, den ihre blauen Augen ausstrahlten, waren genug. Sie war die Frau für seinen Drachen, aber ihr Platz im Leben war leider nicht hier. Sie brauchte ihre Firma, genauso wie er die Ranch und Connor brauchte, um glücklich zu sein.

Und trotzdem, dachte er, während er ihre Schulter streichelte, *wenn wir doch nur einen Weg finden könnten, sie hier zu behalten, dann wäre alles perfekt.*

"Also, wollt ihr zwei den Deal durchziehen?" sagte sie. Ein Arm umschlängelte und streichelte Titus' Hüfte, während ihr anderer Arm auf Connors Schulter ruhte.

"Auf jeden Fall!" rief Connor. Er hielt den Zettel mit Cleos Formulierung hoch, die er brauchen würde, wenn er mit den Hexen am Telefon sprach, da Cleo immer noch kein Telefon benutzen konnte. "Seit einer Stunde übe ich schon "Opportunitätskosten" zu sagen ohne in Gelächter auszubrechen."

"Ich bin auch dabei," sagte Titus. "Solange du dir sicher bist, dass wir diesen Hexen vertrauen können," fügte er noch hinzu.

Cleo liebkoste seine Hüfte und kniff ihm dann feste in den Hintern. "Vertrau mir. Wir werden einen, an Magie gebundenen Vertrag, verwenden, den sie nicht brechen können. Ich werde Klauseln hinzufügen, die es ihnen verbieten an andere Hexenzirkel weiter zu verkaufen, so dass alle anderen Hexen auch direkt zu uns kommen müssen. Außerdem ist da noch..."

Sie fuhr mit Beschreibungen weiterer Klauseln und Absicherungen des Deals fort, aber Titus hatte schon aufgehört zuzuhören seit sie "uns" gesagt hatte. Connor hatte es offensichtlich auch gehört, denn ein plötzlicher Ausdruck von Überraschung machte sich auf seinem Gesicht breit.

"Bleibst du hier? Wir wollen, dass du bleibst Cleo," sagte Connor, Sehnsucht in seiner Stimme.

Titus war Connor dankbar, dass er einfach das ausgesprochen hatte, was ihm schon den ganzen Morgen auf der Zunge brannte.

Cleo gab Connor einen langen und intensiven Kuss, dass Titus' innerer Drachen vor Lust aufheulte. Ihre Hand auf Titus' Hinter griff noch fester zu, drehte ihn dann herum und streichelte seinen schon wieder hart werdenden Schwanz durch die Hose. Er beobachtete, wie sie mit ihrer Zunge in Connors Mund eindrang und wie die Nippel unter ihrem Hemd schon wieder hart wurden.

Die Zentauren beobachteten sie und wollten sie zum Weitermachen ermutigen, während Titus dabei war, ihre Hose zu öffnen und in ihren schon feuchten Schritt zu greifen.

"Wir haben nicht mehr viel Zeit," hauchte Cleo. "Es muss jemand die Hexen anrufen, damit wir den Deal abschließen können." Sie klang nicht gerade überzeugend. Ihr Körper wölbte sich und sie drückte ihre Brüste fester gegen ihr Hemd als Zeichen, dass sie dort angefasst und verwöhnt werden wollte.

Connor trat zurück, ein freches Lächeln aufgelegt. "Dann rufe ich mal lieber schnell die Hexen an, damit wir dich überzeugen können hierzubleiben." Mit strengem Blick und erhobenem Zeigefinger sagte er zu Titus: "Und keine Schweinereien, während ich weg bin. Ich will hier nichts verpassen."

Titus musste lachen, und obwohl sich sein innerer Drache vor Frust krümmte, zog er seine Hand wieder aus Cleos Hose heraus. Sie selbst sah auch nicht sehr erfreut darüber aus, sich noch eine Weile zurückhalten zu müssen. Er leckte die feuchten Stellen von seinen Fingern und genoss, wie sie ihn mit großen Augen dabei ansah. Er kniff sie in die Wange.

"Nur eine kleine Erinnerung daran, dass du bleiben solltest, meine Liebe," sagte er und ging langsam den Hügel zu den Ställen herunter, um seinen Ständer wieder ein wenig zu beruhigen. Connor winkte ihnen zu, während der hinunter zu dem Haus joggte. Alles was sie jetzt noch tun mussten, war, warten.

IN DREI STUNDEN *würden die Hexen ankommen.* In drei Stunden würde sich herausstellen, ob für Cleo alles glatt gehen oder völlig schief laufen würde. Sie lehnte mit verschränkten Armen gegen den Türrahmen. Connor war in der Küche und gerade dabei einige Zutaten stürmisch in einen Topf zu werfen; eine kleine Wolke Mehl schwebte über seinem Kopf. Titus ging nervös auf und ab, gab schweigend seinem Kumpel die Zutaten, wenn er, leise grummelnd, nach ihnen verlangte.

Wir müssen irgendwie die Zeit vertreiben. Der Gedanke ging Cleo durch den Kopf, während sie die zwei beobachtete. Sie überdachte ihre Optionen. Sie könnte jetzt hier sitzen und sich, wie die Jungs, Sorgen machen oder sie könnte ein wenig Spaß haben. *Dann hauen wir doch mal lieber auf den Putz.*

Cleo ging zielstrebig mitten in den Raum, während sie sich dabei das Hemd aufknöpfte. Titus bemerkte es zuerst und hielt inne, als er sie sah. Cleo zog das Hemd aus und ließ es auf den Boden fallen.

Connor drehte sich bei dem Geräusch herum; immer noch mit dem Schneebesen wie wild im Topf rührend. Cleo lächelte und öffnete den Gürtel, der die viel zu große Jeans auf ihrer Hüfte gehalten hatte. Die Hose fiel zu Boden und sie hörte wie der Schneebesen im Topf fallengelassen wurde.

Sie zog ihr Unterhöschen herunter und lächelte über die Gesichtsausdrücke der beiden. Cleo stand komplett nackt da und der Raum knisterte vor Spannung, während die Männer wie angewurzelt dastanden und sie voller Verlangen ansahen.

Sie hob eine Augenbraue und die Spannung war gebrochen, als die zwei Männer durch den Raum liefen, sich die Klamotten vom Leib rissen und die Stühle aus dem Weg traten.

Titus' Lippen waren die ersten, die Cleo erreichten; seine dunklen Augen voller Lust. Seine Zunge fand ihre und sie umkreisten sich. Er fuhr mit seiner Hand an ihren Rücken, zog sie näher zu sich heran, während seine wieder erwachende Erektion hart gegen ihren Oberschenkel presste. Seine starken Muskeln fühlten sich wahnsinnig gut auf ihren Brüsten an, sie rieb sie an ihn, was ihre Nippel hart werden ließ.

Connor war bereits hinter ihr und streichelte sie. Hob ihr langes, blondes Haar an und küsste ihren Nacken darunter, knabberte und leckte zärtlich ihr Ohrläppchen. Mit seinen Händen massierte er ihren Hintern, als Titus sie plötzlich wegzog.

Cleo winselte über den Kontaktverlust zu ihm, aber bebte vor Aufregung über das, was sie sah. Titus wischte mit seinem großen, starken Arm über den Tisch, um ihn zu leeren. Connor schob sie von hinten in Richtung des Tischs, wo Titus sie der Länge nach auf den Tisch legte. Er stellte sich zwischen ihre Beine und rieb mit seinem harten Ständer langsam an ihren Oberschenkeln, bis er ihrer nassen Möse immer näher kam.

"Willst du uns?" fragte Titus und kreiste seine Hüfte, dass er mit seiner Eichel ihren Kitzler massierte. Cleo stöhnte erregt auf. Ihre Beine umschlossen seine Taille, zogen ihn näher zum Tisch und zu sich heran.

"Hmm, oh ja, ich will euch alle beide," ächzte sie.

Connor ging zu ihrer Seite. "Wie sehr willst du uns?" Connors Hand fuhr ihren Körper bis zu ihrem Kitzler herunter und fing an ihn zu streicheln. Titus nahm inzwischen seinen Schwanz und schob immer wieder nur die Eichel rein und raus, bis sie sich vor Verlangen krümmte.

Cleo blickte Connor tief in die violetten Augen, während sie ihre Hüfte zu Titus drückte, um seinen Schwanz endlich tiefer in sich aufzunehmen. Sie leckte ihre Handinnenfläche an ohne den Blickkontakt mit Connor zu verlieren.

"Oh Gott. Ich will euch alle beide. Bitte." bettelte Cleo. Sie nahm Connors Schwanz in ihre feuchte Hand und rubbelte sein Riesending, bis er ganz nass war. Sie liebte es zu sehen, wie er die Augen in Ekstase schloss, wenn sie ihn so anfasste. "Oh bitte, fickt mich. Alle beide."

Titus stöhnte und stieß zu; sein Schwanz füllte sie komplett aus. Der Tisch schob sich mit jedem seiner harten Stöße ein wenig beiseite, während Cleo ihn noch tiefer mit ihren Beinen in sich schob.

Sie verstärkte ihren Griff und sie hörte wie Connor befriedigt stöhnte. Sie holte ihm weiter einen runter, während Titus immer weiter zustieß und bald alle drei voller Genuss stöhnten und keuchten.

"Warte." keuchte Cleo. Sie ließ Connors Schwanz los und stütze sich auf ihren Ellenbogen ab. Sie löste ihre Beine von Titus' Taille und drückte ihn mit ihrem Fuß sanft zurück.

"Was?" sagte Connor, der langsam wieder zu Sinnen kam.

"Habe ich dir weh getan?" fragte Titus, seine Stirn in Sorgenfalten.

Cleo lehnte sich vor, um ihm einen Kuss zu geben.

"Nein, mein Lieber, aber ich möchte etwas machen, was nicht auf dem Tisch geht." Er riss die Augen auf, grinste erfreut. Sie führte Titus auf den Küchenboden und legte ihn auf den Rücken, so dass sein harter Ständer lang auf seinem Bauch lag.

Sie nahm ihn in die Hand, hob ihn an und setzte sich langsam auf das harte Ding und stöhnte bei diesem geilen Gefühl von diesem harten Ständer so ausgefüllt zu werden. Es war, als würde sie sich fast komplett fühlen. Aber etwas fehlte noch. Jemand, fehlte noch.

"Komm her," lächelte sie Connor an, zog ihn an der Hand hinter sich.

Sie beugte sich vor, und legte sich und ihre Brüste auf Titus' Oberkörper ab, so dass ihr Hintern in die Höhe zeigte. Titus stieß ein paar Mal von unten zu, aber sie stoppte ihn mit ihren Händen.

"Gleich," flüsterte sie.

Connor nahm eine Flasche Olivenöl, die in der Nähe stand und kippte genug davon über seinen Ständer und stöhnte auf, als er das Öl der Länge nach über seinen Schwanz verteilte. Er spritzte etwas von dem Öl auf Cleos enge Rosette und sie musste kurz nach Luft schnappen, weil das Öl so kalt war. Connor griff ihre Hüfte und drang ganz langsam in ihr enges Arschloch ein; dehnte es ganz langsam.

Cleo erschrak über den kurzen Schmerz, als Connor in sie eindrang, aber stöhnte erleichtert auf, als er nachließ und sie sich wieder entspannen konnte. Titus füllte ihre Muschi schon völlig aus, sein geiler Körper an ihrem und jetzt war auch noch Connor in ihrem Hintereingang. Dieses Gefühl von zwei Männern komplett ausgefüllt zu werden, fühlte sich so unglaublich geil an.

Jetzt war sie komplett.

Langsam und vorsichtig, begannen die Männer abwechselnd zuzustoßen. Titus fickte sie von unten und küsste sie dabei zärtlich, während Connor es ihr von hinten besorgte. Cleo hätte am liebsten vor Lust aufgeschrien, als die Schwänze immer wieder in sie einstießen; es fühlte sich einfach so unbeschreiblich gut an. Sie war zwischen ihnen festgenagelt, nicht in der Lage sich zu bewegen oder irgendetwas zu machen, außer dieses intensive Gefühl, diese zwei Schwänze in sich zu haben, zu genießen. Sie liebte es, wie die zwei komplett die Kontrolle über sie hatten.

Langsam spürte sie, wie sie sich dem Orgasmus näherte, als Connor und Titus immer schneller zustießen. Connors Griff um ihre Hüfte verengte sich und Titus zog sie keuchend noch fester zu sich heran.

Ihre Muschi verkrampfte sich um seinen harten Schwanz als sie kam. Wie eine Explosion breitete sich ihr Höhepunkt in ihrem ganzen Körper aus und brach, wie sich brandende Wellen immer wieder über sie herein. Warmes Sperma überflutete ihre Löcher, als Connor und Titus es ihr gleichtaten und beide in Ekstase aufstöhnten und schrien.

Sie fielen zu einem erschöpften Haufen zusammen,

ohne voneinander abzulassen. Cleo fühlte sich wohl, so zwischen ihren beiden Männern liegend.

Ob ich sie halten kann?

Ein nicht gerade erfreutes Wiehern der Tiere vor der Türe weckte sie auf.

Ein helles, weißes Licht erleuchtete das Feld hinter dem Haus. Die Hexen waren angekommen. *Zeit, Geschäfte zu machen.*

CONNOR HÄTTE SICH NIE AUSGEMALT, dass das Abschließen eines Deals so lange dauerte. Die Hexen waren jetzt schon seit drei Tagen vor Ort und-- ein 200 Seiten Vertrag später-- schienen sie auf dem Weg sich zu einigen.

So wie Cleo das alles in die Hand nahm, wirkte sie noch wunderschöner, als sie eh schon war, fand er. Connor und Titus hatten versucht, das Wohnzimmer, den Cleo und die Hexen schon in einen Verhandlungsraum verwandelt hatten, zu meiden. Der Raum war vollgestellt mit Telefonen und Bildschirmen, die Gesichter der Geschäftspartner und Hexen bei Videokonferenzen und Verhandlungen zeigten; der Fernseher wurde als extra großer Bildschirm umfunktioniert, um Graphen und Trends darzustellen. Die Hexen waren nach ihrer Ankunft dazu gezwungen Cleos Elektronik-Fluch aufzuheben, damit es nicht zu Verzögerungen kam, wenn Cleo auch nur in die Nähe ihres Laptops kam.

Natürlich traf Cleos armer Assistent Brad der Schlag, als er in seinem alten Truck nach drei Tagen Fahrt ankam, nur um herauszufinden, dass er den Weg und die Arbeit völlig umsonst gemacht hatte. Connor musste schon lachen, wenn er nur darüber nachdachte. Cleo beruhigte ihn wieder und versicherte ihm, dass er für all seine Überstunden entschädigt werden würde. Daraufhin legte er sich in ein kleines Gästezimmer und ward für den Rest des Tages nicht mehr gesehen.

Titus und Connor versuchten zwar von ihr fern zu bleiben, aber sie erwischten sich selbst immer wieder dabei, wie sie sich unbewusst zu ihr hingezogen fühlten, ein Blick in das Verhandlungszimmer und durch das Fenster warfen oder einfach nur im Flur warteten, um Cleo zu sehen. Selbst in den Männerklamotten und ungepflegt wie sie momentan war, hatte sie immer noch die volle Kontrolle und strahlte harte Autorität aus.

Am Ende jeden Tages kam sie ins Bett gekrochen und fiel erschöpft in den Schlaf, nicht in der Lage irgendetwas zu tun, abgesehen vom Stöhnen, wenn ihr Connor die wunden Füße und verspannten Schultern massierte. Sie pflegten und kümmerten sich um sie, bis sie wieder imstande war, auf einen ihrer Schwänze zu springen und voller Lust laut aufzuschreien, während sie der zweite in den Arsch fickte und sie so jede Nacht auf einen neuen Höhepunkt trieb. Und-- an einem sehr guten Abend—sogar viermal.

Connor seufzte zufrieden, während er die wartenden Einhörner mit einer Ladung Heu fütterte. Allein das Wissen, dass Cleo drüben im Haus ist, beruhigte ihn innerlich und machte ihn sehr glücklich.

Plötzlich kam schwarzer Rauch und Schreie aus dem Wohnzimmer und Connor rannte so schnell er konnte von den Ställen zum Haus. *Attackierten die Hexen Cleo?*

Er schwang den Dreizack in seiner Hand wie eine Waffe. Wenn sie ihr auch nur im Geringsten etwas angetan hätten, dann würde ihn selbst ihre Magie nicht davon abhalten ihnen Grausames anzutun. Er fühlte wie auch Titus, wie ein unaufhaltsames Donnerwetter vom See angerannt kam und Rage und Furcht zugleich ausstrahlte.

Aber beide kamen abrupt am Kücheneingang zum Stehen. Die Hexen und Cleo stießen mit Champagner an, lachten glücklich und zufriedene Rufe kam aus allen Ecken.

"Ihr seid also fertig?" sagte Connor, nicht sicher, ob er sich zwingen sollte zu lächeln. Cleo hatte den Deal erfolgreich abgeschlossen-- was großartig war-- aber es traf ihn ebenso wie einen Schlag, denn es bedeutete, dass sie bald gehen würde.

Sie hat die Ranch gerettet! Sei doch froh! Sagte er seinem inneren Schmerz, aber der Liebeskummer überhörte es einfach. *Sie wird uns verlassen.*

Selbst Titus sah aus, als würde er sich gerade sehr zurückhalten müssen, nicht in Tränen auszubrechen. Er ballte die Fäuste und er konnte nicht mehr, als nur ein falsches Lächeln aufzulegen.

Cleo sah dort beide an der Türe stehen, ihre Freude trotzdem so ansteckend, dass Connor sich bei ihrem Anblick für einen Moment wirklich wieder ein wenig besser fühlte.

"Da sind ja die heißen Teufelskerle, die ich suche. Und jetzt alle! Raus auf die Weide!" rief sie.

Connor und Titus tauschten Blicke aus.

"Was ist los?" fragte Connor Titus und hob die Augenbrauen.

Titus zuckte mit den Schultern und folgte den anderen nach draußen. Die Hexen machten einen großen Kreis auf der Weide, murmelten sich gegenseitig etwas zu, was Connor aber nicht verstand.

"Was ist los?" versuchte Connor Cleo zu fragen. Er ging zu ihr herüber und stellte sich neben sie, ebenso Titus, der auf der anderen Seite seinen Platz fand. Sie schaute die Hexen im Kreis der Reihe nach mit einem zufriedenen Lächeln an.

Sie gab ihm keine Antwort, nahm stattdessen seine und Titus' Hand und führte beide in die Mitte des Kreises.

"Ihr werdet es schon sehen," sagte sie. "Wir sind bereit!" rief sie zu den Hexen.

"Was? Wir sind nicht bereit. Wofür überhaupt?" sagte Titus, sein Gesicht war verschwitzt und blass.

"Halt mich einfach nur fest, du großes Drachenbaby," sagte Cleo und lächelte ihn an. "Vertraust du mir etwa nicht?"

"Nicht, wenn du so komisch grinst," sagte Titus.

"Schlaues Kerlchen," sagte sie.

Der Singsang der Hexen um sie herum wurde immer schneller. Connor bemerkte, dass einige von ihnen ein paar der goldenen Greifenfedern in den Händen hielten, andere geflochtene Haare eines Einhorns, wie eine Kette um ihren Hals trugen. Ein helles Licht tauchte aus dem Nichts um ihre Hände herum auf und wurde immer heller. Flackernde, grüne Kugeln schwebten vor jeder der Hexen in der Luft.

Der Gesang veränderte sich und wurde zu pulsierender Musik, bis er spürte, wie es ihn am ganzen Körper kitzelte. *Fühlt sich so etwa Magie an?*

Er wurde plötzlich komplett in Licht gehüllt. Der Bär in Cleo wurde plötzlich größer und wedelte mit seinen Händen, als würde er eine Symphonie aus Musik und Licht dirigieren. Titus' Drachen kämpfte und wandte sich unter seiner Haut, wurde größer als es Connor jemals gesehen hatte.

So plötzlich wie Licht und Musik erschienen war, so plötzlich war es auch wieder verschwunden und die drei standen in einem Kreis, der sich in Form von grünem Licht in den Boden gebrannt hatte. Leuchtende Runen waren außerhalb des Kreises zu sehen, deren Bedeutung in brennenden Buchstaben direkt vor ihnen zu lesen war.

"Feuer, Licht und.." fing Connor laut an vorzulesen, aber Cleo hielt ihm die Hand auf den Mund.

"Lies das nicht laut vor, es sei denn, du willst an das andere Ende des Kontinents teleportiert werden," sagte sie.

"Was ist gerade passiert?" sagte Titus. Er streckte und reckte sich, als würde er sich dehnen. "Ich fühle mich irgendwie... komisch."

"Das liegt daran, dass du nicht mehr verflucht bist," sagte Cleo und strich ihm über die Wange. "Das war Teil des Deals. Du kannst dich jetzt jederzeit verwandeln, wenn du das möchtest. Versuch's mal!"

"Aber das ist unmöglich," Titus schüttelte den Kopf. "Seit ich sechs Jahre alt bin, kann ich mich nicht mehr verwandeln--"

"Versuch es einfach," sagte Connor, der vor Aufregung schon auf seinen Fußballen auf- und abwippte. Titus' Drachen streckte sich zu voller Große aus, seine Flügel und sein Schwanz angezogen und angespannt, als würde er jeden Moment in die Luft schießen.

Titus schloss seine Augen und Connor sah voller Freude, wie sein innerer Drachen langsam aber sicher die Kontrolle übernahm. Titus wandte sich und wuchs, seine Haut dehnte und spannte sich immer mehr, bis sie letztendlich riss und ein großer, roter Drachen zum Vorschein kam.

Titus streckte seine Flügel und hob ab in die Luft, wobei er mit seinem enormen Flügelschlag die anderen fast zu Boden geworfen hätte. Connor drückte Cleo an seinen Körper und hielt sie fest, wieder einmal erstaunt, wie gut ihre Körper doch aufeinanderpassten.

"Bleib bitte," sagte er. "Wir brauchen dich. Ich glaube, wir wussten nicht einmal wie leer unsere Leben bisher waren, bis du zu uns gekommen bist."

"Ich habe meinen absoluten Traumjob in meiner

Heimat," sagte Cleo sanft. "Ich kann hier nicht für immer bleiben. Was soll ich denn hier die ganze Zeit machen?"

"Was immer du willst. Du könntest deinen Geschäften aus unserem Wohnzimmer nachgehen. Wir richten dir hier ein Büro ein, mit allem was du brauchst. Wir brauchen dich."

"Ihr braucht mich nicht wirklich," sagte sie mit feuchten Augen. "Ihr habt das hier alles im Griff und mit dem neuen Deal, braucht ihr euch keine Gedanken um die Finanzierung mehr zu machen. Ihr werdet bald sogar Millionäre sein."

"Nicht ein Milliardär wie du?" zwang sich Connor zu witzeln.

"Jetzt werd nicht frech," lächelte sie.

Eine nächste Windböe erfasste sie und er umarmte Cleo wieder. Er griff aus Versehen an ihre Brüste, als er sie so von hinten umarmte und fest an sich drückte, als Titus neben ihnen landete. Titus verwandelte sich wieder zu seiner normalen Form; seine Hosen völlig zerfetzt von der Verwandlung. Einige der Hexen konnten selbst dann nicht ihre Augen von seinem nackten Körper abwenden, als sie ins Haus gingen, um ihre Sachen zusammenzusuchen.

"Ich habe gehört, worüber ihr geredet habt," sagte er. "Cleo, was Connor dir sagen wollte war: wir brauchen dich wahrscheinlich nicht, aber wir wollen dich. Wir lieben dich."

Tränen liefen ihr über die Wangen und sie zog die beiden Männer zu sich heran, so dass sie zwischen ihnen stand.

"Ich liebe euch beide auch," sagte sie. "Also war es doch eine gute Idee von mir, die Hexen dazu zu veranlassen für uns einen Wegpunkt einzurichten." Sie nickte in Richtung des grünen Kreises.

"Was ist das?" fragte Titus. Er klang wie jemand, der Magie, trotz seiner Heilung vom Fluch, immer noch sehr argwöhnisch gegenüberstand. *Der braucht einfach noch was Zeit,* grinste Connor.

"Es ist dafür da, eure Produkte an die Hexen zu schicken, ohne den Aufwand des traditionellen Verschickens per Post. Alles was über diesen grünen Kreis, diesen Teleporter, verschickt wird, kommt in einem speziellen Stauraum in AUDREY'S an. Es ist eine Bar in meiner Stadt und eine Art sicherer Treffpunkt für Lebewesen mit übersinnlichen Fähigkeiten."

"Was spielt das für eine Rolle, wenn du nicht mehr bei uns bist? Du liebst uns, wir lieben dich," sagte Connor.

Cleo lächelte ihn an, "Dann ist es doch eine gute Sache, dass der Wegpunkt auch Menschen transportieren kann. Wie könnte ich denn sonst jeden Abend zu euch nach Hause und jeden Morgen wieder pünktlich zur Arbeit kommen?"

Connor lehnte sich vor und gab ihr einen Kuss auf den Mund, der nicht süßer hätte schmecken können, im Anbetracht der Tatsache sie nie mehr verlieren zu können.

Titus trat ebenfalls auf sie zu, legte seine Arme von hinten um Cleo und küsste zärtlich ihren Nacken.

"Ich nehme alles zurück, was ich jemals über Magie gesagt habe, wenn es dich immer wieder zu uns nach Hause zurückbringt," sagte Titus.

"Ja. Ihr zwei seid mein zu Hause."

ALPHAS TERRITORIUM

Mit einem breiten Grinsen scrollte Sally durch die Liste der morgigen Reservierungen. Hunderte von Gästen würden für das große Konferenz in dem Hotel, in dem sie arbeitete, einchecken. Und es waren wirklich ausgefallene Gäste dabei. Es war eines dieser richtig herausfordernden Events, bei denen es Tausende kleinster Details zu beachten galt. Sie überprüfte noch einmal die Liste mit den Ernährungsbeschränkungen der Gäste und den besonderen Wünschen für ihre Unterkünfte. Es gab in den nächsten Tagen genug für sie und ihr Personal zu tun. Sally lächelte.

Ich mag diesen Job.

Das Eishotel Wondernasium zu leiten war der beste Auftrag, den Sally jemals gehabt hatte. Es war nicht einfach nur die Tatsache mitten im Hochsommer in einem Hotel ganz aus Eis zu arbeiten, sondern es war einfach alles: die exotischen Gäste, die tolle Lage, direkt neben dem „Winter Wondernasium"-Freizeitpark und selbst ihr Boss war ein sympathischer Kerl.

Ben Broyles war klug, voll von visionären Ideen und außerdem so heiß, dass es fast eine Überraschung war, dass er das Hotel nicht schon zum Schmelzen gebracht hatte. Er spielte in einer ganz anderen Liga als sie und war zudem noch ihr *Boss*. Aber ein bisschen in Fantasien zu schwelgen schadete ja niemandem.

„Sally!" Eine der neuen Barkeeperinnen, Lola, kam auf sie zu gerannt. Lolas Arbeitskleidung war ein wenig zu eng um ihre Brust und auch ihre Haare – geflochten in hunderte kleiner Kringel, die von ihrem Kopf abstanden – waren nicht gerade das, was Sally unter ordentlich verstand. Lola war aushilfsweise extra für die Konferenz von der Bar am Ende der Straße zur Unterstützung gekommen. Die Brüste der Barkeeperin fielen ihr fast aus dem Oberteil, als sie nach Sallys Schultern griff.

„Die, ähm, Herren in der Honeymoon-Suite beschweren sich gerade lauthals, sie hätten das völlig falsche Essen serviert bekommen. Ich kann sie von der Theke aus schreien hören."

Sally zog das Tablet unter ihrem Arm hervor und klickte sich durch die Gästeliste. Die Herren Nosferatu – *es schien sich offensichtlich um einen Kosenamen zu handeln* – hatten eine seltene Krankheit, die sie dazu zwang, Fleisch nur roh essen zu können. Außerdem erforderte dieses medizinische Problem regelmäßige Bluttransfusionen, die im Hotel durchgeführt werden mussten und schwarze Vorhänge aufgrund ihrer Empfindlichkeit gegenüber Sonnenlicht.

Sally erschauderte. *Was für ein grausames Leben sie doch hatten.* Sie klickte sich ein wenig durch die Historie ihrer letzten Aufenthalte im Hotel und fühlte, wie ihr das Blut aus dem Gesicht wich. Sie aktivierte ihr Headset am Ohr.

„Sicherheitsdienst, bitte sofort in die Honeymoon-Suite." Sally wandte sich zu Lola. „Geh zurück zur Bar und versuch die Leute dort von der Honeymoon-Suite fernzuhalten."

Lolas verschmitztes Grinsen überraschte sie allerdings etwas. „Verstanden."

Je näher Sally der Honeymoon-Suite kam, desto lauter wurden die Schreie.

„...nennst du das? Solch Frevel dulden wir nicht! Das ist eine Beleidigung für meinen Meister, mein Volk und unsere gesamte unsterbliche Gemeinschaft!"

Ernsthaft? Unsterbliche Gemeinschaft? Diese merkwürdigen Ernährungspläne machten die Leute offensichtlich ziemlich weich in der Birne, dachte Sally, während sie ein professionelles Lächeln aufsetzte.

Sie kam um die Ecke und fand die Quelle des Geschreis. Einer der Begleiter von Herrn Nosferatu – ein muskulöses Ungetüm, über zwei Meter groß und breit wie ein Schrank – ging vor der Suite auf und ab und schien kurz davor zu sein, ein Loch in die eisige Wand zu hauen. Währenddessen standen die zwei Herren Nosferatu zu beiden Seiten der Eingangstür zur Suite völlig bewegungslos und in identischer Pose, so dass sie wie Statuen wirkten. Sie waren ganz in schwarz gekleidet – schwarze, maßgeschneiderte Anzüge, schwarze Hemden und schwarze, eng gebundene Krawatten.

Der klobige Begleiter der Nosferatus türmte sich vor Ned, dem neuen Hotelpagen, auf. Dieser kauerte an der Wand und versuchte mit seinen Armen irgendwie seinen Kopf zu schützen.

„Wie kannst du es wagen, solch edle Leute so zu demütigen?", brüllte der riesige Typ, laut genug, dass das Kristall der Kronleuchter klimperte. Sally war jetzt nah genug, um zu sehen, wie er ein T-Bone-Steak in den Händen hielt, was so roh war, dass es beinahe blutete, allerdings ein paar ganz kleine braune Stellen an den Rändern hatte. Ned wurde immer kleiner und versuchte sein Gesicht zu verstecken.

„Ok, das reicht", sagte Sally. Die Winterstiefel, die sie hier immer im Hotel trug, um sich vor der Kälte zu schützen, hallten angemessen laut von den Wänden wider, als sie auf sie zuging. „Die Herren, ich bin hier die Managerin, Sally Witherkins. Im Namen des Hotels möchte ich mich für die Unannehmlichkeit entschuldigen. Ned, bitte warte in meinem Büro auf mich."

Ned sprang auf und schoss davon. So blieb Sally alleine mit dem Riesen zurück, der immer noch so wutentbrannt war, dass er Schaum vorm Mund hatte. Sie stand aufrecht und versuchte so professionell wie möglich zu wirken, um diese besonderen Gäste in den Griff zu kriegen.

„Bitte erlauben Sie mir, Ihr Essen zurückzunehmen und Ihnen ein neues servieren zu lassen. Außerdem möchte ich jedem von Ihnen einen gratis Drink an der Bar anbieten. Unsere neue Barkeeperin ist eine wahre Zauberin an der Theke."

„*Sie* sind also die Managerin", spöttelte der Nosferatu, der links von der Türe stand. Für einen kurzen Augenblick dachte Sally, sie hätte ein paar lange Zähne aus seinem Oberkiefer hervorlugen sehen, aber wahrscheinlich hatte sie sich verguckt. „Ich habe von Ihnen gehört."

Der Nosferatu auf der rechten Seite nickte. „Ja, es ist die, die nicht versteht." Sally sah zwischen den beiden hin und her. Hätten sie nicht unterschiedliche Augenbrauen, dann sähen sie exakt gleich aus.

„Ich werde mich darum kümmern, dass Sie ihre Mahlzeit sofort bekommen. Ich möchte, dass Ihr Aufenthalt hier so angenehm wie möglich ist."

Wo bleibt der Sicherheitsdienst?

„Oh, wir wissen schon, wie wir es uns angenehm machen können. Diener, bring sie herein."

Sally wusste nicht, welcher der beiden sprach. Plötzlich entfernte sich der Boden unter ihren Füßen, als sie an den Schultern in die Luft gehoben und durch die Tür der Suite getragen wurde.

Sie geriet in Panik. Sie hatte keine Möglichkeit ihr Headset zu aktivieren, da ihre Arme gegen ihren Körper gepresst wurden. Ihr Tablet fiel auf den Boden und somit außer Reichweite. Also machte sie von der einzigen Möglichkeit, die sie noch hatte, Gebrauch.

Sally schrie wie am Spieß.

Nur Sekunden später hallte ein Brüllen durch den Flur,

viel lauter als das Gegröle des Dieners. Das Geräusch von knackendem Eis schallte durch den Raum, Stücke des Kristalls der Kronleuchter lösten sich und fielen zu Boden.

„Lass sie herunter, wenn du deine Arme noch etwas länger behalten willst."

Die Stimme war so kalt und tief, dass Sally erschauderte. Sie versuchte sich herumzudrehen, um zu schauen, wer da sprach, aber der riesige Körper des Dieners blockierte ihre Sicht und sie sah nichts außer der Honeymoon-Suite mit dem Bett direkt vor ihr.

„Ben Broyles, unser Essen war nicht akzeptabel. Wir verlangen eine Entschädigung", sagte einer der Herren Nosferatu.

„Aber nicht sie. Sie auf gar keinen Fall." Ben schritt vor und Sally musste lächeln, obwohl ihre Brust von den starken Armen des Dieners eingequetscht wurde.

Ben sah wie immer atemberaubend aus. Seine Muskulatur konnte nicht von dem grässlichen, großen Pullovern, die er immer trug, verdeckt werden und seine markanten nordischen Gesichtszüge gaben seinem Gesicht eine elegante Stärke.

„Wenn ihr nicht sofort eure Särge packt und euch innerhalb der nächsten zwei Minuten aus meinem Hotel verpisst habt, dann werdet ihr es in Einzelteilen verlassen."

Der Diener ließ Sally sofort fallen, dass sie der Länge nach auf den eisigen Boden gefallen wäre, wenn Ben sie nicht aufgefangen hätte. Die Nosferatus verschwanden eine Sekunde darauf in der Suite und schlugen die Tür hinter sich zu. Sally konnte sie selbst durch die Tür noch hören, wie sie wutentbrannt ihre Sachen packten.

Sie fühlte sich wohl und beschützt in Bens Armen. Sally ließ sich ganz in seiner Umarmung fallen, während er sie hielt. Er hielt sie etwas länger als eigentlich nötig in seinen

Armen, aber Sally wollte sich darüber natürlich nicht beschweren. *Wonach roch er? Nach Kiefer und Eiscreme?* Sie würde sich noch ein wenig länger an ihn kuscheln, um es herauszufinden. Aber er war ihr Boss.

Gewöhn dich gar nicht erst daran, sagte sie zu sich selbst und roch heimlich noch einmal an seinem Pullover.

Er ließ sie los und sie drehte sich um, um ihr Tablet zu begutachten, welches auf wundersame Weise keinen Schaden bei dem Fall auf das Eis genommen hatte.

„Danke für die Rettung", sagte sie, noch ein wenig außer Puste. Sie drückte den ‚Sprechen'-Knopf an ihrem Headset. „Sicherheitsdienst, ich brauche euch *sofort*, um die Honeymoon Gäste nach draußen zu begleiten."

Die Antwort kam kurz darauf. „Wir sind in der Bar gefangen von...keine Ahnung was. Wir sind gleich da."

„Was?" Sicherlich hatte sie sich verhört.

„Mach dir keine Sorgen", sagte Ben und legte eine seiner großen Hände auf ihre.

„Aber..."

Die zwei Sicherheitsleute kamen wenig später um die Ecke gerannt. Mit hochroten Köpfen fingen beide gleichzeitig an zu reden.

„Es tut mir leid. Wir haben versucht eher hier zu sein, doch jedes Mal, wenn wir aus der Bar gingen, führte die Tür wieder *in* die Bar hinein."

„Ich weiß, wir hätten eigentlich gar nicht erst in der Bar sein sollen, aber Lola hatte so etwas wie eine sich wiederholende Schleife eingerichtet..."

Sally hob die Hand und beide hörten auf zu reden. „Wir werden uns darüber unterhalten, warum ihr euren Posten verlassen habt, *nachdem* ihr diese Gäste nach draußen begleitet habt. Haltet eure Elektroschocker bereit, einer von ihnen ist bereit Gewalt anzuwenden. Ich werde schon mal einen Bericht für die Polizei aufsetzen."

„Jawohl", sagten beide gleichzeitig.

Ben nahm ihren Arm. „Lass uns in meinem Büro darüber sprechen."

Sally schaute verwirrt auf seinen Arm. *Männer hakten eine Frau doch nicht mehr unter, wenn sie sie begleiteten, oder?* Aber da sie dann ganz nah neben ihm gehen konnte, wollte sie es nicht weiter hinterfragen.

Während sie über die eisigen Flure zu Bens Büro gingen, konnte Sally nicht widerstehen und „rutschte" einige Male aus, damit sie sich von Ben auffangen lassen konnte. Eigentlich sollte sie sich für diese offensichtlichen Annäherungsversuche schämen, aber wann hatte man schon einmal die Gelegenheit einem *milliardenschweren Hotelbesitzer* – der sonst sicherlich keine kurvigen Frauen, wie sie anschaute – so nahe zu sein.

„Lass mich den Polizeibericht für dich ausfüllen", sagte Ben, während er ihr die Tür zu seinem Büro aufhielt. Hier war es sogar noch kälter, als in den anderen Teilen des Hotels. Normalerweise waren die Büros zum Wohlbefinden der Angestellten immer beheizt, aber Ben schien die Temperatur seines Büros gerade so über dem Gefrierpunkt zu halten. Sally zog ihren dicken Mantel noch ein wenig enger.

„Wenn du darauf bestehst. Ich könnte meine Aussage dem Bericht hinzufügen", sagte Sally.

Sie schaute sich nach dem großen, weißen Sofa um, das jedes Mal woanders im Büro stand. Das war eine von Bens Eigenarten, genauso wie sein Faible für hässliche Pullover, was Sally ebenso wenig verstehen konnte. Manchmal war das weiche Sofa hier, ein anderes Mal dort drüben. Obwohl es meist in der Ecke neben dem Bücherregal stand, war es manchmal in den merkwürdigsten Stellen eingeklemmt. Zum Beispiel hinter Bens Schreibtisch oder mitten im Raum. Aber diesmal war das Sofa nirgendwo zu sehen.

„Sei nicht zu hart zu unseren Jungs von der Sicherheit, okay?", sagte er. „Kaum ein Mann kann Lola widerstehen, wenn sie ihn nicht gehen lassen will."

„Ich werde ein Wörtchen mit Lola wechseln und sie fragen, warum sie unsere Sicherheitsbeamten zurückgehalten hat, obwohl sie eigentlich ihrer Pflicht nachkommen sollten", sagte Sally. Sie aktivierte ihr Tablet und fügte ihrer To-Do-Liste hinzu: Mit den Sicherheitsbeamten und Lola reden, den Koch fragen, warum er sich nicht an die Wünsche der Gäste bezüglich des Essens gehalten hatte.

„Das könnte interessant werden", sagte er. Bens linker Mundwinkel hob sich leicht und Sally fragte sich, wie es wohl wäre ihn zu küssen.

Sie wandte schnell ihren Blick ab und sah wieder auf ihr Tablet. Sich auf die To-Do-Liste zu konzentrieren war schließlich wichtiger, als an seinen Mund zu denken.

„Lola arbeitet auf sehr mysteriöse Art und Weise", fuhr er fort. „Wenn sie mich nicht angerufen hätte, um mir zu sagen, dass ich doch mal in Flur C nachschauen solle, dann hätte ich deinen Schrei nicht gehört." Er lehnte sich zurück, verschränkte die Arme so vor der Brust, dass der hässlichgemusterte Pullover über seinen prallen Armen spannte. Der Ausdruck auf seinem Gesicht schien voller Verlangen. Das war doch nicht möglich.

To-Do-Liste, To-Do-Liste, To-Do-Liste.

„Ich werde mit Lola sprechen, sobald mir die Sicherheitsbeamten bestätigen, dass sie unsere Gäste ohne Zwischenfall hinausbegleitet haben. Außerdem muss ich noch einige der Kleinigkeiten für die große Konferenz morgen regeln. Es gibt noch eine weitere Gruppe mit den merkwürdigsten Einschränkungen, was ihre Ernährung und ihre Zimmer angeht. Ich will sicherstellen, dass unser Personal bestens darauf vorbereitet ist."

Bens Lächeln verschwand. „Okay, mach das. Diese Delegation ist ziemlich speziell, sie sind Dra-" Er brach ganz plötzlich den Satz ab. „Sie sind ziemlich dramatisch. Ich möchte, dass du sehr vorsichtig mit ihnen bist, Sally."

Sally nickte und verließ das Büro, bevor sie noch auf falsche Gedanken kam, wie ihm zum Beispiel in die Arme zu springen, seinen Arsch anzugrabschen und ihm ihre Zunge in den Hals zu schieben.

Der kalte Durchzug auf dem Flur war genau das, was sie jetzt brauchte. Sie lehnte sich gegen die Wand und fühlte, wie die Kälte ihren Mantel durchdrang und ihre vor Verlangen fast schon glühende Haut kühlte.

„Bleib professionell. Du wirst dich *nicht* in deinen Boss verlieben."

„Diese scheiß Vampire haben versucht sie auszusaugen!" Ben hielt das Bierglas so fest in seiner Hand, dass es knackte. Sein innerer Bär knurrte schon, aber er unterdrückte ihn, bevor er noch mehr Schaden anrichten konnte. AUDREY'S war die einzige Bar für Leute mit übernatürlichen Fähigkeiten und sie war nur wenige Blocks von seinem Hotel entfernt. Hier rausgeschmissen zu werden, wäre *ziemlich* beschissen.

Ben kippte den letzten Schluck Bier hinunter. Seine Hände zitterten noch leicht, als er das beschädigte Glas wieder zurück auf die hölzerne Theke stellte.

„Achte auf deine Wortwahl! Wir haben heute Elfe hier, junger Mann." Audrey, die berüchtigte Barbesitzerin, drehte ihre Hand ein paar Mal im Kreis und das Glas sah wieder aus wie neu.

Ben sah sich um und sah zwei winzige Frauen, beide nicht mal einen halben Meter groß, in Vlütenblätter gewandt, wie sie auf ihren Hockern saßen und ihn beide mit erschrockenen Augen ansahen.

„Sorry", murmelte er und schob Audrey sein „neues" Glas wieder zu, damit sie es erneut auffüllte.

Audrey zapfte ihm ein frisches Bier. „Ben, Vampire flippen halt manchmal aus, aber wenn du weiterhin in der Dienstleistungsbranche arbeiten willst, dann musst du dein Temperament im Zaum halten."

Am anderen Ende der Bar hob ein großer, faltiger Mann ein wenig seinen Kopf und grunzte etwas in Audreys Richtung. Sie machte ihm einen Drink aus Schlamm und Zweigen und schob ihn zu ihm herüber. Ben war sich sicher, dass sich da etwas in dem Glas bewegte, sagte aber nichts. Das hier war AUDREY'S und ihm war es immer noch lieber, wenn etwas innerhalb und nicht *außerhalb* des Glases herumkroch.

„Du musst sicherstellen, dass du den Wünschen deiner Gäste auch nachkommen kannst", fuhr Audrey fort. „Wir übersinnlichen Wesen sind es normalerweise gewohnt für uns selbst zu sorgen. Und wenn du ihren Wünsche nicht nachkommst, dann bedienen Sie sich selbst."

Ben fuhr sich mit der Hand durch seine kurzen, braunen Haare und zog ein wenig an ihnen. *Ich hätte mich besser auf die Vampire vorbereiten sollen. Ich hätte mich besser auf alles vorbereiten sollen! Ich habe alle im Stich gelassen. Mal wieder.*

Egal wie viel Energie er auch in den Betrieb des Hotels steckte, er konnte seine Vergangenheit einfach nicht vergessen und hinter sich lassen. Er seufzte und kippte sein halbes Bier in einem Schluck herunter.

„Du hast Recht, Audrey."

„Den Satz hört sie am liebsten!" Lola kam mit einem vollen Fass unter jedem Arm hinter die Bar. Ben war sich eigentlich ziemlich sicher, dass sie gerade ihre Schicht im Hotel hatte, aber er wollte ihr nicht unterstellen, dass sie nicht an zwei Orten gleichzeitig sein könnte. Zumindest sprach er es nicht aus. „Jetzt sag ihr doch nicht die ganze Zeit, dass sie Recht hat", sagte sie.

Lola stellte das Fass auf dem Boden ab und lehnte sich mit ihrem Ellbogen auf die glatte Theke. Die kleinen Zöpfe schienen in ihrem ganz eigenen Rhythmus um ihren Kopf zu tanzen.

„Oh-oh." Lola zeigte auf Ben, „was ist denn mit unserem traurigen Pandabären hier?"

„Seine ganz besondere Freundin wäre heute fast verschlungen worden und er gibt sich die Schuld dafür." Audrey nickte einem leeren Tisch zu und ein kleiner Putzlappen erschien und wischte ihn sauber. Er verschwand wieder, nachdem er die Brezelreste und die Bierflecken weggewischt hatte.

Lola machte ein Knutschgeräusch. „Ooooh, ganz besondere Freundin." Sie schenkte zwei Shots Whisky ein, schüttete einen runter und ließ den anderen zu Ben rüberschlittern. „Runter damit."

Ben musste Grinsen. Irgendwie passierte ihm das immer, wenn er an Sally dachte. Sein innerer Bär setzte sich auf und schnüffelte. Ganz so, als würde er schon nach ersten Anzeichen von ihr in der Bar suchen.

„Sie ist echt liebenswert…und klug." Er kippte den Shot herunter und stellte das Glas verkehrt herum auf die Theke, bevor Lola noch auf dumme Gedanken kam. Er setzte sich aufrecht auf seinen Hocker und dachte wieder an Sally. Er mochte, wie selbstsicher sie sich über die Flure bewegte und dass sie einfach überall gleichzeitig zu sein schien. Wenn er schon ihre Stiefel auf dem Boden hörte, wurde im ganz warm ums Herz. Und sich darüber beschweren, wie ihre Brüste sich gegen den Stoff ihres Mantels drückten, konnte er sich auch nicht. Die Kurven dieser Frau verfolgten ihn sogar noch in seinen Träumen.

„Du stehst schon ziemlich auf Sally, oder?", fragte Lola. Sie stieß mit ihrem leeren Shotglas gegen Audreys Hand. „Ich hab's doch gesagt, hm?"

„Was? Das hättest du niemals wissen können!", sagte Ben. „Ich wusste es bis zu dem Moment, als ich sie heute in Gefahr gesehen habe, selbst noch nicht einmal. Ich war drauf und dran, dem komischen Troll den Arm abzureißen."

„Aah, wie romantisch", lächelte Lola. „Wenn du ihm den Arm wirklich abgerissen hättest, dann hätte ich wenigstens ein neues Stück für meine Troll-Körperteil-Sammlung gehabt." Sie winkte ab. „Nächstes Mal."

Ben lachte und fuhr fort, „Sally ist einfach super. Sie ist ein Mensch – nichts Übersinnliches in ihr – und sie schafft es dennoch diese ganze verrückte Scheiße im Hotel zu leiten ohne auch nur mit der Wimper zu zucken. Sie ist so wunderbar ahnungslos, was..." Ben zeigte auf die Wandler, Elfen, Hexen und anderen Kreaturen in der Bar, „...all das angeht."

Audrey strahlte voller Stolz, während Lola nur die Nase prustete. „Habt ihr gemerkt? Ich bin gar nicht auf den ‚nichts Übersinnliches IN ihr'-Witz eingegangen! Ich glaube ich mache Fortschritte", sagte Audrey.

Ben wusste nicht, ob er über diese zweideutige Anspielung stöhnen oder lachen sollte, entschied sich dann gegen beides und ignorierte sie einfach.

„Also ist sie einfach nur blind oder was? Das lässt sich ändern", für Themenwechsel hatte Lola noch nie ein feines Gespür. Ihre Zöpfe hüpften noch leidenschaftlicher auf ihrem Kopf, während sie sich einen weiteren Drink einschenkte. „Die Fähigkeit des menschlichen Gehirns alle Anzeichen von übersinnlichen Kräften zu ignorieren ist so gesehen der Schutz unserer Welt. Aber Sally arbeitet in einem *Hotel voller übersinnlicher Wesen*. Genug ist genug. Sie sollte wissen, worauf sie sich da eingelassen hat."

Ben versank ein wenig in seinem Stuhl. Einmal kamen zwei Cowboys mit Cleo, einer Bärenwandlerin und eine seiner Hauptinvestoren, mit einem kleinen Baby-Greifen zu seinem Hotel. Zu sehen, wie Sally mit dieser riesigen Bestie spielte – für sie war es einfach nur ein Hündchen gewesen – war das entzückendste, was Ben je gesehen hatte.

Aber Lola hatte Recht. Der heutige Zwischenfall mit den Vampiren war eine Erinnerung daran, dass Sallys Naivität und Blindheit sie fast das Leben gekostet hätte.

„Ich will sie keiner Gefahr mehr aussetzen. Wir werden das verdammte Klausurtagung dieses Wochenende abhalten und jeder Wandler, Sphinx oder Satyr wird Repräsentanten aussenden."

Das Hotel würde mit Repräsentanten von allen übersinnlichen Kreaturen der Region überlaufen sein. Sie würden die alte Fehden wieder aufleben lassen und sich gegenseitig mit ihren Reichtümern zu übertrumpfen versuchen.

Es wird ein Irrenhaus, dachte Ben.

Und als ob sie seinen Gedanken noch ein wenig unterstreichen wollten, verwandelten sich zwei Männer, die gerade in der Ecke beim Armdrücken waren, in einen Wolf und einen Adler und rollten sich kämpfend über den Boden. Audrey rollte nur mit den Augen und schnipste mit den Fingern, worauf die Tische um sie herum verschwanden und somit den Raufbolden Platz machten.

„Was soll ich machen?", fragte er. Es musste alles reibungslos funktionieren, nicht nur für ihn selbst, sondern auch für seine Investoren. Ben hatte Milliarden von seinem Klan geerbt, aber ein ganzes Hotel aus Eis zu bauen hätte ihn in den Ruin getrieben, wären da nicht Cleos Können Geschäfte zu machen und ihre magischen Beziehungen gewesen.

Lola lächelte. „Du musst wahrscheinlich gar nichts tun. Wenn das gesamte Konklave kommt, solltest du vielleicht einfach die Natur ihren Lauf nehmen lassen. Das menschliche Gehirn kann nur das erklären, was es kennt und versteht. Wenn sie genug übernatürlichen Blödsinn sieht, den sie mit ihrem gesunden Menschenverstand nicht mehr erklären kann, dann..."

„Wird sie alles begreifen!", beendete Audrey den Satz. „Wäre das nicht das Beste, was euch passieren könnte?"

Ben mochte die Vorstellung nicht, Sally mit all dem zu überfordern oder sie sogar in den Wahnsinn zu treiben, nur damit sie ihm half sein Hotel zu leiten. Sie hatte sein wahres Wesen jetzt schon über Monate ignoriert. Es fühlte sich falsch an, sie zu zwingen die Wahrheit zu erfahren.

„Es muss einen anderen Weg geben", sagte er.

Lola packte sein Kinn und blickte ihm mit sehr ernstem Blick tief in die Augen. „Du wirst Folgendes tun: Du wirst Sally alles organisieren lassen – sie ist eine wandelnde Enzyklopädie, was eure Gäste angeht – und dann wirst du nur noch die Details prüfen, um sicherzustellen, dass nichts Übermenschliches falsch läuft. Du wirst ein richtig gutes Konklave mit möglichst wenigen Intrigen und Morden abhalten."

„Okay, aber...", fing er an, doch Lola griff sein Kinn noch fester.

„Ich war noch nicht fertig. Und nach dem Event wirst du ganz hervorragende Bewertungen bekommen und dein Hotel erfolgreich weiter leiten können und Cleos großzügiges Investment zurückzahlen." Lola ließ sein Kinn los. „Und weil sie einer meiner Stammgäste ist, erwarte ich auch etwas von ihrer Großzügigkeit – in Form von übertrieben hohen Trinkgeldern – abzubekommen."

„Das wird schon alles hinhauen!", stimmte Audrey mit ein.

Eine Frau, der Blumen im Haar wuchsen, bestellte einen Drink in einer Sprache, die Ben nicht verstand. Audrey lächelte und fing an etwas Grünes in ein Glas einzuschenken, was fast radioaktiv aussah. Ben fragte sich, was Sally wohl sehen würde, wenn sie hier wäre. *Grünkohlsaft?*

„Aber Sally..."

„Sally ist stark, vielleicht sogar stärker als ihr beide denkt", sagte Lola, während sie zu Audrey herüberschaute. Audrey blies auf den grünen Inhalt des Glases, bis es leuchtete und glitzerte.

Ben wusste, dass die beiden Recht hatten. Sally musste einfach alles erfahren. Der Gedanke jagte ihm jedoch noch mehr Schrecken ein als der arktische Kraken, den er als junger Mann bekämpft hatte. Bevor sich alles verändert hatte. Diese Erinnerung rief noch weitere in ihm wach. Dinge, an die er nicht mehr denken wollte.

„Du hast Recht, was Sally angeht. Sie sollte auf das, was sie während der Konklave erwartet, vorbereitet sein. Die arktischen Goblins schicken Repräsentanten."

Audrey fiel das Glas aus der Hand, welches daraufhin zersprang und den grünen Inhalt über den Boden verteilte. Der Boden zischte und verformte sich. Die Blumenfrau weinte Tränen kleiner Hummeln, welche in Kreisen um ihren Kopf flogen.

Audrey wirbelte mit einem Finger herum und das Glas und sein Inhalt erschienen plötzlich wieder oben auf der Theke. Die Blumenfrau hörte sofort auf zu weinen und nahm einen tiefen Schluck von ihrem Drink. Die Blumen in ihren Haaren öffneten und schlossen sich, ganz so als ob sie erleichtert seufzen würden. *Sally würde wahrscheinlich einfach nur eine Frau mit Blumen in den Haaren sehen*, dachte Ben. Es war wahrscheinlich kein gutes Zeichen, dass er dauernd alles, was er sah, mit Sally in Verbindung brachte.

„Diese verdammten Goblinhurensöhne!" Lola schlug mit der Faust auf die Theke.

„Diese *vermeindlich* verdammten Goblinhurensöhne!", stimmte Audrey mit ein.

„Es ist nur ‚vermeindlich', weil ich nicht *beweisen* kann, dass sie meinen Klan umgebracht haben." Ben bemerkte, wie sein Puls raste und die Adern auf seiner Stirn pulsierten. „Ich *weiß* nur so viel: Diese Schweine haben damals vom Tod meines Klans profitiert."

Eine vertraute Wut hämmerte in seinem Schädel. Der einzige Grund, warum er nicht mit dem Rest seiner Familie gestorben war, war, dass er unterwegs war, als sie angriffen wurden. Sein Klan hatte seit Generationen in dieser gefrorenen Tundra in Behausungen gelebt, die in komplizierten und aufwändigen Strukturen in Eis gehauen waren. Bis eines Tages *jemand* giftiges Gas in ihr Lager leitete, bis jede Frau, jeder Mann und jedes Kind am eigenen Blut erstickt war.

Ben hatte nichts tun können um sie zu retten. Er verlies seine arktische Heimat und zog zu einer weit entfernten Gemeinschaft von Wandlern und Übersinnlichen., Schließlich fand er heraus, dass die Goblins das Land seiner alten

Heimat gekauft hatten, die wertvollen Bodenschätze darunter abbauten und riesige Gewinne damit machten. Bens Versuche sie zur Rechenschaft zu ziehen blieben erfolglos und so entschied er sich dafür, die Erinnerung an seinen Klan stattdessen mit einem Eishotel im Stile seiner Vorfahren weiterleben zu lassen.

Aber das reicht mir nicht.

Bens Griff verengte sich wieder um das Glas, aber diesmal hielt er inne, bevor er es wieder zerbrach. Er war *sicher*, dass diese gierigen Goblins seinen Klan umgebracht hatten, damit sie an die wertvollen Rohstoffe unter ihrem Lager kamen. Ohne einen Beweis würde jedoch jeder Versuch dem Goblinklan Schaden zuzufügen mit einer Strafe vom Vorstand der Konklave, die bei ihm stattfand, enden.

Ben schlug mit der Faust auf die Theke und Lola fauchte ihn an. Seine Hand zitterte, als er Geld aus seinem Portemonnaie zog und es zu Lola rüberschob.

„Tut mir leid Leute, ich bin nicht böse auf euch. Ich...ich muss gehen."

Während er zur Tür hinausging, hörte er noch wie Audrey seufzte. „Er braucht endlich eine Frau."

DAS WONDERNASIUM-EISHOTEL WAR SCHON IMMER ein wenig komisch gewesen, aber diese Gruppe war noch verrückter als alles bisher Gesehene, dachte Sally. Sie brachten riesige Vögel mit, die in niedrigen Kreisen unter der Decke durch die Lobby flogen. Als Sally sie sah, fühlte sie ein merkwürdiges Jucken in ihren Augen. Die Vögel waren ziemlich exotisch und ihr unbekannt – für einen Moment dachte

Sally sogar, dass sie geschuppt waren – aber das war *unmöglich* und das Jucken verschwand.

Sally liebte es in diesem aufregenden Hotel zu arbeiten, aber dieser Flut von merkwürdigen Dingen heute begann ihr langsam Kopfschmerzen zu bereiten.

Einmal hätte sie sogar schwören können, dass einer der Gäste Feuer auf einen anderen Gast spuckte und dieser den Feuerball mit seinen Händen aufhielt. *Unmöglich.* Sie mussten wohl einfach nur irgendwelche roten Bälle durch die Lobby geworfen haben. Sicherlich würden sie bald noch irgendwas kaputt machen. *Das muss es wohl sein.* Das erklärte auch ihre instinktive Angst, als der rote Ball nur einen Meter vor ihrem Gesicht vorbeiflog. Die Hitze hatte sie sich sicherlich nur eingebildet.

„Sally? Alles klar bei dir, Süße?" Lola berührte sie am Arm und Sally sprang zurück. Sie hatte nicht gehört, wie sie nähergekommen war. *Bewegten sich Lolas Zöpfe etwa?* Bestimmt nicht. Ihre Kopfschmerzen wurden schlimmer.

„Ja, mir geht's gut. Ich glaube ich brauche nur einen Moment, um klar zu kommen. Ich habe wohl letzte Nacht nicht allzu gut geschlafen."

Lola nickte heftig. „Das ist bestimmt der Grund. Warum nimmst du dir nicht eine Pause in Bens Büro? Keiner wird dort nach dir suchen."

Sally nickte zustimmend und war schon auf dem Weg zu Bens Büro, bevor sie auch nur begriff, was Lola da überhaupt gesagt hatte. Ein Geräusch, das klang wie eine Mischung aus Vogelgezwitscher und Löwengebrüll hallte aus der Lobby, aber Sally schaute gar nicht erst hin. *Etwas stimmt mit den Rohren nicht.* Manchmal machten sie so komische Geräusche.

„Es tut mir Leid. Diese neuen Gäste sind ganz schön anstrengend, oder?", sagte Lola und klopfte Sally auf die

Schulter, was sich beruhigend angefühlt hätte, wäre es nicht so fest gewesen.

„Was?", fragte Sally.

„Mach dir keine Sorgen, meine Liebe. Mach eine kleine Pause und streck dich ein wenig auf dem gemütlichen, ähm, Sofa aus und du wirst dich besser fühlen." Lola schob Sally geradezu durch die Tür und schloss sie hinter sich.

Sallys Kopfschmerzen hämmerten, als sie sich endlich auf das Sofa niederließ. *Vielleicht hatte Lola Recht.* Es war, als würde sie den Raum nur noch durch einen nebligen Schleier wahrnehmen. *Der To-Do-Liste hinzufügen: Termin mit einem Doktor machen, um eine mögliche Gehirnerschütterung auszuschließen.*

Sally war dankbar, dass das Sofa heute in Bens Büro war. Sie schloss die Augen und lehnte sich in die weichen Sofakissen. Es fühlte sich härter an als es aussah und war voller Hubbel und Dellen unter dem weichen Stoff. Sie wechselte die Position und versuchte es sich irgendwie gemütlich zu machen.

Etwas unter ihr krächzte und sie legte sich wieder anders hin und hoffte, das Sofa nicht zu beschädigen. Denn sie war nicht gerade leicht. Vor lauter Arbeit im Hotel fand sie nie wirklich die Zeit regelmäßig ins Fitnessstudio zu gehen, wie sie es eigentlich vorhatte, und ihr Caterer, Köchin Casey, brachte ihr immer Bärentatzen mit einer extra Schokoladenglasur obendrauf mit und die waren zu gut, als dass man ihnen hätte widerstehen können. *Vielleicht hätte ich die dritte doch nicht essen sollen.*

Sally fand endlich eine gemütliche Position und versank tief in einem weichen Teil des Sofas. Am besten würde es sein an etwas zu denken, das sie von dem hämmernden Schmerz in ihrem Kopf ablenkte. Sie atmete tief ein und nahm Bens wenig zusammenpassenden Geruch von

Kiefern und Eiscreme wahr, der sein Büro erfüllte. Es war fast so, wie in seinen Armen zu liegen.

Diese Vorstellung war zu gut, als dass sie hätte widerstehen können: Bens starke Arme heben sie hoch. Er legt sie auf ihren Rücken auf seinen Schreibtisch und öffnet ihr Hemd. Bens Hände liegen auf ihren Brüsten und spielen mit ihren Nippeln, bis sie ganz hart werden. Dann zieht er seinen hässlichen Pullover aus und darunter ist er wunderbar nackt. Ihre Hände sind auf seinem Körper, während seine Finger langsam unter ihren Rock gleiten und ihr Unterhöschen beiseiteschieben. Ben öffnet seinen Hosenstall...

Die Feuchte zwischen ihren Beinen dagegen war Wirklichkeit und sie wandte sich auf dem Sofa bei dem Versuch sich daran zu reiben.

Ben spreizt ihre Beine auseinander, lehnt sich vor, um ihre Oberschenkel zu küssen, an ihrer zarten Haut zu knabbern, und sich langsam bis zu ihrem warmen, feuchten Schlitz vorzulecken.

„Hmmmm, ja, genau so", raunte sie laut.

Bildete sie sich das nur ein oder *bewegte* sich das Sofa wirklich?

Sie kreischte kurz auf und fiel dann auf den Boden, während sich das Sofa sich streckte, die haarige Oberfläche sich zurückschob und plötzlich gebräunte Haut freigab. Es war Ben. Ein traumhafter, *sehr nackter* Ben. *Heilige Scheiße*. Bens Augen waren lebendig und wild. Er fiel neben ihr auf dem Teppich auf die Knie. Bevor sie sich erklären konnte, wie ein großes, gemütliches Sofa sich in ihren Boss verwandelt hatte, nahm er ihr Gesicht in seine Hände.

„Sorry, Sally, aber ich konnte es nicht mehr länger aushalten", sagte er. Seine Finger fühlten sich warm und wirklich an.

Ihre Kopfschmerzen waren zurück und hämmerten unter ihrer Stirn. Die Lichter im Zimmer flackerten. Bens nackter Oberkörper war einfach perfekt. Ihre Vorstellung war wahr geworden.

Ben war eine Couch!

Das Neblige, was im Zimmer lag, schimmerte. Plötzlich zerriss dieser neblige Vorhang. Funken sprühten aus der Rückseite des Computers und die Lautsprecher zerbarsten. Bens Finger streichelten sie an der Seite ihres Kinns, während er sich zu ihr vorlehnte.

Nein, Ben war keine Couch.

Bens Gesicht war so nah an ihrem, dass sie schon seinen Atem auf ihren Lippen spürte. Jede Zelle ihres Körpers schrie danach sich in seinen Armen zu vergraben. Die Lichter flackerten wieder und sie dachte, sie höre einen Wecker draußen auf dem Flur.

Ben war niemals eine Couch gewesen.

„Du bist ein Eisbär", sagte sie. „Du kannst dich in einen Eisbären verwandeln."

„Sally..."

Das war zu viel. Es war alles zu viel. Er. Die Welt.

Was hatte einer der Nosferatus noch zu ihr gesagt? Sie war es, die nicht in der Lage sei, es zu verstehen? Jetzt verstand Sally alles. Jeder Moment der letzten sechs Monate überkam sie und alles ergab plötzlich Sinn.

Da waren Drachen in der Lobby, die versuchten sich gegenseitig in Brand zu stecken.

Goblins hatten etwas früher am Mittag für die Konferenz eingecheckt.

Vampire und ihr monströser Diener hatten sie diesen Morgen bedroht.

Letzte Woche erst hatte sie einen Eimer Wasser auf zwei

sich paarende Tigerwandler geschüttet, weil sie dachte, es
seien streunende Katzen.

„Sally, rede mit mir. Ich kann alles erklären", sagte Ben.

Alles, was ich über die Welt weiß, ist falsch.

„Ich muss hier raus."

Sally rannte aus dem Büro.

„Scheiße! Scheiße, Leute, Scheiße!" Ben keuchte als er
durch die hölzerne Flügeltür des AUDREY'S platzte.

„Warum nennen uns eigentlich alle so?" Audrey trock-
nete grinsend ein Bierglas ab. Die Bar war bis auf ein paar
riesige Jungs in Lederjacken mit Drachen-Motorradclub-
Tattoos, die sich um ein paar Gläser Bier kümmerten, fast
ganz leer an diesen frühen Nachmittag.

„Mir gefällt es irgendwie. Es ist so einprägsam." Lola
schmiss ein gespültes Shot-Glas über ihre Schulter und es
landete perfekt auf der Gläserpyramide direkt hinter ihr.
„Was geht ab?"

„Sie weiß Bescheid. Sally weiß Bescheid." Ben
schnappte nach Luft und zog einen Barhocker heran, um
sich zu den zwei Frauen zu setzen. Er wusste, dass er eigentlich gar nicht hier sein sollte. Er sollte jetzt eigentlich im
Hotel sein und dem Personal dabei helfen, die Gäste
einzuchecken und die Organisation der Konferenz zu leiten.
Aber er konnte an nichts anderes mehr denken als an Sallys
erschrockenen Gesichtsausdruck. „Sie hat gesehen, wie ich
mich verwandelt habe und naja, sie hat es *nicht* gerade gut
aufgenommen."

„Ach, es war bestimmt gar nicht so schlimm. Definiere
doch mal ‚hat es nicht gerade gut aufgenommen' für mich."
Audrey nahm ihr langes, rotes Haar und band es zu einem

Zopf. Lola hörte auf zu spülen, stellte sich neben sie und widmete Ben all ihre Aufmerksamkeit.

„Sie flippte aus und zitterte. Schrie und rannte weg." Ben schlug mit der Faust auf die Theke. „Verdammt nochmal! Eigentlich war alles in Ordnung bis zu dem Kurzschluss."

Weder Lola noch Audrey rührten sich. Das Bier, welches Audrey gerade zapfte, lief über und auf den Boden. Keine der beiden Frauen schien es zu bemerken. Ben wurde ein wenig nervös, als er sah, dass Audrey sich nicht um den verschwendeten Alkohol scherte.

„Kurzschluss?", zischte Audrey. „Erzähl mir das mal genauer."

Ben lehnte sich vor und schloss den Zapfhahn, um den Bierfluss zu stoppen. Lola grinste ihn düster an.

„Ich habe mich verwandelt und dann ist sie plötzlich ausgerastet. Dann flackerte das Licht dauernd an und aus, die Wecker in ein paar der Zimmer in der Nähe fingen an zu piepen und mein Computer war ein einziger Funkenregen." Er schaute erst Audrey, dann Lola an und musste feststellen, dass keiner der beiden Blicke ihm gefiel. „Aber das hat nichts mit Sally zu tun, oder?"

„Interessant." Lola grinste.

„Sehr interessant." Audrey zog ein altes in Leder gebundenes Buch, auf dem in großen Buchstaben „Barkeeper-Leitfaden" stand, unter der Theke hervor. Sie blätterte durch die Seiten und murmelte etwas zu sich selbst. „Mal sehen was Oma zu sagen hat..." Audrey biss sich auf die Lippen, während sie sich konzentrierte.

„Hast du Audreys Großmutter eigentlich jemals kennengerlernt?", fragte Lola Ben, während Audrey weiter die Seiten durchblätterte. „Früher einmal betrieb sie hier die Bar – sie war eine kleine, alte, schmutzige Dame." Sie seufzte. „Sie nannte diese Bar AUDREY'S noch bevor Audrey überhaupt geboren war. Oh Mann, ich vermisse dieses verrückte, alte Weib."

Ben saß unruhig auf seinem Barhocker. „Und was genau hat das mit Sally zu tun?"

„Also, vor Jahren servierte sie versehentlich einem Werwolf einen ziemlich scharfen Shot, der eigentlich für einen Dschinn gedacht war." Lola lächelte leicht, während ihr Blick verriet, dass sie gerade ganz woanders war. *Wie alt ist Lola überhaupt?* wunderte sich Ben. Er traute sich nicht sie zu fragen.

„Das ging nicht wirklich gut aus", fuhr Lola fort. „Das verdammte Vieh hat fast die ganze Bar, Stein für Stein, auseinandergenommen. Also schrieb Oma den Barkeeper-Leitfaden." Ein kleiner, rothaariger Mann kam zur Theke und sie schüttete ihm einen Whisky ein, bevor er auch nur danach gefragt hatte. „Es unterteilt alle Kreaturen mit über-sinnlichen Fähigkeiten nach Spezies und Klan und listet auf, was sie mögen, was sie tötet und so weiter, und so weiter."

„Also, was ist...Sally?", sagte Ben, der kurz davor war, die Geduld zu verlieren. Das Hotel ging inzwischen wahrscheinlich schon im Chaos unter, da weder er noch Sally vor Ort waren. Er musste das hier *in Ordnung* bringen. Wenn er Sally im Stich lassen würde, wie damals seinen eigenen Klan, könnte er es nie wieder gutmachen.

Audrey schlug das Buch zu. „Hier ist *rein gar nichts* drin, was sich nach Sally anhört. Sie ist kein Donnervogel, kein Raiju und ganz *sicher* kein Kitsune."

„Was sonst könnte sie denn sein?" Lola warf ein nasses Spülhandtuch nach Audrey. „Denk nochmal nach."

"Heilige Scheiße, sie muss eine Hexe sein!", quietschte Audrey. „Wow, dann kommt sie aber aus einem wirklich mächtigen Klan, wenn sie solchen Schaden anrichten kann, ohne es jemals gelernt zu haben. Glaubst du, sie weiß es?"

„Sie war überrascht, flippte aus und war einfach nur...erschrocken. Ich bezweifle, dass sie auch nur den leisesten Hauch einer Ahnung hat", sagte Ben. Sally war eine *Hexe*?

Die ersten Takte von „Ice Ice Baby" ertönten aus Bens Handy. Er warf einen Blick auf den Namen des Anrufers. Ned, der neue Hotelpage. Anscheinend hatte Ben schon zwei weitere Anrufe in den letzten zehn Minuten verpasst. *Scheiße.*

„Ich hoffe für dich, dass das die Originalversion von ‚Under Pressure' war", sagte Lola mit einem Grinsen.

„Du weißt genau, dass sie es nicht war", sagte Ben. „Leute, ich muss gehen. Lasst es mich wissen, wenn euch irgendetwas einfällt, wie wir Sally helfen können."

Audrey und Lola schauten sich nachdenklich an, aber Ben hatte keine Zeit mehr, um auf eine Antwort zu warten. Audrey war eine mächtige Hexe und Lola war...was Lola halt so war. Er vertraute darauf, dass sie ihm helfen können würden.

Auf dem kurzen Weg von AUDREY'S zurück zum Hotel, stellte er sich all die möglichen Katastrophen vor, die während seiner Abwesenheit wohl passiert waren. Jedes Szenario war noch alptraumhafter, als das vorherige. Die meisten drehten sich darum, dass das Hotel schmolz, die Goblins giftiges Gas durch die Flure leiteten oder Sally, die sich gegen seine Welt entschieden und gekündigt hatte.

Ben ging durch die Flügeltür in die Lobby und blieb stehen. Dutzende übernatürlicher Wesen aller Art eilten herum, schrien, beschwerten sich und versuchten – in einem Fall – eine große Ziege in einen kleinen Koffer zu packen. Die Ziege war darüber nicht erfreut.

Die drei Hotelmitarbeiter hinter der Empfangstheke

tippten wie wild, nahmen Anrufe entgegen, checkten gleichzeitig die Gäste ein oder kümmerten sich um ihre Beschwerden. Ein paar der kleinen Drachenwandler zogen kleine Kreise über dem Menschenpulk und spien hin und wieder winzige Feuerbälle auf diesen nieder. Einer der Feuerbälle traf eine Grizzlybärenwandlerin fast an der Schulter. Die kräftige Frau brüllte und fuhr schon die Klauen aus. *Scheiße, Scheiße, Scheiße.*

Ben hatte Sally noch nie so sehr vermisst, wie in diesem Moment.

„Verehrte Gäste! Kann ich bitte Ihre Aufmerksamkeit haben?" Sein autoritärer Ton war überraschenderweise sehr effektiv und die Meute verstummte. *Ich kann es also immer noch.* „Jeder, der eine Beschwerde hat, geht bitte zu dem Herrn auf der rechten Seite des Empfangs. Wenn Sie einchecken wollen, dann stellen Sie sich bitte links an. Dem Rest möchte ich empfehlen die Drinks an unserer Bar zu genießen." Im Stillen betete er, dass die Barkeeper diese Meute auch ohne Lola im Griff haben würden.

Gerade als es so aussah, als würden sich alle auf die rechte Seite des Empfangs begeben, klingelte sein Handy wieder.

„Was gibt's?", grunzte Ben in den Hörer.

„Sir!" Es war Ned, seine Stimme klang schrill und sehr beunruhigt. „Ich bin in der dritten Etage und Sie müssen sehen, was..."

Ben war schon auf dem Weg. Er sprintete die Treppen zum dritten Stock hoch, bis er die Schreie hören konnte. Das Licht spiegelte sich irgendwie merkwürdig auf der Wand aus Eis wider und ein herber Geruch stieg ihm in die Nase.

Feuer! Ben rannte in Richtung des Geruchs. Das Atmen

fiel ihm immer schwerer, als der Flur sich langsam mit Rauch füllte.

Lola war von AUDREY'S zurückgekehrt, denn sie war bereits im Raum und dabei eine wütende Ifrit zu beruhigen, die anscheinend das Feuer in ihrer Not verursacht hatte.

Ned schien einen Nervenzusammenbruch zu haben. Er saß in der Ecke und hyperventilierte.

Nutzloser Kerl, knurrte Ben. Er vermisste Sally.

Die Ifrit schluchzte und mit ihren Flügeln eng am Körper, schossen mit jedem Zucken ihrer Schultern immer wieder kleine Flammen hervor. Lola ging in Deckung, bevor sie noch von einer Flamme getroffen wurde. Einer der Holz-schränke war bereits zu Asche verbrannt und rußige Streifen trübten die Wände und die Decke. Ein leuchtend grüner Becher rollte zwischen den Füßen der Ifrit über den Boden – ein dunkler Handabdruck war in die Seite gebrannt.

Scheiße. Ben riss einen Feuerlöscher aus seiner Halte-rung im Flur und richtete ihn auf das Feuer, woraufhin sich das Pulver im ganzen Raum verteilte. Das Feuer gab unter einem resignierten Zischen nach und Ben öffnete schnell das Fenster, in dem Versuch den Rauch schnell aus dem Zimmer zu bekommen.

"„rgendein Idiot hat einen verzauberten Becher in den Raum der armen Ifrit hier getan." Lola benutzte eine Ecke des angekohlten Bettzeugs, um den Becher vom Boden aufzuheben. „Es weiß doch wohl jeder, dass man Ifrits mit Magie Schaden zufügt!" Sie zeigte auf die schmelzenden Wände des Zimmers und das verbrannte Bettzeug. „Man kann doch nicht so rücksichtslos sein!"

Ben nahm Lola den Becher ab. „Ich bezweifle, dass es jemand war, der hier arbeitet." Das Feuer hatte das Zimmer verwüstet und ein großes Loch in die Decke geschmolzen.

Man konnte jetzt in das Zimmer darüber schauen. *Das waren zwei Zimmer, die man nicht mehr benutzen konnte.* Ben seufzte. Er und Lola schauten sich an. Ihr Ausdruck – eine Mischung aus Sorge und Wut – war derselbe wie seiner.

„Das war auf jeden Fall ein Sabotageakt", sagte er und sie nickte.

„Und rate Mal, wer am meisten davon profitiert, wenn du in Verruf gerätst", sagte Lola grimmig.

Ben musste es nicht aussprechen. *Die Goblins.* Nachdem, was sie seiner Familie angetan hatten, wollten sie ihm natürlich auch noch das Konklave vermasseln.

Sally kam völlig außer Atem ins Zimmer gerannt. Ben fühlte die gewohnte Wärme in seinem Inneren, wie immer, wenn er sie sah. Sein innerer Bär rollte sich vor Freude.

„Ned hat mich angerufen, weil..." Mit den Händen auf ihren Knien, versuchte sie erst einmal wieder zu Atem zu kommen und zeigte durch das Zimmer. „Wegen all dem hier. Ist jemand verletzt?"

Sie musste wohl direkt von sich zu Hause gekommen sein, denn sie trug ihre Freizeitkleidung und ohne die ganzen Lagen von Jacken, die sie sonst immer anhatte. Ohne diese konnte er einen viel besseren Blick auf ihre üppigen Kurven werfen und bereute, dass er gerade nicht die Zeit hatte, diesen Ausblick zu genießen.

Bevor Ben antworten konnte schnappte Lola sich Sally am Arm. „Du kommst mit mir. Audrey und ich müssen dir eine Menge beibringen." Lola versuchte sie in Richtung Tür zu ziehen, aber Sally rührte sich nicht.

„Was...beibringen?" Sally konnte inzwischen wieder normal atmen. „Ich kann jetzt nicht gehen. Ich muss hier bleiben und mich um..." Ihr Blick wanderte zu Ben, aber sie schaute sofort wieder weg, als sich ihre Blicke trafen. Ein Licht hinter ihr begann zu flackern.

Sie errötete. Er hoffte, dass sie gerade dasselbe dachte wie er: an ihren Beinahe-Kuss in seinem Büro. Aber sie musste erst noch eine Menge über ihre wahre Identität erfahren und er hatte jetzt gerade erst einmal eine Katastrophe zu bewältigen.

„Geh ruhig." Bens Stimme war weicher, als er gehofft hatte. „Ich kann mich um die Dinge hier kümmern. Die beiden werden dir helfen."

Er ging auf sie zu und strich eine ihrer Locken hinter ihr Ohr. Sie schauten sich tief in die Augen und der Rest des Zimmers schien zu verschwinden. Ihr Blick zog ihn näher zu ihr, bis er ihre Brust an seiner spürte, wie sie sich hob und senkte. Er wollte am liebsten ihr Gesicht in seine Hände nehmen und sie küssen, sie verschlingen, bis all die Probleme um sie herum verschwanden und es nur noch sie beide gab.

Er befeuchtete sich die Lippen, ihre Atmung wurde schnell, ihr Blick lag auf seinen Lippen. *War es möglich, dass sie genauso fühlte?*

„Sir?" Ned war aus seiner Ecke gekrochen und kam herüber.

Sally taumelte zurück, als würde sie aus einer Trance erwachen, als Neds Stimme erklang, und Ben musste dem Verlangen widerstehen, sich in einen Bären zu verwandeln und dem Kerl den Kopf dafür abzubeißen, dass er diesen Moment so zerstört hatte.

„Was werden sie mit dem Zimmer machen?", fragte Ned so leise, dass Ben es nur dank seines übermenschlichen Hörvermögens verstehen konnte.

Sally wollte gerade antworten, da packte Lola sie schon am Arm und zog sie aus dem Zimmer.

„Ben regelt das hier schon", sagte Lola, bevor sie beide auf dem Flur verschwanden. Bens Bär heulte vor Frust und

Verlangen auf.

„Finde unserem Gast hier und denen, die im Zimmer obendrüber sind, ein neues Zimmer. Stufe beide hoch", sagte er, was rauer klang, als er gewollte hatte. „Ich werde mich um die Arschlöcher kümmern, die das hier zu verantworten haben."

Er drehte sich um, ging über den Flur und ließ Chaos und Durcheinander hinter sich. Ben war es satt zu versuchen, all seine Gäste glücklich zu machen. Ganz besonders diese mordenden, faul riechenden Goblins. Er scrollte auf seinem Handy durch das Kundenverzeichnis und wurde fündig. Diese Goblinbastarde hatten schon eingecheckt und sich eine Stunde für die heißen Quellen im Spa reserviert. Ihr Zimmer würde für die nächste Stunde leer bleiben.

Das ist eine beschissene Idee. Der vernünftige Teil von Bens Gehirn schrie ihn an, während er schon auf dem Weg zum Zimmer der Goblins war. *Du wirst so was von erwischt werden.* Seine innere Stimme der Vernunft fuhr fort, während er seine Schlüsselkarte durch den Kartenleser zog. *Sie würden doch niemals Beweise ihres Massenmordes irgendwo offen herumliegen lassen.*

Das hier hatte nichts mehr mit Vernunft zu tun. Hier ging es um seine Familie.

Den Protokollen zufolge hatten die Goblins erst vor einer Stunde eingecheckt. Ben schaute sich um und konnte sich nicht vorstellen, wie die Goblins in so kurzer Zeit schon so viel hatten verwüsten können. Das Zimmer sah aus, als hätten die Goblins ihre Taschen herumgeschossen und eine Klamottenschlacht veranstaltet. Papier und Essen war auf dem Boden verteilt. Die kleinen Beistelltische waren umgekippt – einer komplett zertrümmert – während der Fernseher mit einem großen Riss in der Mitte des Bildschirms laut brummte.

„Fantastisch", murmelte Ben, während er vorsichtig die Klamotten und den Müll durchsuchte, ohne dabei zu viel von dem Chaos zu verändern. Seine Finger berührten etwas aus hartem Plastik. Er zog es aus dem Haufen zwischen einer Kiste und einem 3-Kilo-Sack Erdnüsse hervor.

Ein Laptop! Wenn die Goblins das Gift da draußen in der Arktis gekauft oder getauscht hatten, dann hatten sie wahrscheinlich ihre Quelle per Computer kontaktieren müssen. Wenn Ben nur etwas finden könnte, was die Goblins mit einem solchen Kauf in Verbindung brachte, dann hätte er endlich den Beweis, den er brauchte, um die Goblins des Massenmordes zu überführen. Er hielt die Luft an, als er den Laptop hochfuhr.

„Nein, du musst die Karte *andersherum* dadurch ziehen!" Eine verärgerte Stimme erklang aus dem Flur.

Scheiße, sie sind schon wieder zurück! Ben ließ den Laptop wieder auf die Erdnüsse fallen und kletterte aus dem Fenster, wobei er seine Bärenklauen ausfuhr, um sich an der Eiswand des Hotels festzuklammern.

Ein harter Windstoß drohte ihn von seinem unsicheren Halt drei Stockwerke tief zu stoßen. Seine Schuhe traten gegen die Wand und rutschten wieder ab, während sein Bizeps schon vor Anstrengung zitterte. Jahrzehntelange Erfahrung im Erklimmen von Gletschern und Eiskappen hielten ihn an der Wand, obwohl seine Muskeln schon vor Erschöpfung schrien.

Er konnte sich nur vorstellen, was die Touristen da draußen im Winter-Wondernasium-Freizeitpark dachten, falls sie ihn da so hängen sahen. *Leute, hier gibt's nichts zu sehen, außer einem Milliardär an der Wand.* Langsam kletterte Ben mit seinen Klauen die zehn Meter nach unten, bis er endlich wieder Boden unter seinen Füßen hatte.

Er atmete tief durch und sein innerer Bär tobte und brüllte vor Frust.

Verdammt nochmal! So kurz davor. Ben trat gegen das Hotel und heulte auf, während er sich vor Schmerzen den Fuß hielt.

SALLY WUSSTE NICHT was hier vor sich ging, aber sie war sich zu 99% sicher, dass es böse enden würde.

„Du musst verstehen, Magie ist mehr Kunst als Wissenschaft", erklärte Audrey, während Lola eine Reihe von Fässern, sowie leere Flaschen aufstellte und eine Lichterkette auf der Grasfläche zwischen AUDREY'S Parkplatz und dem Wald dahinter ausbreitete. Die Klauenabdrücke und der ganze Dreck hier waren ein Indiz, dass das hier wohl der Ort war, an dem sich das Klientel der Bar entleerte.

Sally war vorher zwar schon ein paar Mal bei AUDREY'S gewesen, aber nie, wenn die ganzen Kreaturen ihre leuchtenden und pulsierenden Cocktails tranken. Sie hätte bei dem Anblick, wie ein Troll an etwas schlürfte, was aussah wie eine Schüssel voller Augen, beinahe aufgeschrien. Aber Lola und Audrey hatten sie schnell durch die Hintertür herausgeführt.

„Ich weiß nicht wovon ihr redet. Ich bin keine Zauberin. Ich bin eine Hotel-Managerin", sagte Sally und verlagerte immer wieder nervös ihr Gewicht von einem Bein auf das andere.

Lola kam wieder zu ihnen zurück und zog eine Glühbirne aus ihrer Gesäßtasche. „Du kannst uns hier allen ein wenig Zeit sparen und es einfach akzeptieren." Sie legte die Glühbirne in Sallys Hand. Sie leuchte so hell auf, dass sie mit den Augen blinzeln musste. Lola zog die Sonnenbrille, die wie aus dem Nichts erschienen war, herunter, beugte sich zu Sallys Ohr vor und sagte in einer tiefen, rauen Stimme: „Du bist eine Hexe, Sally."

Sally ließ die Glühbirne fallen und sie erlosch in dem Moment, als sie den Kontakt zu ihr verlor. Audrey wackelte mit ihren Fingern und die Glühbirne verschwand, bevor sie auf dem Boden zerschellte.

„Ich verstehe es immer noch nicht. Wie kann *ich* eine Hexe sein?" Das war doch sicherlich etwas, was sie auch schon vorher bemerkt hätte. Bis zu diesem Morgen, hätte sie sogar gesagt, dass Magie gar nicht existiert.

Das war alles so merkwürdig, so *unmöglich*, aber Sally konnte nicht leugnen, was sie gesehen hatte. Sie war sich nicht mal mehr sicher, ob sie es noch leugnen wollte. Ihr Boss war ein Bär, sie hatte sich mit *echten* Drachen auseinandergesetzt und da war eine Elfe in der Bar gewesen. Eine *verdammte Elfe*. Die Welt war weit merkwürdiger, als sie es sich jemals vorgestellt hatte.

„Magie wird vererbt", sagte Audrey und wies Sally an sich auf ein Fass setzen. Lolas bizarrer Hindernisparcours aus Glühbirnen, rostigen Toastern, baumelnder Lichterketten und alten Aufklapphandys lag jetzt vor ihnen und machte Sally zunehmend nervös.

Lola murmelte etwas von Drinks auf dem Feuer und rannte zurück in die Bar. Sally hatte gar nicht bemerkt, dass sie die Luft angehalten hatte. Sie atmete aus, wobei sie ein wenig mehr in dem Fass versank. Lola war schon immer ein wenig furchteinflößend gewesen, aber jetzt, seit Sally Übernatürliches wahrnehmen konnte, fühlte in der Nähe von Lola zu sein sich an wie neben einem Hurricane zu stehen.

„Haben deine Eltern jemals mit dir über Magie gesprochen?", frage Audrey, um wieder Sallys Aufmerksamkeit zu bekommen.

„Ich wurde adoptiert", sagte Sally.

„Hmm, das macht die Dinge ein wenig komplizierter", Audrey nahm Sallys Hand und hielt sie zwischen ihren eigenen. „Nachdem, was ich von dem Feuerwerk in Bens Büro gehört habe, habe ich schon einen starken Verdacht, womit wir es hier zu tun haben könnten."

Sally bemerkte, dass ihr das Blut ins Gesicht schoss, als sie sich erinnerte, was da fast in Bens Büro passiert war. Aus ihrem Augenwinkel sah sie, wie die Lichterkette am Zaun anfing zu flackernd und zu leuchten.

Was zur...

„Interessant", sagte Audrey und schaute sich um. „Woran hast du gerade gedacht?"

„Nichts", sagte Sally schnell. Die Lichter gingen aus, als hätte jemand einen Schalter betätigt. „Ich habe nur darüber nachgedacht, was es wohl bedeutet eine Hexe zu sein und so... Wie konnte ich es nur nie bemerkt haben? Ich bin 28 Jahre alt. Warum hat sich das vorher noch nie bemerkbar gemacht?"

Audrey ließ Sallys Hand los und ging vor ihr auf und ab, ihre leuchtend roten Fingernägel an ihrem Kinn. „Das könnte an einer Reihe von Dingen liegen. Ein Kindheitstrauma könnte es blockiert haben oder es wurde einfach unterdrückt und verdrängt. Deine Fähigkeit könnte auch einfach seit Generationen geruht und darauf gewartet haben, dass sie geweckt wird. Es kann natürlich auch sein, dass deine Fähigkeiten so speziell sind, dass dein Gehirn noch gar nicht dafür bereit war."

„Soll das auch nur irgendeinen Sinn ergeben?", fragte Sally, stand auf und nahm eine der Glühbirnen, die ihr am nächsten waren. Nichts passierte.

„Magie ist manchmal ein bisschen verrückt und unvorhersehbar. Der technische Aspekt des *Warum* spielt in diesem Moment keine Rolle. Wenn ich raten müsste, würde ich, von dem, was ich bisher gesehen habe, davon ausgehen, dass du eine Blitzhexe bist."

„Ich bin eine *was*?" Sally legte die Glühbirne ab und schaute nervös in den Himmel.

„Früher haben sie sich die *Lodernden* genannt. ‚Blitzhexe' bedeutet grundsätzlich nur, dass deine Vorfahren elektrische Signale manipulieren konnten. Ganz früher bedeutete das in der Lage zu sein Blitze zu kontrollieren." Audrey kam auf Trab. „Heutzutage betrifft es eher Elektrizität und Computer. Ich habe schon seit Jahren keine mehr getroffen. Wenn du zur Adoption freigegeben wurdest, dann wusste deine Adoptivfamilie wahrscheinlich gar nicht, wer du wirklich warst."

Sally nahm wieder eine Glühbirne in die Hand und spielte geistesabwesend mit ihr, rollte das kalte Glas auf ihrer Hand. Die Glätte fühlte sich gut an auf ihrer Handinnenfläche. Sie war sich nicht sicher, was sie von alldem über ihre wahre Identität überhaupt halten sollte. Ihre Adoptivfamilie lebte ein paar Bundesstaaten entfernt und sie telefonierten einmal in der Woche. Sie waren sehr liebenswerte, gute Menschen und sie hatte nie das Bedürfnis gehabt, die Identität ihrer wahren, biologischen Eltern herauszufinden. Es schien nie eine Rolle gespielt zu haben, wer sie überhaupt waren. Tief unter dem Glas der Glühbirne fing der Draht leicht an zu glühen.

„Was bist *du* denn?", fragte Sally, während sie schnell die Glühbirne wieder weglegte. Es erschreckte sie immer noch ein bisschen.

Audrey lächelte und öffnete ihre Arme. "Ich bin ein Alleskönner. Ich mache ein bisschen was von allem, aber nicht zu viel von einem. Hexen sind entweder Alleskönner

oder Spezialisten, um die Mächte ein wenig im Gleichgewicht zu halten."

„Hm, das ergibt Sinn", sagte Sally.

„Aber genug von dem Hexen-Einmaleins. Es wird Zeit
für ein bisschen Übung." Audrey zog Sally wieder auf die
Beine und zeigte auf die Fässer. „Wir fangen erst einmal
klein an. Siehst du die Lichterkette? Ich will, dass du sie
nochmal wie eben zum Leuchten bringst."

„Ich weiß nicht wie", sagte Sally und schielte auf die
Glühbirnen, entschlossen sie zum Leuchten zu bringen.

„Bei der Magie geht es um *Gefühl*", sagte Audrey und
führte Sally an ihrer Schulter, bis sie in der Mitte des
Hindernisparcours stand. „Schicksal und Not helfen allerdings ein wenig."

„Großartig", murmelte Sally.

Geh an, sagte sie in Gedanken zu den Glühbirnen und
versuchte sich daran zu erinnern, was sie gefühlt hatte, als
sie sie eben zum Leuchten gebracht hatte.

„Licht!", schrie sie und schmiss ihre Hände nach vorne,
als würde sie Energie aus ihren Fingerspitzen schießen
können. Sie drehte sich mehrmals im Kreis, schrie und
versuchte sie wieder zum Leuchten zu bringen.

„Leuchtet!" Nichts.

„Wacht auf!" Nada.

„Erstrahlt!" Eines der Lichter schien zu Leuchten anzu-
fangen, erlosch aber sofort wieder, als Sally es in die Hand
nahm.

„Verdammt nochmal!"

Audrey hielt Sallys Hand und nahm ihr vorsichtig die
Glühbirne ab, bevor sie sie quer über den Parcours warf.

„Okay, das scheint offensichtlich nicht zu funktionieren.
Probieren wir etwas anderes aus. Versuch es nicht zu
krampfhaft. Schließ deine Augen und denk mal nicht an die

Lampen." Sally seufzte und tat wie ihr geheißen, sie schloss ihre Augen und versuchte ihre Schultern ein wenig zu entspannen. „Genau so, einfach atmen. Denk an dein liebstes Hobby. Was ist es?"

Sally verlagerte ihr Gewicht. „Ich habe nicht wirklich viele Hobbies. Ich schätze, ich mag es mit Computern zu arbeiten. Ich erstelle Datenbanken, um den Überblick im Hotel zu behalten. Manchmal helfe ich auch meinen Freunden und meiner Familie mit ihren Datenbanken. Außerdem programmiere ich so ein bisschen herum und versuche ein paar Programmiersprachen zu lernen." Sally öffnete eines ihrer Augen, um zu sehen, ob es auch nur irgendeine Reaktion von den Glühbirnen gab, aber sie waren so dunkel, wie zuvor.

„Hmmm", sagte Sally. „Erzähl mir von deiner schönsten Erinnerung."

Sally ignorierte den ersten Gedanken, der ihr kam. Das wäre jetzt zu unangenehm gewesen. Also erzählte sie von der zweiten Erinnerung. „Ich hatte da diese super witzige Geburtstagparty..."

„Nein! Was war das erste, woran du gedacht hast?" Audreys Stimme klang so eindringlich, dass Sally ihre Augen öffnete. Die Frau vor ihr sah ziemlich aufgeregt aus, aber die Lampen leuchteten immer noch nicht. „Sag es mir", beharrte sie.

„Ähmm, ich habe daran gedacht, wie Ben mich heute Morgen in seinem Büro geküsst hat..." Sallys Stimme verlor sich, als ein Licht nach dem anderen erleuchtete. Es war, als sei sie von Hunderten hell erleuchteter Sterne umgeben. „Oh mein Gott."

Audrey ergriff ihre Hand. „Denk weiter an Ben. Was genau magst du an ihm? Was ist deine schönste Erinnerung an ihn?"

Sally schaute auf die leuchtenden Glühbirnen und dachte daran, wie Ben sich immer mit den Händen durch die Haare ging, so dass es zwar nicht gekämmt, aber trotzdem immer super aussah. Obwohl seine Pullover ziemlich hässlich waren, schaffte er es irgendwie immer noch absolut hinreißend auszusehen.

Die Lampen leuchteten heller.

Sie lächelte über die Vorstellung, wie er bei den morgendlichen Meetings immer ganz ruhig im Hintergrund blieb, sie das Meeting leiten ließ und sie dabei respektvoll und ermutigend anlächelte.

Das Licht wurde noch heller.

Und wie sich erst seine nackte Haut an ihrer Hand angefühlt hatte. Sie wollte, dass er sie am ganzen Körper berührte, ihre Kurven anfasste und ihre Brüste in die Hand nahm. Sie wollte, dass er sie an die Wand stieß, mit seinen Fingern zwischen ihre Beine fuhr und den Kitzler massierte, während er sie zärtlich in den Hals biss.

Die Lampen explodierten.

Audrey riss eine Hand hoch und die Splitter blieben abrupt stehen, als würden sie gegen eine unsichtbare Wand prallen.

„Es sieht so aus, als hätten wir deinen Auslöser gefunden", lachte Audrey.

Sally taumelte zurück und setzte sich wieder auf das leere Fass. Der Platz war jetzt voller Glassplitter und Lampensockel.

„War ich das alles?", flüsterte sie.

Audrey kam zu ihr herüber. „Mach dir keine Sorgen, Süße. Du musst nur lernen es zu kontrollieren. Versuch es mal hiermit." Sie gab ihr eines der Aufklapphandys.

„Ich verstehe nicht. Ich habe gerade Hunderte von

Lampen zerstört und du willst jetzt, dass ich auch noch das Handy in die Luft jage?"

„Ich will nur eine Theorie testen. Du kennst dich schon sehr gut mit Computern aus und du bist eine Blitzhexe. Du kannst mit deiner Macht noch viel mehr anstellen, als einfach nur ein paar Glühbirnen zum Leuchten zu bringen. Du wirst überrascht sein, was du mit noch ein bisschen mehr Konzentration alles anstellen kannst. Sag mir, wer zuletzt dieses Handy angerufen hat."

Sally öffnete das Handy, ging in das Ruflisten-Menü, aber es war leer. Stumm hielt sie Audrey das Telefon hin.

„Der Speicher des Handys wurde gelöscht, aber Daten verschwinden niemals spurlos. Das weißt du. Konzentrier deine Kraft und schaue in das Handy *hinein*. Finde die Daten", sagte Audrey und lächelte sie an.

Sally runzelte nur die Stirn und starrte auf das Telefon. Nichts passierte. Und dann dachte sie an Ben: die Art wie er so dasaß, als er sie zu dem Bewerbungsgespräch eingeladen hatte, seine selbstbewusste Haltung und wie warm es ihr ums Herz wurde, als sie die tiefe Resonanz seiner Stimme hörte.

Für einen Augenblick glaubte sie etwas zu sehen, was aussah wie ein Spinnennetz aus Energie, Zahlen und Wörtern. Es schimmerte jetzt direkt vor ihr in der Luft wie ein unsichtbarer Bildschirm. Es fing an zu verschwinden und Sally konzentrierte sich wieder auf die Vorstellung, wie Ben nackt durch sein Büro auf sie zuschritt und ihr Gesicht in seinen Händen hielt. Die Informationen des Handys manifestierten sich wieder direkt vor ihren Augen. Während sie die Verdratung des Speicherchips kartierte, dachte sie an das Gefühl von Bens Händen auf ihr. Sie musste jetzt nur noch diesen einen Block umgehen-

Die Vorstellung mit Ben geriet außer Kontrolle. Bens

Lippen waren auf ihren, seine Hände lagen auf ihrem Hintern, sie schlang ihre Beine um seine Taille und lehnte sich zurück, so dass er ihre nackten Nippel in seinen Mund nehmen konnte. Dann sein Aufstöhnen, als die Spitze seines Schwanzes ihre feuchte, warme Muschi berührte.

Das Telefon explodierte, Sally ließ es fallen und sprang zur Seite, bevor die Einzelteile sich durch ihre Jacke brennen konnten.

„Tut mir leid, Audrey, ich hatte es fast, aber dann…"

„Ich weiß, meine Liebe, aber du machst Fortschritte. Mehr als ich erwartet hätte, um ehrlich zu sein. Für jemanden, der bis eben noch nicht einmal wusste, dass Magie existiert, bist du ein wahres Wunderkind."

Sally zeigte auf die rauchenden Überreste des Handys. „Willst du mir etwa sagen, dass das normal ist?"

„Meine Liebe, ein Glück bist du eine Hexe, die auf Blitze bzw. elektrische Signale spezialisiert ist. Wenn du ein Alleskönner wie ich wärst, dann hättest du wahrscheinlich die Fässer, den halben Wald und möglicherweise noch die Autos auf dem Parkplatz in die Luft gejagt mit deinen versauten Vorstellungen." Mit leerem Blick tippte sie mit ihren Fingernägel wieder an ihr Kinn. „Was auch eigentlich wieder das Problem sein könnte." Sie schnipste mit den Fingern und einen Moment später erschien ein zweites Handy in ihrer Hand. „Wenn du diesmal an Ben denkst, stell dir nicht wieder vor, wie du ihn sofort besteigen willst."

Sally lächelte. „Das könnte schwer werden. Hast du ihn dir mal genau *angeschaut*?", sagte sie, als sie vorsichtig das Handy von Audrey nahm und es noch vorsichtiger in ihre Hand legte.

„Was weißt du über Bens Familie?", fragte Audrey.

„Ich weiß, dass er ein Waisenkind ist und seine Familie

bei irgendeinem großen Unfall in der Arktis ums Leben kam", sagte Sally.

„Es war kein Unfall. Es war Mord", sagte Audrey grimmig. „Er weiß, dass es die Goblins waren, aber er kann es nicht beweisen. Im Spuren-Verwischen und Beweise-Verschwinden-Lassen sind Goblins ganz ausgezeichnet."

„Und du glaubst, ich könnte diese Beweise ausfindig machen?", fragte Sally und fühlte eine ganz neue Last der Verantwortung auf ihren Schultern.

„Du könntest die einzige sein", sagte Audrey und ging Sally mit der Hand durch die Haare. „Willst du einen Rat?"

„Ja?"

„Lerne Ben besser kennen. Wenn er der Auslöser für deine Magie ist, dann musst du noch viel mehr über diesen Kerl aus erster Hand in Erfahrung bringen, um Kontrolle über deine Kräfte zu erlangen."

Sally schaute über ihre Schulter. Das hellblaue und weiße Wondernasium-Hotel ragte über die restlichen Dächer und war wie ein Monument, was sie magisch anzog.

Erfahrung aus erster Hand also?

Ben bückte sich, um dem Feuerball auszuweichen. Er spürte noch dessen Hitze auf seiner Haut und wie er seine Nackenhaare versengte. Der Feuerball traf die Eiswand der Lobby hinter ihm mit einem heißen Zischen. Es dampfte, schmolz und hinterließ ein Loch, so groß wie einen Fußball.

Während er den wütenden Drachenwandler im Auge behielt, konnte Ben die Reihe unglücklicher Gäste hören, die sich gegenseitig etwas zu murmelten.

Bens innerer Bär brüllte auf und wetzte die Klauen, in dem Versuch sein Territorium zu verteidigen, aber Ben hielt das Biest zurück. *Kundenservice beinhaltet nicht die Kunden zu zerfleischen*, dachte Ben und zwang sich ein Lächeln aufzulegen.

„Wir wollten einen Balkon haben und Sie quartieren uns im Keller ein!". beschwerte sich der Drachenwandler lauthals und war schon halb verwandelt mit langen Hörnern, die ihm aus dem Kopf ragten.

„Wir werden das umgehend richtigstellen", sagte Ben, darauf konzentriert sein Lächeln zu wahren, während er die Reservierung änderte.

Ben biss die Zähne zusammen. Es herrschte absolutes Chaos. Die Werwölfe hatten ihre Zimmer direkt neben den Tigerwandlern (das war immer ein Garant für Ärger), die Kobolde hatten keine Minibar und die Kinderbetreuung dachte, die Kelpies wären Kinder und zwangen sie nach Zahlen zu malen und das Einmaleins zu lernen. Kurz danach brach Ned in der Lobby voller Gäste in Tränen aus, als eine Sphinx schreiend auf ihn zugestürmt kam, um sich zu beschweren, dass das Internet nicht funktionierte.

„Weiß IRGENDJEMAND hier, wo Sally die Liste aufbewahrt?" Neds verzweifelte Stimmte ertönte jetzt bestimmt schon zum zehnten Mal durch das Headset. „Hat irgendwer ihr Tablet gesehen?"

„Reiß dich zusammen, Junge", antwortete ihm Ben über sein Headset. „Denk dran, was ich dir gesagt habe

Er brauchte ein wenig für die Antwort. „Ich weiß. Kein Heulen im Gastgewerbe."

„Richtig." Ben schaltete sein Headset aus, während der nächste Gast der Warteschlange vortrat. Er versuchte sein freundliches Lächeln beizubehalten, als er dem fiesen Goblin ins Gesicht blickte, aber Ben wusste, dass er den Hass in seinen Augen nicht verbergen konnte. Er ballte seine Fäuste so heftig ballte, dass seine Fingerknöchel knackten.

„Jemand ist in unser Zimmer eingebrochen!" Der Goblin vor ihm war so klein, dass er kaum über die Empfangstheke schauen konnte. Dieses blutrünstige Stück Abschaum schlug mit seiner knorrigen, grünen Faust ein Stück Zeitung auf die Theke. Ein großer mit Asche bedeckter Fußabdruck war auf der Rückseite.

„Hier der Beweis Ihres Vergehens!" Der kleine Goblin sah so aufgebracht aus, dass seine grüne Haut ein wenig orange zu werden schien. Wie verrückt wirbelte er mit seinen warzenübersäten Armen herum. „Dies ist eine Herberge der LÜGEN! Es ist ein Hotel der NIEDERTRÄCHTIGKEIT!" Während er so schrie, beäugte er die anderen Gäste und versuchte abzuwägen, ob sie reagierten.

Ben unterdrückte den Drang, mit den Augen über diese offensichtlichen Versuche des Goblins Krawall anzuzetteln zu rollen. Den gelangweilten Blicken der anderen Gäste nach zu urteilen, schien glücklicherweise niemand die Geschichte des Goblins zu glauben. Jeder wusste, dass Goblins nur zwei Dinge mochten: Geld und andere Goblins. Sie waren berüchtigt dafür, sich immer zu beschweren und erfanden irgendwelche Geschichten, um entweder ein Sachen gratis oder sogar ihr Geld zurückzubekommen.

Zum Glück habt ihr so einen Scheiß-Ruf. Und wenn Goblins dann einmal zu Recht über eine Ungerechtigkeit heulten, glaubte ihnen keiner mehr. Ben konnte nicht fassen, dass er so schlampig gewesen war und einen Fußabdruck im Zimmer der Goblins hinterlassen hatte.

„Wie ich sehe, machen Sie keine Anstalten für diese Ungeheuerlichkeit aufzukommen. Ich verlange mit ihrem Alphabären zu sprechen!" In den Augen des Goblins blitzte pure Grausamkeit auf. „Oh warten Sie. Ich erinnere mich. Er ist tot, nicht wahr?"

„Pass auf, was du sagst", knurrte Ben und merkte eine ungeheuerliche Wut in sich aufsteigen. Sein Bär wollte ihm gerne das Grinsen aus dem Gesicht reißen.

„Gut. Dann werde ich mich woanders nach etwas Unterhaltung umsehen." Der Goblin war schon auf dem Weg, als er noch über seine Schulter rief: „Am besten irgendetwas mit Gas." Das widerliche Gackern verschwand zusammen mit dem Goblin, als dieser auf dem Flur verschwand.

„Dieser kleine, verfick-- verfluchte Kerl!" Ben änderte mitten im Satz noch seine Wortwahl, als er sah, dass ein krabbelnder Tigerwandlerwelpe in der Lobby ihn erwartungsvoll ansah. Ben hätte am liebsten ein Loch in die Wand gehauen, den Bildschirm mit seinen Händen zerschmettert und irgendetwas den Kopf abgebissen. Der Goblin hatte offensichtlich alles zugegeben, ohne es aber direkt zu sagen. Er zerbrach den Bleistift in seiner Hand.

Ich muss hier raus.

Sein Bär war kurz davor auszuflippen. Erinnerungen an seinen Klan überkamen ihn und er musste sich an der Eiswand, die hinter ihm war, kühlen und beruhigen. Er sah seine Mutter und wie sie ihn anlächelte, während sie den Fisch aufschnitt und ihn für das Abendessen vorbereitete. Sein Vater, wie er seinem jüngeren Bruder zeigte, wie man mit seinen Klauen ein Loch in das Eis schnitt. Als er sein erstes Zimmer aus Eis baute und seine Mutter voller Stolz und Anerkennung ihre Hand auf seine Schulter legte. Dann der Geruch, als er das letzte Mal nach Hause kam: man konnte trotz des beißenden Gestanks von Angst, Galle und Blut immer noch das Giftgas riechen.

Er rief Ned, damit er die Beschwerden in der Lobby entgegennahm – der Kerl musste langsam mal lernen sich am Riemen zu reißen – und machte dann eine kleine Pause im Treppenhaus. Normalerweise empfand er die Kühle im Treppenhaus immer als sehr beruhigend, aber heute brachte es nur zu viele alte Erinnerung in ihm hoch.

Diese Scheißgoblins.

Ben hörte nicht auf zu rennen, bis er drei Stockwerke hinter sich gebracht hatte und sein Herz wie verrückt raste. Er lehnte gegen die Tür, die zum Flur auf der vierten Etage führte.

Wenn es doch nur eine Möglichkeit gäbe, die Tat der Goblins vor den Vertretern der Konklave zu beweisen. Er hatte keine Ahnung, wie er an die Beweise kommen sollte. Jetzt wo die Goblins wussten, dass er bei ihnen im Zimmer gewesen war, würden sie sicherlich ihre eigenen Sicherheitsleute vor die Türe stellen.

Übersinnliche hatten den Hang sich nur um sich selbst zu kümmern, aber wenn eine Gruppe zu weit gegangen war – wie zum Beispiel einen Massenmord zu begehen – dann schlossen sich die anderen zusammen, um die Mörder zu bestrafen. Menschen konnten vielleicht eine Menge ignorieren, aber wenn sich Gruppen übernatürlicher Kreaturen bekriegten, dann erregte das Aufmerksamkeit. Die Menschen redeten doch heute noch über das Bermuda-Dreieck und erzählten Geschichten über Big Foot.

Ben drückte die Tür auf und schritt den Flur entlang in der Hoffnung, dass ihm etwas einfiele. Die Ältesten legten die Täter stets in schwere Ketten und bestraften sie mit glühend heißem Schürhaken. Aber ohne einen Beweis würden sie rein gar nichts ausrichten.

Sein Handy klingelte und die Stimme am anderen Ende fing an zu reden, bevor er auch nur die Möglichkeit hatte etwas zu sagen.

„Hey, ich bin's, Lola. Ich wollte dir nur eben sagen, dass

Sally auf dem Weg zu dir ist." Ben konnte Lola selbst durch das Telefon noch grinsen hören.

„Das sind mal gute Nachrichten. Wir kommen hier drüben ohne sie überhaupt nicht mehr klar."

Sein Bär setzte sich auf und nahm schnüffelnd Fährte auf, während er sich umschaute. Das konnte nur eins bedeuten. Einen Moment später hörte Ben das vertraute Geräusch von Sallys Stiefeln, die den Flur entlangkamen, und ihr Duft hüllte ihn ein.

„Ben"" Lolas Stimme an seinem Ohr, erinnerte ihn daran, dass er immer noch das Handy in der Hand hielt. „Mach dich bereit."

DENK NICHT WIEDER AN SEINEN KÖRPER, *denk an die Tragödie, die ihm widerfahren ist,* versuchte sich Sally zu erinnern, nachdem sie schon zum dritten Mal die Lichter im Hotel zum Flackern gebracht hatte.

Ned hatte ihr gesagt, dass sich Ben auf einer der oberen Etagen um ein paar verärgerte Kunden kümmere. Der arme Mann/Bär – sie musste sich immer noch daran gewöhnen, dass er zwei Gestalten hatte – hatte anscheinend versucht die ganzen Probleme höchstpersönlich zu lösen. Alles, was sie zu tun hatten, war, ihre Kundendatenbank durchzugehen, um herauszufinden, wer wo untergebracht werden musste. Ned fing vor Erleichterung an zu heulen, als sie ihm zeigte, wo die Daten gespeichert waren. Sobald dieses Konklave vorüber war, würden sie Ned auf eine ruhige Insel in den Urlaub schicken müssen. Am besten irgendwo, wo man ihn mit rauen Mengen an Schirmchendrinks versorgen würde.

Sally schnappte sich ihr Tablet und machte sich auf den

Weg in die zweite Etage, wobei sie daran erinnerte, wie Ben einmal im Treppenhaus saß und ein weinendes Dienstmädchen tröstete, welche eigentlich eine Elfe gewesen war, wie sie jetzt wusste.

Ein warmes Gefühl überkam sie und eine Lampe erleuchtete so hell, dass sie dachte, sie würde jeden Moment zerplatzen. Sally seufzte. Sie musste *wirklich* lernen ihre Libido zu kontrollieren, wenn sie weiterhin im Hotel arbeiten wollte. Es schien, als würde sie jeder Ort an einen Moment erinnern, in dem Ben hinreißend und charmant gewesen war.

In dem Moment als sie keuchend die Tür zum vierten Stockwerk öffnete, war sie sich nicht mehr sicher, ob sie das hinbekommen würde.

Ich bin nur eine Hotelmanagerin. Ich hatte schon seit sechs Monaten kein Date mehr. Auf gar keinen Fall stand er auf sie. Und wenn *doch* – sie merkte, wie ihr Herz auch nur bei dem Gedanken daran, zu rasen anfing – wie würde sie dann noch ihre magische Fähigkeit unter Kontrolle halten können? Was ihr jetzt noch fehlte, war, dass sie ihren Arbeitsplatz eine Glühbirne nach der anderen in die Luft jagte.

„Wir kommen hier drüber ohne sie überhaupt nicht mehr klar", hörte sie ihn sagen.

Sally schritt um die Ecke und da stand er: Er beendete das Telefonat und drehte sich zu ihr um, als habe er sie schon erwartet. Sie hielt die Luft an. Vielleicht war es ihre neues, übernatürliches Sehvermögen – oder einfach nur die Aufregung der letzten Stunde, in der sie sich dutzende erotische Szenen, zwecks Trainings ihrer Fähigkeit, vorgestellt hatte – aber er sah wieder *Hammer* aus.

Er trug nicht, wie üblich, seinen hässlichen Pullover, sondern er hatte sich sogar für das Konklave schick gemacht. Sein schwarzer, maßgeschneiderter Anzug hob einfach perfekt das "V" von seinen breiten Schultern hinab zu seiner Hüfte hervor. Er hatte sich die Haare gekämmt, war rasiert und trug eine Krawatte, deren Farbe seine hellen, blauen Augen betonte.

Die Lampen um Sally fingen an zu flackern und sie musste an die Decke schauen, um ihre schmutzigen Gedanken aus dem Kopf zu bekommen.

Seine ganze Familie ist gestorben. Ich kann ihm helfen die Täter zu finden. Tod. Giftgas.

Sie hatte sich wieder beruhigt, als sie ihn wieder anschaute und sein schwarzer Anzug auf einmal nach Trauer aussah. Ben hatte seine Heimat, und alle, die er je geliebt hatte, verloren. Als Versuch eine neue Gemeinschaft für sich aufzubauen und in Gedenken an alle, die er verloren hatte, baute er dieses riesige Hotel aus Eis. Da fiel es einer Frau nicht gerade schwer, sich in solch einen Mann zu verlieben.

Die Lichter begannen wieder zu flackern und zu brummen.

Scheiße.

„Sally! Es tut mir Leid, was da heute Morgen in meinem Büro passiert ist", sagte er und ging auf sie zu. Sally wich zurück und versuchte den Abstand zwischen ihnen beiden zu wahren. Er blieb stehen, er fühlte sich schuldig. „Es war sehr unprofessionell von mir und ich wollte nicht, dass du es siehst…"

„Ist schon okay. Ich bin froh, dass ich jetzt Bescheid weiß. Ach, und ich bin übrigens eine Hexe." Sally schaute auf den Boden zwischen ihnen. Der Abstand war groß genug, dass sie ihn nicht anfassen konnte. Eine professionelle Distanz. Ihr gefiel es eigentlich nicht, aber sie machte noch einen weiteren Schritt zurück, nur um sicherzugehen.

Gehe ich nur ein Stückchen näher ran, jage ich die ganze vierte Etage in die Luft.

„Du bist eine was?", fragte er und trat vor. Sie trat noch einen Schritt zurück, nur um die Kälte der Wand an ihrem Rücken zu spüren.

„Eine Blitzhexe, wie es scheint. Ich kann Elektrizität manipulieren und..."

„Ich weiß, was eine Lodernde ist." Er fuhr sich mit den Händen durch die Haare, brachte sie wieder völlig durcheinander. Sally fand, dass es ihr so viel besser gefiel. Es sah mehr nach *ihm* aus – trotz des schicken Anzugs. Er drehte sich von ihr weg und Sallys Herz fing an zu rasen. War es möglich, dass er sie weniger mochte, wo er nun wusste, dass sie gar kein Mensch war? Hatten Bären nichts mit Hexen?

„Alles okay?", fragte sie und ging auf den Rücken zu, den er ihr zugewandt hatte. Sie legte ihre Hand auf seine riesige Schulter und spürte seine Wärme sogar durch das Jackett. Er drehte sich wieder zu ihr um und sie konnte spüren, wie seine starken Muskeln sich unter ihrer Hand bewegten.

„Ich habe dir nie von meiner Familie erzählt", sagte er langsam, wobei sein Gesicht so schmerzverzerrt war, dass Sally sich zurückhalten musste ihn nicht in die Arme zu schließen.

„Audrey hat mir darüber ein wenig erzählt", sagte sie tröstend und streichelte seinen Arm.

Er nickte. „Natürlich hat sie das. Goblins haben meinen Klan vergiftet und uns unser Land genommen. Und jetzt sind sie hier. Ich will sie fertigmachen, aber ich habe keine Beweise. Ich muss etwas finden, was ihre Schuld vor dem gesamten Konklave beweisen kann. In drei Stunden fängt es an und ich habe nicht die leiseste Ahnung, wie ich beweisen soll, dass sie für dieses Massaker verantwortlich waren."

„Lass mich dir helfen", sagte sie, während ihre Hand

seinen Hals bis zu seinem Gesicht entlangglitt. „Ich lerne immer noch meine Fähigkeit zu beherrschen, aber ich denke ich weiß, wie ich Zugriff auf ihre Daten bekomme."

„Sie haben sicherlich schon alles, was sie belasten könnte, gelöscht. Und ich will dich da nicht mit reinziehen. Mit Goblins legt man sich nicht an, wenn man es vermeiden kann."

Sally lächelte. Audrey war eine sehr kluge Frau, denn sie hatte ihr schon von Anfang an beibringen wollen, wie man versteckte Daten fand. „Du brauchst mich, Ben. Bitte lass es mich wenigstens versuchen."

Er öffnete die Tür zum nächstmöglichen Zimmer und schloss sie hinter ihnen. Eine Gruppe Tigerwandler hatte erst kurz zuvor das Zimmer geräumt und es roch immer noch nach Sex. Sally sah Ben an und bemerkte gleichzeitig, dass ihr das Blut in die Wangen schoss.

Na großartig.

Sie versuchte ihre zitternden Hände zu beruhigen, indem sie ihr Tablet hochfuhr und langsam durchatmete.

Ich kriege das hin.

Sie versuchte sich an das Gefühl zu erinnern, wie sie bei AUDREY'S das Telefon mithilfe ihrer Fähigkeit durchsuchen konnte und legte ihre Hand auf das Tablet. Sie tauchte in Gedanken in einen Irrgarten von Kabeln und Signalen ab, bis sie plötzlich alles wie eine digitale Karte vor sich sah. Die meisten der Gäste, die eingecheckt hatten, waren mit Laptoptaschen gekommen. Wenn wenigstens einer der Goblins sich in das WLAN eingeloggt hatte, dann könnte sie sich in ihr System hacken und sehen, was sie versteckt hielten.

„Funktioniert es?", fragte Ben, der so dicht hinter ihr stand, dass sie seinen Atem auf ihrem Nacken spüren konnte. Es lief ihr eiskalt den Rücken herunter und das Bild vom Innenleben des Computers verschwand, nur um von der lebhaften Vorstellung ersetzt zu werden, wie Ben ihr den Rock herunterzog, sie nach vorn über das Bett legte und sie fest von hinten nahm.

Die Stehlampe in der Ecke glühte hell auf, Sally wirbelte herum und schob seine harte Brust zurück.

„Geh zurück. Da hinten hin. Noch *weiter* nach hinten. Ich muss mich konzentrieren." Sie zeigte auf die Ecke des Raumes und drehte sich um, damit sie nicht seine umwerfende Figur sah, die sie so ablenkte.

Sie atmete noch einmal tief durch. Dieses Mal erschien das Bild noch schneller und klarer als zuvor. Die Computer, die momentan mit dem WLAN-Netzwerk verbunden waren, lagen offen vor ihr, wie eine große Karte; alles was sie jetzt noch tun musste, war in einen dieser Knotenpunkte abzutauchen, um den verbundenen Computer zu identifizieren und dessen Daten zu durchforsten.

Die Hauptaktivität auf den Computern der Drachenwandler bestand aus abschätzigen E-Mails über diejenigen im Klan, die nicht ihren hohen Standards von kultureller Integrität entsprachen. Ein armes Kind, welches nicht beim Namen genannt wurde, war kurz davor aus dem Klan geschmissen zu werden, weil es „zu feige war für einen Drachenwandler". Ihre gesamte Kommunikation untereinander war von eigenen Problemen geprägt und hatte nicht im Geringsten etwas mit Goblins zu tun.

Die Computerinhalte der Tigerwandler drehten sich hauptsächlich um Pornos. Die meisten davon selbst aufgenommen. Sally ließ ihre Daten schnell links liegen. Diese ganzen Penisse wollte sie gar nicht erst sehen. *Es gab nur einen Penis, den sie sehen wollte.* Sie untersuchte schnell den nächsten Computer, bevor sie zu sehr von der Vorstellung abgelenkt wurde, wie wohl Bens Schwanz aussah. *Er ist ein großer Typ, also-*

Nein. Konzentrier dich. Das hier ist wichtig.

Die Computer der Elfen, der Feen und der anderen Bärenwandler waren gleichermaßen wenig aufschlussreich, obwohl sich Sally trotzdem eine Erinnerung schrieb, dass sie die Zimmer mit mehr Sexspielzeug ausstatten sollte, wenn die Bärenwandler das nächste Mal wieder zu Gast waren. Cleo, die Sally nur als eine von Bens Investoren kannte, war ziemlich *frivol*. Zwei Männer auf einmal? *Verdammt.*

Und dann fand sie sie. Die Goblins. Ben hatte Recht, auf ihren Computern war ziemlich wenig zu finden und genauso leer waren ihre Cloudspeicher. Aber in den Tiefen des Speichers fand sie Spuren von Dokumenten und E-Mails, die vor langer Zeit gelöscht worden waren.

Sie roch Kiefer und Eiscreme und wusste auch ohne ihn zu sehen, dass Ben direkt neben ihr stand. Sally stellte sich für einen Moment lang vor, wie sie wohl für ihn aussehen mussten: Sie starrte seit einer Stunde mit konzentriertem Blick ins Leere.

„Ich hab's gleich. Ich hab die Computer der Goblins gefunden." Sie wagte es nicht die Augen von den Bildern vor sich abzuwenden, aus der Angst, sie könnten verschwinden, wenn sie sich nicht voll darauf konzentrierte.

Seine warmen Hände massierten ihren Nacken und Schultern und sie musste sich auf die Zunge beißen, um nicht aufzustöhnen, denn seine Hände fühlten sich so gut an.

Verbrechen. Tod. Denk nicht an ihn. Giftgas. Rechnungen! Hier sind die Rechnungen! „Ich hab ihn gefunden, Ben", flüsterte sie. „Den Beweis."

„Was genau hast du gefunden?" Seine Hände umfassten

jetzt ihre Hüfte und zogen sie zu sich heran, so dass ihr ganzer Körper seinen berührte. Es kostete Sally jeden Funken Willenskraft, um sich weiterhin auf das Finden der Abrechnungen zu konzentrieren und sich nicht dazu verführen zu lassen ihren Hintern an seinem Glied zu reiben.

„Es ist alles hier", sagte sie, während sie schnell alle Abrechnungen und den damit in Verbindung stehenden Schriftverkehr herunterlud. „Die Goblins haben das Giftgas von den Berggoblins aus dem Osten gekauft. Und, Ben, sie werden es wieder tun. Sie haben noch weitere Ziele, andere Gruppen von Übersinnlichen, die sie heimlich töten wollen. Sie sind vielleicht anderen gegenüber sehr verschlossen, aber untereinander sind sie ziemlich mitteilungsbedürftig, was ihre böswilligen Pläne angeht. Sie sind wahre Monster, aber jetzt haben wir endlich etwas, um sie fertig zu machen."

Sie drehte sich herum, um seine Reaktion zu sehen, aber da krachten seine Lippen schon auf ihre, verschlangen sie, während er ihren üppigen Körper mit seinen Händen liebkoste. Bevor sie auch nur darüber nachdenken konnte, erwiderte sie den Kuss, erkundete mit ihrer Zunge seinen Mund und traf auf seine Zunge. Ihre Hände fassten seinen Rücken und suchten schon bald seinen Hintern, den sie daraufhin fest in beide Hände nahm. Die Lampen erleuchteten grell und platzten eine nach der anderen, bis das Sonnenlicht, welches durch das Fenster hereinfiel, die einzige Lichtquelle war.

„Ben!" Sie schubste ihn zurück, wühlte nach ihrem Tablet, um sicherzugehen, dass es nach diesem Feuerwerk noch funktionierte. Sicherheitshalber schaltete sie es aus und wickelte es in einer Bettdecke ein. Sie hatte keine

Ahnung, ob das überhaupt half, aber ein Versuch war es wert.

Er knurrte und zog sie wieder zu sich heran, seine Lippen erneut auf der Suche nach ihren. Wieder schob sie ihn von sich und er schritt zurück, mit einem Blick wilden Verlangens, dass Sally schon ganz feucht wurde zwischen ihren Beinen. Sie konnte nicht mehr normal atmen, so sehr wollte sie ihn.

„Wir können das jetzt nicht tun. Wir müssen beweisen, dass die Goblins deine Familie umgebracht haben. Darauf wartest du doch schon seit Jahren."

Er trat wieder auf sie zu, legte seine Hände an ihre Hüfte.

„Das Konklave wird erst in zwei Stunden stattfinden. Bis dahin müssen wir mit unserem Fund eh noch warten. Und außerdem habe ich lange genug darauf gewartet, dich in meinen Armen zu halten. Fühlst du denn nicht genauso?"

Sally brauchte nicht noch mehr zu hören. Sie rannte und sprang ihm in die Arme, ihre Beine umschlangen ihn, wie ein Feuerwehrmann seine Rutschstange und ihre Lippen und Hände versuchten überall an seinem Körper gleichzeitig zu sein.

Er trug sie zu dem Bett und sie fielen zusammen auf das Fell, welches auf dem ins Eis gemeißelte Bett lag.

Er riss sich Jackett und Hemd vom Körper. Sally küsste ihn vom Hals bis zu seiner nackten Brust, kniff und biss ihn und leckte seine harten Nippel, bis er ihren Namen stöhnte und an ihren Klamotten zerrte. Sie öffnete seinen Gürtel und er stieß seine Hüfte nach oben, ermutigte sie ihn komplett auszuziehen, damit er endlich nackt unter ihr lag.

Sally hatte noch gar nicht bemerkt, dass sie immer noch angezogen war. Zu abgelenkt war sie von diesem atembe-raubenden Anblick. Er war einfach perfekt; alles war in

Wirklichkeit noch viel besser als sie es sich vorgestellt hatte. Mit seinem betörenden Duft, der sie umgab, und wie er sie anlächelte.

Sie wollte jeden Zentimeter von ihm. Angefangen von den Zentimetern, die ihr da gerade eben aus seiner Hose entgegensprangen. Sie befeuchtete ihre Lippen und leckte dann entlang seines langen Schafts. Sie war davon ausgegangen, dass er groß sein würde, aber was die da gerade sah, stellte alles in den Schatten. Diese Wandler hatten wirklich ihre Vorzüge. Sein Umfang war so gewaltig, dass sie kaum seine Eichel in den Mund bekam.

„Oh Gott, das fühlt sich gut an", stöhnte er. Sie fühlte, wie seine Finger durch ihre Haare glitten und er sich tiefer in ihren Mund vorarbeitete, während er ihr zärtlich in den Mund stieß. „Dein warmer Mund fühlt sich so fantastisch an. Oh mein Gott."

Sally merkte, wie sie selbst immer feuchter wurde. Mit der Hand, welche sie nicht benutzte, schaffte sie es den Rock so weit herunterzuziehen, dass sie mit einem Finger in ihr Höschen gleiten und den schon sehnsüchtig wartenden Kitzler massieren konnte. Sie war so feucht, dass sie immer wieder von ihrem Kitzler abrutschte. Sie stöhnte und summte mit seinem Schwanz tief in ihrem Mund.

„Verdammt!", schrie er und griff nach ihrem Kopf, zog ihr den Schwanz aus dem Mund, nahm sie und warf sie auf ihren Rücken, so dass er über ihr lehnte. „Ich liebe es, wie feucht du meinetwegen wirst." Etwas von seinem Schweiß tropfte auf ihre Wange. Mit einem ihrer Finger nahm sie den salzigen Tropfen und leckte ihn auf.

„Du machst mich fertig, Kleine", sagte er und küsste sie intensiv, während er dabei war, ihre Jacke zu öffnen und sie auszuziehen. Er war so schnell, dass sie nicht einmal merkte, als sie nackt war. Erst die kalte Luft des Zimmers auf ihrer Haut erinnerte sie daran. Sie zog ihren Rock aus und hatte jetzt nur noch ihre schwarze Spitzenunterwäsche an.

Er starrte so lange auf ihre nackten Brüste, dass sie nicht mehr wusste, ob sie sie bedecken oder sie ihm ins Gesicht drücken sollte. Ein großer Vorteil für eine Frau wie sie waren ihre prall gefüllten D-Körbchen, aber sie hatte noch nie einen Liebhaber, der sie so angeschaut hatte. Die Intensität seines Blickes erschreckte sie und geilte sie zu gleichen Teilen auf. Dies war ein Mann, der *hungrig* war, und er hatte offensichtlich großen Hunger auf sie.

„Warte. Ben, was wird passieren, wenn du bewiesen hast, dass die Goblins deinen Klan umgebracht haben?" Sie wusste selbst nicht, warum sie das gerade jetzt fragen musste. Plötzlich wollte sie unbedingt wissen, ob das hier gerade nicht einfach nur ein Dankeschön dafür war, dass sie ihm den Beweis besorgt hatte.

„Ich werde bis an unser Lebensende genau hiermit weitermachen." Und dann waren seine Lippen schon an ihrer Brust, während seine Hände ihr Höschen auszogen und ihren Kitzler verwöhnten. Er massierte und streichelte ihn mit seinem Daumen, während er mit dem Zeigefinger tief in ihre feuchte Spalte eindrang.

„Ben! Ja!", stöhnte sie und hob ihre Hüfte, um seinen Finger noch tiefer in sich aufzunehmen.

Seinen warmen Mund an ihren Brüsten zu spüren, fühlte sich unglaublich an. Sie zitterte und ein warmes Gefühl schoss durch ihren ganzen Körper.

„Gefällt dir das, meine Liebe?", fragte er.

Sie brauchte einen Moment, um zu realisieren, was er gerade gesagt hatte.

„Fick mich, Ben. Ich will deinen Schwanz jetzt sofort in mir haben." Sie griff nach seinem Hintern, zog ihn und seinen Schwanz näher zu ihrer feuchten Muschi und spürte schon die pulsierende Wärme.

Meine Liebe.

Er hatte es gesagt. Sie konnte es nicht fassen.

Sie schrie auf, als sein Schwanz in sie eindrang, sie ausfüllte und so weit dehnte, dass sie schon jetzt wusste, dass sie morgen Probleme haben würde zu laufen.

„Sally? Tue ich dir weh?" Seine Stimme klang besorgt, aber das war das Letzte was Sally jetzt brauchte. Sie drehte ihre Hüfte, um ihn noch tiefer in sich aufzunehmen, und umklammerte ihn mit ihren Beinen, bis er richtig tief in ihr steckte.

„Fick mich richtig hart, Ben", keuchte sie. „Fick mich so richtig durch."

Er brauchte keine weitere Ermunterung und stieß so fest zu, dass sie das Gefühl hatte abzuheben. Der Raum war eiskalt, aber sie spürte davon kein bisschen mehr.

Seine Stöße waren so wild und hart, dass sie schon das Fell vom Bett gevögelt hatten und nun auf dem blanken Eis weitermachten. Doch Sally kümmerte das nicht. Sie spürte nur noch Bens harten Schwanz in ihr, Bens starke Hände auf ihr und Bens wilde Zunge in ihrem Mund.

Sie kam so plötzlich und heftig, dass sie aufschrie und ihn kratzte, ihm tief in die Schulter biss, um irgendwie den Orgasmus kanalisieren zu können. Irgendwo weit entfernt hörte sie, wie ein Wecker losging und ein Dieselgenerator ansprang.

Ich glaube ich habe mal wieder die Lampen in die Luft gejagt, dachte sie, aber es kümmerte sie nicht mehr. Sie war immer noch völlig benebelt von den letzten Wellen ihres Orgasmus.

Aber Ben war noch nicht fertig.

Er schob ihre Beine beiseite, rollte sie beide herum, so

dass sie jetzt auf ihm war. Sein Schwanz war immer noch hart und steckte fest in ihr.

„Baby, ich habe noch ganz wacklige Knie", sagte Sally und schaute zu ihm herab.

Aber er stieß einfach von unten zu, dass sie vor Genuss schon wieder aufschrie.

„Du bist eine Blitzhexe, meine Liebe", stöhnte er und stieß immer wieder zu. „In dir steckt mehr, als du denkst."

Sallys Selbstbewusstsein wuchs mit jeder Sekunde, in der sie bei Ben war. Während sie ihre Hüfte kreiste und seinen Schwanz im gleichen Rhythmus seiner Stöße auf und ab ritt, schöpfte sie wieder neue Energie, die sie zu neuen Höhen trug und sie sah, wie ihre Haut plötzlich leicht zu leuchten anfing.

Bevor sie sich versah, spritzte sie auf ihn ab. Den Kopf kapitulierend in den Nacken geworfen kam sie wie Wellen, die ans Ufer schlagen, immer und immer wieder. Er stieß noch einige Male zu, bis sie fühlte, dass auch er kam und sein Sperma in sie abspritzte. Er stöhnte laut auf und fiel ausgelaugt zurück aufs Eis.

Sie lagen still dort, während ihr Schweiß von der eiskalten Luft abgekühlt wurde. Ben deckte sie beide mit dem Fell zu.

„Baby, was für ein Tag", sagte er.

Sally drehte sich zu ihm und küsste ihn auf die Nase. „Und er ist noch nicht vorbei."

DUTZENDE GESICHTER DREHTEN sich zu ihm um und starrten ihn an, während Ben triumphierend das Konklave betrat.

Endlich Gerechtigkeit, dachte er. Sally ging an seiner Seite und er konnte sie ein wenig vor Aufregung an seinem Arm zittern spüren. Dieser Raum war der beste im ganzen Hotel: Groß genug, um Platz für knapp hundert Leute zu bieten, großzügig mit Eisschnitzereien dekoriert und von der Decke hing ein riesiger Kronleuchter komplett aus Eis. Die Anführer der Klans saßen an großen Tischen, welche in einem großen Kreis angeordnet waren. Ben winkte mit Sallys Tablet über seinem Kopf und ignorierte die schockierten und genervten Gesichter der Konklave, die unruhig auf ihren Ledersesseln saßen und sich räusperten.

„Was hat das alles zu bedeuten?", fragte der Leiter des Konklave, ein uralter Anka, der schon aufgeregt mit seinen großen, grauen Flügeln schlug. Im Gegensatz zu den anderen saß der Leiter allein auf einer erhöhten Plattform am Ende des Raumes. Seine Brille rutschte etwas seinen Schnabel herunter, als er sprach. Er schaute zu Ben und Sally herüber, wie ein gereizter Bibliothekar, der spielende Kinder in seiner Bücherei zurechtweist.

„Ich bitte um Entschuldigung, Konklavenleiter." Er wusste, wie er sich zu verhalten hatte, verbeugte sich leicht vor dem Anka und warf einen kurzen Blick zu den Ältesten, die ihm am nächsten saßen. „Ich habe hier den Beweis, dass jemand unter uns weilt, der eine tödliche Bedrohung für uns darstellt."

Plötzlicher Lärm und Diskussionen brachen bei den Klans aus. Dampf stieg von den zwei Tischen der Drachenwandler auf, die vor Aufregung kleine Feuerbälle spien. Einer der Tische der Hexen erleuchtete grell und über ihren Köpfen schwebten bedrohlich magische, grüne Kugeln. Nicht überraschend reagierten die Tigerwandler auf die Störung, indem sie sich gegenseitig auf den Schoß sprangen und anfingen sich zu begatten. *Tigerwandler. Seufz,* Ben verdrehte die Augen.

Der Anka räusperte sich und im Raum herrschte augenblicklich Stille.

„Da Sie unsere Diskussion bereits unterbrochen haben und *außerdem* noch der Gastgeber sind, erlaube ich Ihnen zu sprechen. Aber seien Sie gewarnt: unbegründete Anschuldigungen werden wir nicht tolerieren." So ernst wie der Anka ihn ansah, lief es Ben eiskalt den Rücken herunter. Der Leiter war schon mehr als zweitausend Jahre alt und wenn Ben das hier versaute, dann wäre seine Familie zu rächen die geringste seiner Sorgen.

Bens Puls raste und seine Handinnenflächen waren schon ganz feucht vor Aufregung, als er durch den Raum auf das Podium zuschritt. Sally ging an seiner Seite. Dass sie bei ihm war, verlieh ihm mehr Selbstvertrauen, als er nach außen zugeben wollte. Die Tische waren so eng beieinander, dass sie sich bei den Bärenwandler-Klans – die verbündeten Bärenwandler Orson und Cleo nickten ihm ermutigend zu – und der Feen-Delegation mit ihren bleichen und unsterblichen Gesichtern durchschlängeln mussten.

Er näherte sich dem Podium, drückte kurz Sallys Hand, als sie an die Seite trat. Ben atmete noch einmal tief durch. Reden vor Publikum war noch nie seine Stärke gewesen und die Gesichter seiner skeptischen Gäste waren dabei auch keine Hilfe. Aber Ben wollte seinen Klan nicht im Stich lassen. *Ich darf das hier jetzt nicht verkacken.*

„Danke, Konklavenleiter." Ben drehte sich zum Rest des Raumes um. „Ich habe hier auf dem Tablet detaillierte Informationen und einen Schuldbeweis. Es ist ein Klan unter uns, der unsere heiligen Gesetze gebrochen und sich gegen uns und diesen Konklave aufgelehnt hat. Ihre Gier hat zu unzähligen Toten geführt – darunter die Ermordung meines gesamten Klans – und sie planen noch weitere

Anschläge. Ich habe konkrete Belege, die ihren nächsten Anschlag auf mindestens einen weiteren Klan beweisen." Er räusperte sich. „Zuerst stellte ich aus persönlichen Gründen Nachforschungen an, aber es hat sich herausgestellt, dass die Gefahr uns *alle* betrifft. Wir dürfen nicht zulassen, dass sie uns Klan für Klan, Spezies für Spezies, aus dem Weg räumen und ihre Gier über unsere Leichen geht."

Es herrschte Totenstille im Raum. Man hätte eine Stecknadel fallen hören können. Ben hatte gedacht, dass alle vor Wut ausrasten würden, aber sämtliche Blicke lagen wie gebannt auf dem Leiter.

„Das ist eine schwerwiegende Anschuldigung", sagte der Anka. „Ich werde den Beweis zuerst selbst ansehen müssen." Er nickte einer kleinen blauen Fee zu, die hinter ihm über einem Funkenregen schwebte. „Niemand wird den Raum bis dahin verlassen."

Die Fee schnipste mit dem Finger und die Ausgänge leuchteten blau auf und verwandelten sich dann in eine Wand aus Eis. Nun konnte keiner mehr gehen.

Während der Anka die Informationen auf dem Tablet mit seinen riesigen Klauen durchblätterte, stellte Ben sich neben Sally und streifte dabei ihre Schulter. Ihr süßer Geruch beruhigte ihn.

„Das war großartig!", flüsterte Sally ihm zu.

Ben merkte, wie sich seine Anspannung löste, während er Sally so ansah. Ihre Anwesenheit machte das hier alles für ihn irgendwie viel einfacher. Sie war schon immer seine Traumfrau gewesen – clever, frech und bodenständig – und jetzt hatte sie ihm ermöglicht die Mörder seiner Familie zur Rechenschaft zu ziehen.

Er zog sie zu sich und flüsterte ihr ins Ohr: „Du bist großartig." Sie kuschelte sich an ihn und er konnte selbst durch ihre Jacke fühlen, wie ihr warm wurde.

Der Anka wischte mit einer Hand über das Tablet und seine Augen verdrehten sich nach innen, während er die Informationen verarbeitete.

„Wir haben die Beweise überprüft", sprach er und seine Stimme hallte von den eisigen Wänden des großen Raumes wider. „Und bestätigen die Echtheit dieser Beweise."

Das Konklave der Übersinnlichen brach in ein Chaos aus Federn, Schuppen, Feuer und Licht aus.

„Ja!", brach es aus Ben heraus und Erleichterung machte sich in ihm breit. Sally drückte seine Hand. Er legte einen Arm um ihre Hüfte, zog sie zu sich heran und führte sie an die Seite des Raumes.

Empörte Ausrufe erfüllten den Raum, während die Klans zum Podium nach vorne zum Konklavenleiter schritten, um zu erfahren, wer die Verantwortlichen waren.

„Mord!"

„Verrat!"

„Das werden wir nicht dulden!"

„Sie müssen aufgehalten werden!"

„Skandal!"

Ben behielt den Tisch der Goblins im Auge, während der grün-gesichtige Abschaum versuchte sich unauffällig zu verhalten und ebenfalls in den Raum rief: „Wie konnten sie es wagen!" und „Die Täter sollen bestraft werden!" Gleichzeitig bewegten sie sich zur gegenüberliegenden Seite des Raumes. Sie verdeckten die Sicht auf einen Goblin, der schon mit einem kleinen Schweißbrenner die Eiswand zum Schmelzen zu bringen versuchte.

Oh nein, das werdet ihr nicht tun.

Ben riss sich blitzschnell die Kleider vom Leib – bemerkte mit Gefallen Sallys überraschten Gesichtsausdruck – und war dabei sich in seine Eisbärenform zu verwandeln. Ein Tisch mit prüden Elfen blickte ihn schockiert an, aber Ben ignorierte sie einfach. Sein Bär streckte und reckte sich und verwandelte seine menschliche Form in ein mit weißem Fell bedecktes Ungetüm.

Ben brüllte und rannte auf die Goblins zu, sprang über jeden Delegierten, der ihm im Weg stand. Die Goblins hatten nur einen Moment, um zu reagieren, da platzte Ben schon in ihre Mitte und schlug die Goblins wie kleine Bowlingkegel auseinander.

„Ihr habt meine Familie umgebracht!", schrie er und schlug nach ihren kleinen, fliehenden Körpern. Der Goblin, der den Schweißbrenner gehalten hatte, ließ ihn fallen und versuchte zur anderen Seite des Raumes zu flüchten, aber ein Drachenwandler schnappte ihn und warf ihn durch die Luft. Es war derselbe Goblin, der Ben in der Lobby provoziert hatte. Der Mistkerl landete krachend auf einem der Tische.

Die restlichen Goblins liefen alle zur Wand und schlugen in dem Versuch irgendwie noch zu entkommen mit Klauen und Messern auf sie ein,.

Ben schrie und er rannte auf sie zu, als plötzlich eine Stimme von der anderen Seite erschallte. Er wusste nicht, wie er sie bei all dem Geschrei hören konnte, aber Sallys Stimme schien direkt zu ihm zu sprechen.

„Ben! Warte!"

Ein blauer Blitz schoss aus dem Kronleuchter, die Wand entlang und mitten in den Pulk der panischen Goblins. Sie fluchten und schrien und ihre angesengten Körper rochen verbrannt.

Ben sah wieder zu Sally herüber, die mit ihrem Mund ein stummes „Upps" aussprach und breit grinste. Kleine blaue Funken zuckten noch immer aus ihren Fingerspitzen.

„Das reicht", sagte der Anka, und schlug mit seinen riesigen Flügeln auf die Seite des Podiums.

Die kleine, blaue Fee huschte herüber zu dem Konkla-venleiter und ließ sich neben ihm auf dem hölzernen Podium nieder. Sie sagte etwas, aber es war zu leise, als dass man es hätte verstehen können. Plötzlich erschien ein Nebel über den Goblins, der sich bis zu dem auf dem Tisch liegenden erstreckte. Leuchtende, blaue Fesseln formten sich um die Hand- und Fußgelenke der Goblins.

Der Raum kam wieder zur Ruhe, als der Anka mit seinen riesigen Flügeln schlug und eine heftige Böe in die aufgebrachten Gäste wehte. Er wandte sich der noch leicht verkohlten Gruppe Goblins zu:

„Ihr werdet für eure Vergehen bestraft werden." Der Konklavenleiter schaute sie mit einem teuflischen Grinsen an. „Ich denke, dass für ein solch abscheuliches Verhalten nur eine Strafe aus den alten Zeiten in Frage kommt." Die Fee nickte in freudiger Übereinstimmung.

Das Konklave brach in Jubel und Applaus aus. Vielleicht war es etwas blutrünstiger, als man es von einer Reihe erwürdiger Delegierten erwartet hätte, aber Ben wollte sich nicht beschweren.

Er ging zu seiner Kleidung, verwandelte sich und zog sich schnell wieder an. Dieser historische Moment musste in *Hosen* gefeiert werden.

„Du hast es geschafft!" Sally zog Ben an sich und gab ihm einen heftigen Kuss, fuhr mit ihrer Hand durch seine Haare und gab ihm einen Zungenkuss, während er noch an den letzten Knöpfen seines Hemdes fummelte.

„Wir haben es geschafft", grinste er und hob Sally hoch, die lachte und quietschte. „Ohne dich hätte ich es niemals hinbekommen."

Ein Gesichtsausdruck, den Ben nicht deuten konnte, huschte über Sallys Gesicht, bevor sie wieder ihren profes-sionellen Blick aufsetzte. *War es das also? Du hast deine*

Familie gerächt und jetzt kannst du dich wieder anderen Dingen widmen?"

Ben bemerkte, dass die Delegierten sich wieder auf ihren Plätzen einfanden und mit dem Programm des Konklaves fortfahren wollten. Er machte die Fee auf sich aufmerksam und es erschien eine Tür hinter ihm. Er verließ den Konferenzraum und zog Sally hinter sich her.

Der Flur vor dem Konferenzraum war verlassen. Der Rest des Personals war damit beschäftigt, die Zimmer herzurichten und Vorbereitungen für das Abschlussmahl des Übersinnlichen-Konklaves und das Unterhaltungsprogramm zu treffen. Lola und Audrey hatten etwas ganz Besonderes für diesen Anlass vor, aber Ben traute sich nicht zu fragen, was genau es war.

„Sally, du bedeutest mir so viel und bist mehr als einfach nur eine Hilfe meine Familie zu rächen", sagte er und sah in ihre unsicheren Augen.

„Bin ich das?"

„Wusstest du das nicht? Ich habe mich schon vor Monaten in dich verliebt. Wahrscheinlich bin ich ein ziemlich feiger Bär, was das angeht."

Sally lachte und ihr Gesicht leuchtete feurig auf. Die Glühbirnen hinter ihr flackerten und explodierten schließlich.

2Solange du mein Bär bleibst, komme ich damit klar", lachte sie.

Mit einem breiten Lächeln drückte er ihr einen festen Kuss auf die Lippen. Sie schmeckte himmlisch; wie ein Versprechen für die Ewigkeit.

„Ich glaube, wir sollten das alles ein wenig genauer in meinem Büro besprechen", winkte er.

Sally lächelte, „es wird sicher zauberhaft."

ALPHAS
WEIHNACHTSFEUER

Dean *hasste* Weihnachten.

Es war Heiligabend. Dean stand in der Lobby des Luxus-Eishotels und fummelte an seiner Krawatte. Der Windsor-Knoten würgte ihn so heftig, dass er schon glaubte, dieses Stück Stoff sei nur für eben diesen Zweck hergestellt worden. Dean versuchte seinen düsteren Blick in einen freundlichen und professionellen Gesichtsausdruck zu ändern, aber er war sich nicht sicher, ob das wirklich so funktionierte, wie er gern hätte. Er ermahnte sich selbst noch einmal, dass es nicht die Schuld der Empfangsdame war, dass sich diese Feiertage langsam wie ein nicht enden wollender Alptraum anfühlten.

Sei freundlich. Sei zuvorkommend. Mach einfach deinen Job, ermahnte sich Dean immer wieder in Gedanken.

Das gesamte Wondernasium-Eishotel war mit Weihnachtsdekoration – und damit auch potentiellen Brandrisiken – geschmückt. Egal, wo man hinsah. Es gab keine Gäste in der Lobby, sondern nur ein Durcheinander an uniformiertem Personal, welches hin- und herhastete, um noch ein paar letzte Dekorationen anzubringen.

Die hübsche Empfangsdame tippte unerbittlich auf der Computertastatur und hatte ihn bisher noch keines Blickes gewürdigt.

„Hallo." Er räusperte sich laut. Dean war ein kräftiger Kerl, über 1,80 Meter groß, und hatte immer noch die Figur eines durchtrainierten Feuerwehrmanns. Und das, obwohl er aufgrund des Unfalls seit einem Jahr nur noch hinter einem Schreibtisch arbeiten konnte. Normalerweise übersah ihn niemand. Er versuchte es noch einmal und legte seine Hand auf den Tisch. „Ich bin Dean Michaelson vom Brandschutz. Ich bin hier, um die Jahresinspektion der Feuer- und Notfall-Sicherheitsvorkehrung durchzuführen."

Sie hörte nicht auf zu tippen.

Das ist also aus mir geworden, dachte Dean. *Ein Schreib-tisch-Hengst, der übersehen wird.* Ihm hatten immer die Typen leidgetan, die es nicht raus an den Ort des Geschehens geschafft hatten und stattdessen dazu verdammt waren Gebäudeinspektionen durchzuführen. Aber jetzt – aufgrund des *verdammten Weihnachtsfests* letztes Jahr – war er selbst dazu gezwungen genau das zu machen.

Dean verlagerte sein Gewicht auf den anderen Fuß, aber die Empfangsdame – ihr Namensschild verriet, dass sie „Donna" hieß – hämmerte weiter auf die Tastatur. Der Computer meldete sich mit einem Piepen und sie zuckte zusammen, bevor sie ihn ansah.

Als sie endlich seine Anwesenheit bemerkte, riss sie die Augen auf und starrte für einen Moment in sein Gesicht und auf seine Schultern. Dabei hörten ihre Finger jedoch nicht auf zu tippen.

„Willkommen im Wondernasium-Eishotel. Haben Sie gerade gesagt, dass Sie in die Honeymoon Suite einchecken wollen?", fragte Donna.

„Nein, ich..."

Es gab einen Knall und Dean fuhr herum. Ein Hotel-page mit merkwürdigem Hut schob einen Wagen voller Päckchen in Richtung einer Tür mit der Aufschrift „Pool". Aus dem Augenwinkel sah er, wie Donna dem Hoteljungen hektisch zuwinkte. Aber als Dean sich wieder zu ihr umdrehte, lehnte sie sich lässig auf einen Arm und hatte im Gesicht einen etwas zu unschuldigen Ausdruck. Er konnte noch hören, wie der Hoteljunge in die entgegengesetzte Richtung davonhastete.

„Checken Sie für die Feiertage ein?", lächelte sie ihn an und Dean erwiderte das Lächeln. Für den Bruchteil einer Sekunde wünschte er sich, dass er wirklich nur einchecken würde- nur damit sie nicht aufhörte, ihn so anzulächeln.

„Wir haben noch jede Menge Zimmer frei", fuhr sie fort. „Ich habe gehört, wenn man sich eine unserer Eishöhlen nimmt, dann ist es, als würde man mit dem Weihnachtsmann persönlich die Feiertage verbringen." Sie zwinkerte ihm zu. „Und ich kann mir nicht vorstellen, dass so ein süßer Feuerwehrmann wie Sie die Feiertage alleine verbringen wird."

„Ich *war* mal ein Feuerwehrmann", sagte er, wobei er das zweite Wort betonte. „Woher wussten Sie das?"

Sie musterte ihn wieder von oben bis unten und nahm dabei jeden Zentimeter genau unter die Lupe. Er konnte nicht anders, als ihre blau glänzenden Augen und ihr wunderschönes kurzes Haar zu bewundern, welches gerade ihre Wange streifte. Und ihre unglaublichen Kurven.

Sie lächelte und er spürte ein Kribbeln in seiner Brust, wie er es schon seit langem nicht mehr verspürt hatte. „Sie haben diese Hornhaut an den Händen vom Tragen Ihrer Ausrüstung und die Art, wie sie die Kerzen ansehen und..." Sie lief rot an. „Allgemein Ihre ganze..." Sie zeigte auf seinen Körper. „Figur."

Ihr Blick verharrte wieder auf seiner Brust sowie seinen Schulter und Dean bemerkte, wie er sich etwas aufrechter hinstellte und seine Muskeln anspannte.

„Ich bin gut darin Menschen einzuschätzen." Sie räusperte sich, setzte sich gerade hin und nahm sich einen Stift aus dem Becher. „Aber eines kann ich aus Ihrem harten Bizeps *einfach nicht* erkennen: Wie lange gedenken Sie zu bleiben?"

„Ich bin mir leider sicher, dass ich mir ein Hotel wie dieses hier nicht leisten kann. Ich bin aufgrund meiner Arbeit hier", sagte er, während er es nicht unterdrücken konnte bei dem Kommentar, den sie über seinen Bizeps gemacht hatte, Stolz zu verspüren. „Ich bin hier, um eine

Feuer- und Sicherheitsinspektion Ihrer Anlage durchzuführen. Ich müsste mich mit einer verantwortlichen Person darüber unterhalten, welche Sicherheitsvorkehrungen hier getroffen wurden, müsste mich im Hotel umsehen und den Maschinenraum einmal in Augenschein nehmen. Solche Sachen." Sie riss alarmiert ihre blauen Augen weit auf. „Der Manager hätte darüber informiert werden sollen, dass ich heute vorbeischaue."

„Oh Gott, das war heute?" Sie fuhr sich mit der Hand durch die Haare, umfasste sie und zog sie leicht an den Spitzen ins Gesicht. Das Telefon neben ihr klingelte und sie riss den Hörer von der Gabel.

„Wondernasium-Eishotel, wie kann ich Ihnen helfen?"

Dean konnte die einzelnen Worte der Person am anderen Ende nicht verstehen, aber der Ton eines wütenden Kunden war selbst aus einem Meter noch zu hören. Donnas Lächeln zuckte nicht einmal, aber sie presste die Lippen fest aufeinander.

„Das tut mir leid zu hören, gnädige Frau. Ich werde sofort jemanden losschicken, der sich um die Meerjungfrau in Ihrer Badewanne kümmert. Es scheint mir eine Verwechslung der Zimmer vorzuliegen. Können Sie einen Augenblick dranbleiben?"

Meerjungfrau? Dean versuchte sich irgendwie zu erklären, wofür das wohl stehen könnte. *Ich bin noch nicht einmal 27 Jahre alt und verstehe den Slang heutzutage nicht mehr.*

Donna legte den Hörer nieder und sah ihn an. „Hi. Tut mir leid. Ich bin Donna Mechka." Sie reichte ihm über die Rezeption schnell die Hand. Ihre Haut war so sanft, dass Dean sich danach sehnte die Rückseite ihrer Hand mit seinen Fingern zu streicheln, aber er zwang sich stattdessen ihre Hand wieder loszulassen. „Die Managerin und der Besitzer sind zusammen im Urlaub. Ich bin für einige Tage die Vertretung." Das Telefon summte. „Wenn Sie kurz ein Sekündchen warten würden?" Sie drückte einen Knopf am Telefon und sagte: „Jimmy, kannst du bitte Attina sagen, dass wir Zimmer 109 für sie vorbereitet haben und ob sie bitte so freundlich wäre, sich nicht in die Badewannen anderer Gäste zu legen?"

„Sie sind offensichtlich ziemlich beschäftigt und ich möchte auch nicht zu viel Ihrer Zeit beanspruchen. Ich bräuchte nur Zugang zu..." flüsterte Dean zu Donna, die immer noch den Hörer am Ohr hielt.

Donna hatte einen dramatisch zerknirschten Gesichtsausdruck und sagte stumm: „Sorry, einen Augenblick bitte."

Sie drückte einen anderen Knopf und sagte mit förmlicher, professioneller Stimme: „Vielen Dank für Ihre Geduld. Bitte lassen Sie mich wissen, wenn es irgendetwas anderes gibt, womit ich Ihren Aufenthalt hier so angenehm wie möglich gestalten kann." Sie nickte ins Telefon, bemerkte, dass sie nickte, und sagte dann: „Ja, absolut. Da können wir Ihnen sicherlich weiterhelfen. Nochmal: Die Verwechslung tut mir sehr leid." Sie drückte einen Knopf, um aufzulegen und dann einen weiteren für eine Schnelldurchwahl. „Jimmy? Vergiss das mit der Meerjungfrau aus der Badewanne holen. Sie wurde eingeladen. Richte Lola von der Bar aus, dass sie eine Flasche Champagner und ein wenig von der mit Seegras gefüllten Schokolade nach oben bringen lässt. Frau Jameson war nur wütend, dass die Minibar nicht mit Unterwasser-Snacks gefüllt war." Sie legte auf.

Donna widmete sich wieder Dean. „Tut mir Leid. Drei unserer Aushilfen haben zurzeit die Grippe und unser bester Hotelpage hat vor kurzem gekündigt, um sich einer Motorrad-Gang anzuschließen. Im Moment sind wir hier ein wenig überfordert."

„Und was hat es mit dieser *Meerjungfrau* in einem Ihrer

Zimmer auf sich?", fragte Dean und musste über die Vorstellung grinsen. „Findet hier dieses Wochenende eine Science-Fiction-Messe statt? Mit all diesen Leuten in Kostümen?"

Donna sah ihn einen Moment lang an. „Sie sind neu hier, oder?"

„Ja, bin ich. Normalerweise übernimmt Jenkins dieses Hotel, aber der hat im Moment die Grippe", sagte Dean.

Sie biss sich auf die Unterlippe. „Okay. Ähm, nein. ‚Meerjungfrau'"– sie deutete ein paar Anführungszeichen mit ihren Fingern an – „ist nur Hotel-Sprache für einen merkwürdigen Eindringling. Es ist wie in einem Restaurant. Wie man zum Beispiel zu in Ei getauchten, gebratenen Weißbrotscheiben ‚Arme Ritter' sagt." Ihre Stimme verlor sich. „Wenn Sie also etwas Komisches dieser Art hören, dann ist es genau das: Hotel-Sprache. Es ist ein wenig, wie unsere eigene Sprache. Ehrlich gesagt bemerken wir es selbst nicht einmal mehr, wenn wir sie anwenden. Wenn Sie mir nur einen Moment geben würden, dann werde ich Sie sofort herumführen."

Das Telefon klingelte erneut und sie warf ihm einen weiteren entschuldigenden Blick zu, bevor abhob. Sie hörte einen Augenblick zu und schüttelte dann mit dem Kopf. „Natürlich. Wir werden uns sofort darum kümmern. Haben Sie einen Moment Geduld." Sie legte ihre Hand auf die Sprechmuschel. „Es tut mir leid, aber es sieht so aus, als hätten wir wieder einmal einen Notfall im Anmarsch. Ich werde heute auf gar keinen Fall mehr die Zeit finden, um Sie noch im Hotel herumzuführen. Es tut mir aufrichtig leid, dass Sie sich den ganzen Weg hierher gemacht haben, aber könnten wir bitte einen neuen Termin vereinbaren?"

Dean stellte sich den weiten Weg nach Hause vor. Mit seiner Rückenverletzung und der langen Fahrt, die er schon hinter sich hatte, würde es schon nach wenigen Minuten verdammt wehtun. Jetzt wieder zurück nach Hause zu fahren, wäre viel schlimmer, als eine weitere Runde ‚*Jingle Bell Rock*' in der Lobby zu hören.

„Ist schon in Ordnung, ich werde einfach hier warten", sagte er. „Oder ich kann die Inspektion auch alleine durchführen, wenn Sie mir den Weg sagen."

„Nein, das brauchen Sie nicht", sagte sie schnell. „Machen Sie es sich einfach hier bequem. Und holen Sie sich an der Bar, was sie wollen. Ich werde Lola Bescheid geben, dass Sie zu ihr kommen. Und wenn es Ihnen nichts ausmacht und Sie die Inspektion auch morgen früh machen könnten, dann kann ich Ihnen ein Zimmer für heute Nacht geben." Sie hatte einen leicht panischen Gesichtsausdruck. Vielleicht wirkte er sogar ein wenig schuldig. Er wollte nicht glauben, dass ihr breites Grinsen irgendetwas Hinterlistiges verbarg, aber er konnte einfach das Gefühl nicht loswerden, dass sie ihm nicht alles erzählte. *Simmt vielleicht etwas mit dem Hotel nicht?*

Dean sah sich in der frostigen Hotellobby um: Die vereisten Wände waren voller keltischer Knoten, die wie ein Muster von ineinandergreifenden Spiralen waren. Die Bänke an den Seiten waren gehüllt in blau-lila gestreiften Kunstpelz und die Kristallkronleuchter funkelten unter der Decke. Dieser Ort hatte definitiv einen Charme, der nicht von dieser Welt war. *Ist das hier vielleicht eine versteckte Todesfalle?* Selbst nachdem er schon seit einem Jahr nicht mehr auf der Feuerwache arbeitete, war sein Instinkt andere zu beschützen immer noch so stark wie eh und je. Wenn das Hotelpersonal hier etwas verheimlichte, dann müsste er sie aufhalten, bevor noch jemand verletzt würde.

Donna war wieder am Telefon und machte sich Notizen auf einem Schreibblock, während sie zustimmend in die Sprechmuschel murmelte. Er hätte schwören können, dass er etwas mit „Drachen" gehört hatte. Er schüttelte den Kopf. *Was für ein merkwürdiger Ort.* Er sah sich um und bemerkte, wie sein Blick wieder auf der Dekoration verharrte. Die Girlanden, die entlang der Wände und der Decke angebracht waren, erhöhten das Risiko, dass sich ein Feuer schnell im ganzen Raum ausbreiten konnte.

Dean schloss seine Augen und rieb sich die Stirn. *Wenn an Weihnachten alles wie eine mögliche Bedrohung aussieht, dann ist es höchste Zeit für einen Urlaub.*

„Wie sieht es mit dem Zimmer aus? Bleiben Sie?" Donnas Stimme holte ihn aus seinem Tagtraum. Sie hatte endlich den Hörer niedergelegt und sah ihn jetzt mit einer fragenden Augenbraue an.

„Ja, ich nehme es", sagte er. „Wir können uns sofort morgen früh treffen und alles in Ruhe durchgehen. Was sagen Sie?"

Sie strahlte ihn an und er fragte sich: *Wann war eigentlich das letzte Mal, dass mich eine Frau so anlächelte, als wäre ich ihr ganz persönlicher Held?* Wahrscheinlich das letzte Mal, als er eine Frau aus dem Feuer gerettet hatte, aber das war noch vor seinem Unfall gewesen.

„Ausgezeichnet!", rief sie. Sie übergab ihm eine Schlüsselkarte, auf der die Zimmernummer mit einem Filzstift geschrieben stand. „Dann bis morgen früh... Es sei denn wir sehen uns vorher noch." Sie zwinkerte ihm zu und er fragte sich, ob das wohl eine Einladung gewesen war. Für einen Moment hoffte er innig, dass es das war, aber dann erinnerte er sich daran, dass er beruflich hier war. Falls sie mit ihm flirten sollte, dann nur, weil sie ihn versuchte von seiner Arbeit abzulenken.

Er zwang sich zurückzulächeln, die Schlüsselkarte fest

umschlossen in seiner Hand. *Geh nicht immer vom Schlimmsten aus.* „Ja. Bis morgen dann."

Das schrille Klingeln des Telefons wurde leiser, während Dean sich auf den Weg zum Aufzug machte. Er hatte immer eine Tasche mit Notfallgepäck im Kofferraum, falls er mal irgendwo übernachten musste. Er beschloss, es erst später zu holen. Der Schmerz in seinem Rücken war eine ständige Erinnerung daran, was es bedeutete Sicherheit nicht ernst genug zu nehmen.

Er warf einen Blick über seine Schulter. Keiner vom herumlaufenden Personal schien ihm Beachtung zu schenken.

Dean huschte durch eine Tür mit der Aufschrift „Zutritt Betriebsfremden nicht gestattet." und bahnte sich den Weg die Treppe hinunter und in den Keller. Er sah sich nach Sicherheitskameras um, fand aber keine. Entweder waren die Kameras ziemlich gut versteckt oder diesem Hotel mangelte es an Sicherheitsvorkehrungen.

Er hörte Stimmen und huschte hinter eine Ecke, als zwei Bedienstete Wagen voller Handtücher vor sich herschoben. Die Wagen hatten eine merkwürdige Form, waren ziemlich rund und sahen nicht so aus, wie die Wagen, die Dean sonst aus Hotels kannte.

„Ich kann nicht glauben, dass Managerin Sally endlich mal Urlaub genommen hat", sagte die eine Bedienstete. „Ich dachte, dass Ben ihr mit einer Brechstange den Laptop aus den Händen lösen müsste, bevor Sie endlich den Laden hier hinter sich lassen könnten."

Die andere lachte. „Na, ich weiß nicht. Aufgrund der lustvollen Geräuschen, die in letzter Zeit aus Bens Büro kommen, wette ich, dass der Bär weiß, wie man die Hexe zähmt."

Dean begriff nicht, wie man seine Chefin eine „Hexe"

nennen konnte, gleichzeitig aber mit einer solch liebevollen Stimme über sie sprach.

Die erste Bedienstete seufzte. „Die zwei sind einfach so süß. Eines Tages werde ich..." Sie hatte sich so in ihren Gedanken verloren, dass sie mit ihrem Wagen in den Weg des anderen gefahren war.

„Hey, pass auf! Du hättest fast meinen Kessel umge-kippt!", sagte sie.

„Tut mir leid. Ich habe nur gerade darüber nachgedacht..."

Sie waren jetzt nicht mehr in Deans Hörweite und er richtete sich wieder auf. *Kessel?* Das Personal hier hatte wirklich die merkwürdigsten Bezeichnungen für die Dinge hier.

Auf der Tür, die ihm am nächsten war, stand „E-Raum" geschrieben.

Er drückte die Klinke nieder, schaute hinein und erschrak.

„Was zur Hölle?"

In der Mitte des Raums rotierte eine riesige Lichtkugel. Sie feuerte blau-silberne Funken in alle Richtungen wie das Plasmakugel-Spielzeug, was er als Kind gehabt hatte. Als die Funken auf die Wände trafen, wurden sie nicht zurück-geschleudert, sondern sie stiegen an der dicken Eiswand auf,wie Aale, die sich durchs Wasser schlängelten.

Was zur Hölle ist dieses Ding? Deans Gedanken rasten. *Ein Nuklearreaktor?* Die sahen aber nicht so aus. *New-Age-Kris-tallkram?* Eher nicht. *Könnte das eine Art militärische Waffe sein, die in einem Hotel versteckt gehalten wird?*

Dean wusste nicht, was es war, aber es war definitiv nicht normal. Er überlegte kurz den nationalen Sicherheits-dienst zu verständigen, aber was würde er ihnen überhaupt sagen? Dean bezweifelte, dass er überhaupt erklären könnte, was er sah, ohne total bescheuert zu klingen. Er war definitiv nicht dazu in der Lage solch einen Anruf zu tätigen...

Er holte sein Telefon heraus, ging die Kontakte durch, bis er Brodys Nummer fand. Brody war für mehr als zehn Jahre im Bombenentschärfungskommando beim Militär gewesen, bevor er Feuerwehrmann wurde. Er kannte das halbe FBI und hatte mehr als nur ein paar Kontakte im Pentagon. Brody würde wissen, was zu tun war.

Dean hörte Brodys schroffe Stimme am anderen Ende und fragte sich, ob es wirklich das Richtige war, diesen alten Mann im Ruhestand zu stören. *Jetzt ist es zu spät.*

„Sir? Hier ist Michaelson. Ich bin im Wondernasium Eishotel. Ich habe hier ein Problem."

„Du willst mir also weißmachen, dass hier ein süßer Feuerwehrmann herumläuft und dass das ein *Problem* ist?" Die violetten Augen der Hotelbarkeeperin Lola funkelten verschwörerisch, während sie sich vorlehnte und Donnas Hand tätschelte.

Donna holte einmal tief Luft und versuchte sich zu beruhigen. Das war das erste Mal, dass es nichts half mit Lola zu sprechen.

Lola schob ein Glas Schlamm – zumindest sah es so aus wie Schlamm – über die Theke zu einem fast drei Meter großen Troll, der mit seinen drei verbliebenen Zähnen grinste.

„Also, ja. Er ist ziemlich süß." Donna fuhr sich mit der Hand durch ihr schulterlanges Haar. „Aber er ist der Brandschutzbeauftragte und ich sollte ihm eigentlich unsere Sicherheitssysteme und unsere Elektronik zeigen und..."

„Und magische Eishotels haben gar nichts von all dem?" Lola gab Donna einen lila schimmernden Cocktail.

Donna versank auf ihrem Barhocker und ignorierte die anderen Stammgäste der Hotelbar. Sie arbeitete schon lange genug im Wondernasium-Eishotel, dass sie gar nicht mehr die Merkwürdigkeit der Situation wahrnahm, wie sich ein Troll eine Flasche Absinth mit ein paar in Anzügen gekleideten Goblins teilte; geschweige denn den Greif, der einen Eimer Sangria zusammen mit einem Kobold leerte.

Sie fragte sich, was Dean wohl sehen würde, wenn er in die Bar käme. Menschen ohne einen übernatürlichen Blick nahmen die Magie ganz anders wahr. Er würde wahrscheinlich einfach nur sehen, wie ein großer Kerl sich mit ein paar Businessmen betrank und wie ein Riesenhund mit einem Kind spielte. Sie konnte nicht verstehen, wieso Jenkins die Inspektion des Hotels jemandem anvertraut hatte, der diesen Blick nicht hatte. *Und natürlich musste das gerade dann passieren, wenn ich für die beiden Chefs einspringe.*

„Ich weiß einfach nicht, was ich machen soll. Ich bin zwar gut im Basteln, aber ich glaube nicht, dass es reicht, wenn ich einen Sicherungskasten aus Pappe und Kleber zusammenbaue. Glaubst du, dass wir eine Hexe dazu bekommen, uns eine akzeptable Attrappe herbeizuzaubern?"

„Das ist eine großartige Idee." Lolas schwarzes Haar war zu hunderten kleinen Zöpfen gebunden, welche zustimmend über ihrer Stirn auf und ab hüpften. „Zum Glück *hatte* Ben damals schon dieselbe Idee, als er das Hotel baute. Du kannst dir ja vorstellen, dass es nicht das erste Mal ist, dass eine Inspektion stattfindet."

„Ist das dein Ernst?" Donnas Herz raste. *Vielleicht bekomme ich den Laden hier ja doch noch in den Griff.*

„So ernst wie ein Anka zur Paarungszeit", zwinkerte

Lola. „Dritte Etage, am Ende des Ostflügels. Man kann es gar nicht übersehen."

„Lola, du bist meine Heldin!" Donna entleerte das Geld aus ihrem Portemonnaie auf die Theke. „Für den Drink!", rief sie über ihre Schulter, während sie hinausrannte. Sie war schon fast durch die Tür, als sie in eine Wand voller harter Muskeln lief. „Tut mir leid. Entschuldigung!"

„Donna? Ich habe Sie gesucht."

Sie schaute an dieser harten Masse von einem Mann hinauf. Dean Michaelson. Es waren erst wenige Stunden vergangen, seit sie ihn das letzte Mal gesehen hatte, aber er sah anders aus. So ernst.

„Sie haben nach mir gesucht? Ich habe auch nach Ihnen gesucht!", räusperte sie sich. „Herr Michaelson, es sieht ganz so aus, als sei da etwas in meinem Terminkalender freigeworden. Ich habe jetzt gerade Zeit Ihnen unseren Maschinenraum zu zeigen."

„Das sind ja großartige Neuigkeiten." Deans Blick verengte sich. „Ich hätte da ein paar wichtige Fragen bezüglich der Installation." Donna bemerkte, dass er sich Mühe gab einen freundlichen und respektvollen Ton zu bewahren. *Was ist passiert?* Als sie ihn noch vorhin gesehen hatte, fiel es ihm nicht so schwer, freundlich zu bleiben. „Es freut mich zu hören, dass Sie heute doch noch Zeit für mich gefunden haben."

Donna lachte und war gleichzeitig überrascht über das schrille Gekicher, was aus ihrem Mund kam. *Reiß dich zusammen.* „Natürlich! Und das Zimmer geht trotzdem noch aufs Haus, machen Sie sich keine Sorgen." Sie nickte in Richtung Bar. „Ich möchte keinem die Cocktails von Lola vorenthalten. Ganz besonders nicht während der Festtage. Also, wenn Sie wollen..?"

„Das ist wirklich sehr nett von Ihnen." Dean schaute für

einen Augenblick misstrauisch, aber zwang sich dann zu einem neutralen Gesichtsausdruck. Es war dieser Wechsel des Gesichtsausdrucks, den sie sonst nur an den Pokertischen sah, wenn einer der Gegner einen Bluff versuchte. Donna fühlte sich fast schon schlecht, weil sie ihn anlog, aber Magie gehörte einfach nicht in seine Welt. Es wäre für alle das Beste, wenn sie ihm Lolas „Alternative" zum Maschinenraum zeigte und ihn danach zum Ausgang begleitete.

Donna führte sie beide über die Flure und versuchte dabei das tiefe Verlangen ihn endlich nochmal zu berühren, zu unterdrücken. Sie musste daran denken, wie sein Blick über ihren Körper gewandert war, als sie sich am Empfang unterhalten hatten, und wie es ihr durch Mark und Bein ging. Diese Anziehung war immer noch da, aber irgendwie war sie jetzt gedämpft.

„...gefährlich", sagte Dean hinter ihr.

Oh Scheiße, hat er die ganze Zeit geredet? Donna versuche einen interessierten Gesichtsausdruck aufzulegen. „Ich kann Ihnen versichern, dass alles den Richtlinien entspricht." Sie kamen an der mit „E-Raum" beschrifteten Tür am Ende der dritten Etage an und sie öffnete sie mit zittriger Hand.

Im Gegensatz zu dem eigentlichen Maschinenraum im Keller, welcher die Magie steuerte und für die Energieversorgung des Hotels zuständig war, war dieser Raum extra nur für die Inspektion durch Menschen eingerichtet worden. Er brummte vor Elektronik und tausende kleine Lämpchen leuchteten und blinkten vor sich hin. Die Wände schienen aus Stahl, statt, wie im restlichen Hotel üblich, aus Eis zu sein. Überall fanden sich Sicherungen, die akribisch mit einer Beschriftung versehen waren. Ein kleines Bedienfeld für den Feueralarm blinkte hektisch an der Wand.

Donna entwich ein tiefer Seufzer. Dieser Raum sah wie jeder andere langweilige Kontrollraum aus.

„Hmm." Dean drehte langsam eine Runde durch den Raum und untersuchte einige der Bedienfelder. „Ist das *alles*, was ihr habt?"

Donna knirschte fast mit den Zähnen, während sie so gut es ging versuchte zu lächeln. „Ja, das ist alles."

Dean hob vorsichtig die Abdeckung des Feueralarm Bedienfelds und untersuchte genau, was darunter lag. „Woher kommt der ganze Input für dieses Bedienfeld? Ich habe mich hier inzwischen ein wenig umgeschaut und ich habe weder Rauchmelder, Kohlenmonoxid-Alarm noch irgendwelche anderen Sensoren gefunden." Er schloss die Abdeckung des Bedienfelds wieder und drehte sich zu ihr um. „Diese gesamte Installation hier ist eine Attrappe. Donna, du solltest dir im Klaren darüber sein, dass so etwas unverantwortlich ist. Deine Bosse riskieren hier das Leben aller. Du musst mir sagen, was hier gespielt wird."

Donna sah Dean tief in die Augen. Sie wollte es ihm beichten. Er hatte wirklich hart dafür gearbeitet, um da zu sein, wo er jetzt war; sein stählerner Körper war dafür Beweis genug. Als sie in der Bar in ihn hineingelaufen war, fuhr seine Hand sofort zu seinem Rücken. Er schien sich von einer Rückenverletzung zu erholen. Und obwohl sein Gesicht schmerzverzerrt gewesen war, hatte er keinen Ton von sich gegeben. *Dieser Mann will keine Schwäche zeigen.* Er schien sich wirklich um die Sicherheit der Leute hier zu sorgen.

Und sie musste ihn anlügen.

„Wir haben diesen Monat neue Sensoren installiert." Donna fummelte an dem Bedienfeld herum und hoffte, dass es wenigstens den Anschein machte, sie wisse, was sie tat. „Wir benutzen eine Kombination aus Infrarot, Wärmebildtechnik und Glasfaser-Technologie, die direkt fest *in* die Eiswände installiert wurde, um alles abzudecken und in Echtzeit zu messen. Diese Informationen benutzen wir außerdem, um Sicherheitsrisiken vorherzusehen und zu verhindern." *Scheiße, ich hoffe das macht überhaupt Sinn.* Donna versuchte sich an irgendwelche Fachausdrücke aus Actionfilmen zu erinnern, um ihn damit irgendwie überzeugen zu können. „Das ist wirklich das neueste vom Neuen. Ich bin mir sicher, dass selbst die Jungs von der Feuerwehr bisher nur davon gehört haben."

Dean machte ein langes Gesicht.

Ich bin ein Arschloch. Donna versuchte keine Miene zu verziehen, aber sie wusste, dass sie ihn damit getroffen hatte. Dean war offensichtlich jemand, der immer nah am Geschehen gewesen, aber jetzt außer Gefecht gesetzt war. Seine Verletzung hatte ihn wahrscheinlich in die Abteilung für Inspektionen versetzt und seine gerunzelte Stirn sagte ihr, dass er darüber nicht gerade erfreut war. Ihm zu unterstellen, dass er sich mit der neuesten Technologie gar nicht mehr auskannte, war gleichbedeutend damit, sein gesamtes Können in Frage zu stellen. *Scheiße.*

Deans Blick verengte sich. „Seit dem Moment, in dem ich mich als Brandschutzbeauftragter vorgestellt habe, wusste ich, dass du mir etwas verheimlichst." Er ging mit geballten Fäusten im Raum auf und ab. „Du wirst mir jetzt auf der Stelle verraten, was hier eigentlich los ist. Ich werde nicht eher gehen, bevor ich nicht sichergestellt habe, dass hier keiner aufgrund des Fehlverhaltens deiner Vorgesetzten zu Schaden kommen kann. Und am besten fängst du damit an, mir zu erklären, was dieses explosionsgefährdete, radioaktive Ding da unten im Keller ist.

Scheiße, Scheiße, Scheiße. Er weiß es bereits! Donna sah sich verzweifelt im Raum um.

„Hör zu, ich kann alles erklären. Was du im Keller gesehen hast, ist... ist in Ordnung." Donna hielt die Hände schützend vor sich, als würde sie ein wildes Tier beruhigen wollen. „Ich meine, das Hotel hier ist komplett aus Eis und kann ja wohl kaum in Flammen aufgehen..."

Das ohrenbetäubende Klingeln des Feueralarms ertönte plötzlich und der Raum war erfüllt mit blinkenden Lichtern.

„Wir sind noch nicht fertig hier." Dean gab Donna noch einen vernichtenden Blick, bevor er zur Tür hinausschoss.

IN DEM MOMENT als Dean den Alarm hörte, war er schon auf dem Weg zum Feuer. Die Schmerzen in seinem Rücken schossen ihm hoch zu seinen Schultern, aber er ignorierte es. Er sah noch, wie Donna um die Ecke kam; ihr Telefon schon in der Hand.

„Ja, der Alarm wurde ausgelöst. Wir sind auf der Suche nach der Ursache", sagte sie zu der Person am anderen Ende der Leitung.

Gut, sie hat wenigstens schon die Notrufnummer gewählt, dachte er. *Wenigstens eine Person in diesem Hotel macht sich etwas aus Sicherheit.* Er machte sich Vorwürfe, sie in dem E-Raum so angegangen zu haben. Schließlich war es nicht ihr Fehlverhalten, sondern das ihrer Chefs. Das gesamte Gebäude war eine Todesfalle, die darauf wartete zuzuschnappen.

Der Alarm schallte über die langen Eiskorridore und halb angezogene Gäste kamen ihnen entgegen. Alles, was er je über Notfallsituationen gelernt hatte, sagte ihm, dass er auf ein Team Feuerwehrleute warten sollte. Er wusste, dass er den anderen helfen sollte, in Sicherheit zu gelangen und den Hotelflügel zu verlassen, aber er konnte seinem inneren Instinkt kaum widerstehen, das Feuer selbst löschen zu wollen. Als er bei dem brennenden Zimmer ankam, verdeckte er Mund und Nase mit seinem Hemd und kroch weiter vor, um dem schlimmsten Rauch zu entgehen.

„Verdammt!", schrie Donna. Sie hielt immer noch das Telefon an ihr Ohr, während sie zu ihm krabbelte.

„Was machst du?", rief Dean. „Verschwinde hier!" Diese Frau war entweder unglaublich blöd oder unglaublich mutig.

„Die Feuerwehr kommt wegen eines Unfalls auf der Autobahn nicht weiter. Sie werden erst in frühestens zehn Minuten hier sein." Sie war ganz bleich, aber es imponierte ihm, wie ruhig sie aussah. „Ich denke, dass einige der Gäste in der Lage sind zu helfen." Sie fing an eine Nummer in ihr Telefon einzugeben, aber Dean ergriff ihre Hand.

„Nein! Du musst alle hier rausbringen. Es ist zu gefährlich. *Du* musst dich in Sicherheit bringen!" Sein Instinkt übernahm wieder die Kontrolle und er wollte sie vom Feuer wegziehen. Sie rührte sich nicht von der Stelle. *Wie kann sie bitte so stark sein?* Er musste sie aus dem Gebäude bringen. Allein der Gedanke daran, dass Donna etwas passieren könnte, ließ es ihm eiskalt den Rücken runterlaufen.

„Helft uns!", schrie eine Frau aus dem Zimmer.

Donna löste sich aus seinem Griff und schob ihn beiseite. Sie rannte auf das Zimmer zu, duckte sich zum Schutz hinter dem kleinen Wagen einer Bediensteten. Dean folgte ihr.

„Warte! Geh nicht rein!", schrie Dean.

Als er in das Zimmer hineinsah, stoppte er abrupt. Die Wände waren aus dem gleichen, festen Eis wie im Rest des Hotels gemacht, aber die gesamte Rückwand bestand aus ausgewachsenen Bäumen, die gerade nach oben durch die

Decke wuchsen. Das Wurzelgeflecht war sogar durch den Eisboden sichtbar und das kleine Wäldchen erstreckte sich bis zur Decke und bis in den Raum darüber. Zweige voller Blätter funkten und knisterten im Feuer, welches sich von einem Ast zum nächsten ausbreitete. Ein Bild mit Wolkenmotiv an der Decke erzeugte die Illusion, dass sich das Zimmer draußen befände, aber das schöne Gemälde war schnell vom Rauch eingehüllt.

„Moe! Du musst aufstehen!" Die Stimme der Frau zog Deans Aufmerksamkeit in eine Ecke des Zimmers. Unter einem Tisch mit umgekippten, roten Pappbechern, kniete eine Frau neben einem jungen Mann, der versuchte sich aufzusetzen. Die Frau trug einen großen Trekkingrucksack in lila und pink auf dem Rücken, der den Tisch streifte. Er schien sich inmitten des Rauchs beinahe zu leuchten.

Dean versuchte sich nach unten zu dem Pärchen zu bücken, aber die plötzliche Bewegung ließ ihn vor Schmerz verkrampfen. Er kämpfte sich auf die Knie und seine Jeans saugte sich auf dem bereits nassen Eisboden voll Wasser. *Verdammt, das Zimmer schmilzt.* Schmerz schoss von seinem unteren Rücken durch seine Wirbelsäule und in jedes Gelenk seines Körpers. Er hatte die Fäuste geballt, als er sich wieder auf die Beine kämpfte. Er *hasste* es, sich so schwach zu fühlen.

Donna schoss an ihm vorbei, einen Feuerlöscher in der Hand. Sie zielte damit hoch an die Decke und fing an zu löschen.

„Nein! Du musst unten anfangen und von dort dann nach oben!", rief er. Er zog sich auf seine Beine. Er wusste, dass er eigentlich gar nicht hier sein sollte, aber er wäre verdammt, wenn er seinen Rücken ihn davon abhalten ließe, anderen zu helfen.

„Verstanden!", schrie sie und zielte mit dem Feuerlöscher nach unten, wo die Flammen entstanden. Das brennende Holz knackte und knallte und feuerte heiße Glut in alle Richtungen. Der Feuerlöscher verhinderte zwar, dass sich das Feuer weiter ausbreitete, aber die Flammen hatten schon die meisten Zweige verschlungen. Die Bäume würden in sich zusammenfallen und er musste alle in Sicherheit bringen, bevor das geschah.

„Moe, Liebling, du musst aufstehen!", drängte die Frau mit dem großen Rucksack erneut. Sie versuchte ihn zum Aufstehen zu bewegen, aber er rührte sich nicht.

„Dean! Es funktioniert nicht! Was machen wir jetzt?", schrie Donna. Der Feuerlöscher spritzte seinen letzten Inhalt und war schon fast leer.

Denk nach, denk nach, denk nach.

„Feuer braucht Sauerstoff und Brennstoff, um zu brennen. Wenn wir entweder die Sauerstoffzufuhr aufhalten oder den Brennstoff entfernen, dann könnten wir das Feuer ersticken", sagte er.

„Ich weiß, wer uns von den Leuten unten helfen könnte." Donna zeigte auf die Frau, die immer noch vergeblich versuchte Moe zu bewegen. „Du! Geh und hol Lola aus der Bar! Sag ihr, dass sie die Hydra aus Zimmer 403 beschwören soll!"

Hydra? dachte Dean. *Dieses Hotel hat die verrücktesten Namen.* Er musste an das merkwürdige Gespräch zwischen den beiden Bediensteten im Keller denken und erinnerte sich an den im Flur herumstehenden Wagen.

„Aber...Moe!", keuchte die Frau. Tränen liefen ihr über die Wangen, während sie immer noch verzweifelt an dem T-Shirt ihres Freundes zog.

„Ich kümmere mich um ihn", sagte Dean. Er ging steif zurück auf den Flur und versuchte seinen Rücken nicht zu sehr zu beanspruchen. Er schnappte sich den Wagen, warf die Handtücher herunter und schob ihn zurück in das Zimmer direkt neben Moe.

„Lauf! Hol Hilfe", sagte er zu der Frau.

Sie sprang auf ihre Füße und lief, so schnell sie konnte, los. Es sah fast so aus, als würde sie aus dem Raum fliegen. Ihr Rucksack in lila und pink schimmerte ein wenig, als sie verschwand. Dean blinzelte mit den Augen und versuchte den Rauch herauszubekommen und sich wieder darauf zu konzentrieren, Moe auf den Wagen zu bekommen.

„Es ist...die...Hitze", stöhnte der junge Mann. „Es...tut mir...leid...ich kann nicht.." Moe versuchte sich wieder aufzusetzen, aber er fiel zurück. Dabei verdrehte er die Augen und wurde ohnmächtig. Dean untersuchte Moe. Er war ein schlanker Kerl, von durchschnittlicher Größe. Vor seinem Unfall hätte Dean Moe einfach in Sicherheit getragen, aber der Schmerz in seinem Rücken erinnerte ihn daran, dass er ziemlich eingeschränkt war. Dean wusste, dass er ihn nicht tragen konnte, aber er sollte in der Lage sein, ihn auf den Wagen zu hieven.

Er versuchte Moes Arme zu heben und wäre dabei fast vornübergefallen. Dean holte tief Luft und fing an zu husten, weil er Rauch einatmete. Die ganze Decke war inzwischen schwarz vor Rauch und Ruß.

Wir müssen hier raus. Dean unterdrückte die Panik, die in ihm aufstieg. Er konnte nicht ohne den Jungen hier raus. Er versuchte nochmals Moe zu schieben, aber es war, als würde er gegen eine Wand drücken.

„Uff", stöhnte Dean. „Womit füttern die dich?", witzelte Dean, um die aufsteigende Panik zu mindern. Er zog an den Füßen des Jungen, aber auch diese waren zu schwer. Es war, als wären sie in den Boden einzementiert.

„Diamanten", stöhnte Moe. „Lecker."

Donna rief über ihre Schulter. „Hilfe sollte bald hier sein!"

„Wir müssen ihn hier rausschaffen", sagte Dean. „Er ist so schwer, wir brauchen sowas wie einen Wagenheber, um ihn auf den Wagen zu bekommen."

Der Feuerlöscher spuckte die letzten Tropfen seines Inhalts aus, bevor er komplett leer war. Sie warf ihn in den Flur und fiel auf die Knie, um Dean zu helfen.

„Er ist ein Yeti", sagte Donna. „Er ist aus Stein."

„Was?" Dean versuchte Ruhe zu bewahren. *Warum sollte sie so etwas Verrücktes in solch einem Moment sagen?*

Gebrüll hallte über den Flur, gefolgt von einem Gepolter, als würde eine Lawine über sie hereinbrechen.

„Ist schon okay", sagte Donna. „Die Kavallerie ist da."

Ein gewaltiges Etwas schoss ins Zimmer.

Für einen Moment glaubte Dean einen Sattelschlepper durch die Tür kommen zu sehen. Er blinzelte und das Bild änderte sich zu einem Kran mit einem Dutzend beweglicher Ausleger.

Das ist unmöglich.

Das merkwürdige Schimmern, das er immer wieder in dem Hotel gesehen hatte, veränderte sich vor seinen Augen plötzlich. Das gesamte Zimmer sah irgendwie heller aus, als wäre da ein schimmernder Vorhang vor ihm, der sich langsam lichtete.

Der Kran im Eingang brüllte und der Vorhang zerriss.

Es ist gar kein Kran.

Den Eingang füllte ein mindestens drei Meter großes, grelles, grünes Monster mit dem Körper einer Echse und locker 50 Köpfen, die an langen, schlangenähnlichen Hälsen hingen.

Und es ist auch kein Truck.

Fünfzig Zungen züngelten gleichzeitig, schmeckten die

Luft. Wieder brüllte es, so dass der Kronleuchter an der Decke erzitterte und bebte.

Es ist eine verdammte Hydra.

Dean fühlte sich, wie in einem ziemlich realen Traum, von dem er hoffentlich gleich erwachen würde.

„Wir müssen den Sauerstoff aus diesem Raum kriegen", sagte Donna zu dem Monster. Alle Köpfe drehten sich zu ihr.

„Nein!", schrie Dean und warf sich vor Donna, bevor es sie attackieren konnte.

„Bringtttttttt den Yettttttti in Sicherheitttttttt", zischte das Monster und die Worte schienen von allen Köpfen gleichzeitig zu kommen.

Dean spürte, wie er Kopfschmerzen bekam. Jede Erinnerung der letzten Stunden im Hotel überkam ihn plötzlich, diesmal aber mit einer neuen Sicht auf die Dinge.

Das Personal ist gar nicht menschlich.

Die zwei Angestellten, die er gesehen hatte, wie sie Weihnachtsdekoration im Flur aufhängten: Ein Troll mit hellgrüner Haut, dem ein Pilz aus der Stirn wuchs, und ein riesiger Salamander, der auf seinen Hinterbeinen lief.

Es gibt gar keine Hotelsprache.

Es war wirklich eine Meerjungfrau in der Badewanne gewesen und die zwei Bediensteten hatten keine Wagen durch den Keller geschoben, sondern hüfthohe Kessel, gefüllt mit einem brodelnden und schäumenden Gebräu. Die Frau, die Donna losgeschickt hatte, um Hilfe zu holen, trug keinen Rucksack: Es waren Flügel. Und sie war wirklich aus dem Raum *geflogen*.

Alles ergab jetzt Sinn; wenn auch einen bizarren. Die elektronische Attrappe. Das pulsierende, leuchtende Ding, was alles mit Energie versorgte.

Es ist alles Magie.

Er schaute herunter zu Moe. Die Haut des Jungen war weiß wie Marmor, mit schwarzen Adern, die seine Arme und Hände durchzogen. Sein ganzes Gesicht war mit dickem, weißem Fell überzogen und wenn er schrie, konnte Dean riesige Fangzähne aus dem Zahnfleisch ragen sehen.

Dean fühlte sich, als würde die Welt um ihn herum zerschmelzen und sich zu etwas Neuem formen, was ihm völlig unbekannt war. Wie sollte er seinen Job machen, wenn er wusste, dass es überall Magie gab? Wenn etwas Magisches sie attackierte, was sollte er denn dann noch tun?

„Mein gesamtes Weltbild ist falsch", flüsterte er.

Donnas kleine Hand fand seinen Arm. Er zwang sich, sie anzusehen und fürchtete sich vor dem, was er sehen würde. Aber sie sah aus wie vorher, bis auf die Augen, die ein wenig heller leuchteten. Sie sah traurig aus.

„Es ist nicht falsch. Es gibt in dieser Welt nur einfach etwas *mehr* als du dachtest."

Das Feuer knisterte und knallte. Einer der Bäume knirschte und stöhnte.

„Er wird umfallen!", schrie Dean und sein Instinkt brachte ihn dazu, seinen Körper über den verletzten Moe zu werfen. Es spielte keine Rolle, wie lang seine Zähne waren. Dean würde ihn beschützen.

„Moe ist zu schwer für unsere menschlichen Körper", sagte Donna. Sie fing an ihr Hemd aufzuknöpfen und ihren Rock auszuziehen. Dean riss die Augen auf.

„Menschliche Körper?" Deans Gedanken überschlugen sich. „Was zur Hölle tust du da?"

Sie sah zum Feuer. „Du hast recht. Wir haben keine Zeit mehr. Scheiße. Ich mochte das Hemd." Sie schloss für einen Moment die Augen und dann veränderte sich ihr Körper plötzlich. Ihr Kopf und ihre Brust weiteten sich, während ihre Arme und Beine sich verkürzten. Ihr gesamter Körper reckte und streckte sich, bis er sich zu einer riesigen Gestalt formte. Ihre Kleidung platzte und zerriss und Knöpfe flogen durchs Zimmer. Braunes Fell spross und wuchs über jeden Zentimeter von ihr. Dean wich zurück.

Was? Was? Was?

„Ich hätte es dir sagen sollen." Ihre Stimme war rau und tief, als sich ihr Körper langsam in der neuen Form eingefunden hatte. „Ich bin ein Bärenwandler."

Der Grizzlybär-der-auch-noch-Donna-war nahm Moe in der Mitte und hob ihn auf, wie einen Lachs aus dem Wasser. Sie legte ihn auf den kleinen Wagen und brüllte Dean an. „Bring ihn hier raus. Betsy wird sich um den Rest kümmern."

Dean setzte mit der Schulter am Wagen an und schob mit allem, was er hatte, dagegen. Endlich setzten sich die Räder quietschend in Bewegung und schon bald waren Moe und er zur Tür hinaus. Die Hydra – *Betsy*? – machte ihnen Platz. Donna folgte ihnen dicht auf den Fersen.

Dean schob den Wagen über den Flur, möglichst weit weg vom Rauch, der immer noch aus dem Zimmer quoll. Je weiter sie sich vom Feuer entfernten, desto mehr kam Moe zu Bewusstsein, und fing an, sich im Wagen zu bewegen und zu stöhnen.

Die junge Frau, die sich zuvor um Moe gekümmert hatte, kam zu ihnen geflogen. Ihre lila-pinkfarbenen Flügel bewegten sich so schnell, dass sie nur verschwommen zu sehen waren. Dean sah jetzt, dass ihr Kleid aus sich überlappenden Blütenblättern und ihr Haar aus grünen Ranken bestanden. Sie küsste Moe rasch auf die Lippen.

„Moe! Liebling, kommst du wieder auf die Beine?", weinte sie. Dean sah, wie die Tränen, die ihr die Wange herunterliefen, zu Bienen wurden und über den Flur davonflogen.

Die Welt ist schon ein merkwürdiger Ort.

Moe hob seinen Arm und streichelte die Wangen der Frau. „Meine süße Elfe. Ich komme schon wieder auf die Beine. Der mutige Mensch da hat mich gerettet."

Ein lautes Zischen, das aus dem Zimmer kam, ließ Dean herumfahren. Die Hydra Betsy drehte ihre ganzen Köpfe gleichzeitig und so schnell, dass es wie ein Ventilator war, mit dem sie die ganze Luft aus dem Zimmer sog. Ein rauchiger Wind schlug Dean ins Gesicht.

Die Frau – *die Elfe?* – Dean glaubte, er würde all diese Kreaturen niemals auseinanderhalten können – lächelte Dean mit ihren zierlichen, spitzen Zähnen an.

„Danke! Du hast meinen Liebling gerettet. Ich verspreche dir, dass du nie wieder Zahnschmerzen haben wirst!" Sie berührte Deans Wange und er spürte, wie eine Art Energie durch seinen Kiefer lief. Er riss neugierig seinen Mund auf, aber das Gefühl war bereits wieder verschwunden.

Donna lief auf sie zu, jetzt wieder in ihrer menschlichen Form, nur mit einer versengten Decke um ihren Körper. Ihre Haare waren durcheinander und lagen ihr im Gesicht, als wäre sie gerade aufgestanden. Selbst inmitten all der Aufregung fand Dean, dass sie das Erotischste war, das er je gesehen hatte.

„Das Feuer ist gelöscht. Du hattest recht. Nachdem Betsy die ganze Luft aus dem Zimmer gesaugt hatte, erstickten die Flammen." Sie drehte sich zu dem Elfen und Moe. „Es tut mir leid. Ihr werdet natürlich die Kosten für das Zimmer erstattet bekommen und außerdem noch ein Upgrade für alle weiteren Übernachtungen, die ihr in Zukunft hier bucht. Ein Arzt ist bereits informiert und wird nochmal einen Blick auf Moe werfen..."

„Nicht nötig", sagte Moe und kam schon wieder auf die

Beine. „Jetzt, wo ich nicht mehr in der Nähe des Feuers bin, geht's mir wieder besser. Wir wollen das alles jetzt einfach nur schnell vergessen." Er stützte sich ein wenig auf die Elfe, während sie den Flur entlanggingen und um die Ecke bogen.

Dean sah ihnen hinterher und wartete immer noch darauf, dass das alles einen Sinn für ihn ergab. Er hatte irgendwie das Gefühl, dass er noch sehr lange warten würde.

„Also...", sagte Donna. Sie zog die Decke ein wenig enger um ihre Brust. *Oh Gott, sie ist ja nackt unter der Decke*, realisierte Dean.

„Bin ich...wach? Das ist gerade alles wirklich passiert, oder?", sagte er.

Donna seufzte und streichelte seinen Arm. „Ja, es tut mir leid, aber: Ja."

„Oh Gott, der Feuerwehrwagen! Er sollte jeden Moment ankommen. Was sollen wir denen sagen?"

Donna biss sich auf die Unterlippe. „Ehrlich gesagt, habe ich sie eigentlich gar nicht angerufen. Ich habe das nur gesagt, damit *du* sie nicht selbst anrufst. Wie du gesehen hast, haben wir unsere eigene Art und Weise mit solchen Situationen umzugehen. Lass uns in mein Büro gehen. Dort habe ich noch ein paar Klamotten und dann erkläre ich dir alles." Sie hielt ihm die Hand hin.

Dean umklammerte ihre Hand, als wäre sie ein Rettungsseil. „Ja. Ich glaube, es gibt da einiges, über das wir uns unterhalten sollten."

～

DONNAS HERZ RASTE, als sie ihre Ersatzkleidung aus der untersten Schublade ihres Schreibtischs zog. Über die

Monate war sie ein wenig faltig geworden. Donna hatte nur selten einen Grund sich bei der Arbeit zu verwandeln. Sie schüttelte das blaue Hemd aus, in der Hoffnung, es würde sich noch ein wenig glätten.

Dean hatte sich aus Höflichkeit weggedreht und wartete, bis sie sich angezogen hatte. Angst schien geradezu von ihm auszustrahlen und Donna spürte tiefes Mitgefühl. In nur einer Stunde hatte sich sein gesamtes Weltbild verändert.

Wie zur Hölle soll ich ihm das alles nur erklären? Donna versuchte sich so langsam wie möglich anzuziehen, um sich selbst noch ein wenig Zeit zu verschaffen. Ihr Chef Ben hatte bereits seiner Hotel-Managerin Sally genau einen solchen Vortrag über „Was ist wahr und was Magie" halten müssen. Menschen wehrten sich oft dagegen, die Wahrheit zu akzeptieren – selbst, wenn sie ihr direkt ins Gesicht schauten. Donna kniff sich in den Nasenrücken. Sie hasste komplizierte Unterhaltungen.

Sie hörte, wie Dean auf dem Teppich mit seinen Füßen scharrte. „Also...", fing Dean an. Er klang etwas lockerer, aber immer noch angespannt. „Du kannst dich in einen Bären verwandeln."

„Du kannst dich jetzt herumdrehen. Ich bin angezogen."

Dean drehte sich zu ihr herum. Dieser arme Kerl sah so verzweifelt aus, dass Donna den Drang unterdrücken musste, ihn einfach in den Arm zu nehmen. Es lag eine tiefe Falte auf seiner Stirn und er lief immer wieder durch den Raum auf und ab, als würde die Welt zusammenbrechen, wenn er stehenblieb.

Ich bin ein Bär und es gibt Magie wirklich. Aber die Worte blieben ihr im Halse stecken.

Sie räusperte sich und versuchte es noch einmal.

Menschen sind einfach verdammt blind. Herzlichen Glück-

wunsch, dass du keiner mehr von ihnen bist. Es hörte sich selbst in ihrem Kopf überheblich und unsympathisch an.

Ihr kam plötzlich eine Idee. „Spielst du Karten? Poker?"

„Ähm, ja. Aber du kannst jetzt nicht einfach vom Thema ablenken." Deans Stimme klang ernst. „Ich will Antworten."

„Und ich werde sie dir geben." Donna setzte sich an ihren Tisch und zog ein Kartendeck aus der obersten Schublade hervor. Sie bat Dean auf dem Stuhl ihr gegenüber Platz zu nehmen. „Offenes Poker. Wir unterhalten uns, während wir spielen. Ich möchte dir etwas Normalität bieten, während wir über das ganze verrückte Zeug reden." Donna mischte die Karten und begann auszuteilen. Sie warf eine Schachtel mit Büroklammern auf den Tisch und schob die Hälfte zu Dean. „Chips."

Dean sah skeptisch aus.

Donna lächelte. „Heute hast du gelernt, dass die Welt um einiges größer ist, als du gedacht hast." Sie nahm ihre Karten auf. „Ich habe gelernt, wenn man ein paar Dollar gewinnt, dann lässt es andere Dinge weniger wichtig erscheinen."

Dean schob jeweils fünf Haufen Büroklammern vor sich zusammen. „Das stimmt, aber glaub bloß nicht, dass du dich davor drücken kannst, mir meine Fragen zu beantworten." Dean fuhr sich mit der Hand durch sein kurzes, braunes Haar und griff dann nach seinem Nacken.

„Nicht mal im Traum." Sie konzentrierte sich darauf möglichst locker und gelassen zu wirken, während sie leichte Veränderungen in seiner Körpersprache zu erkennen versuchte. Sie hatte oft genug gespielt, um zu wissen, dass das eigentliche Spiel das Lesen des Gegners war. Dean war nicht so schlecht wie andere, mit denen sie gespielt hatte. Gesicht und Schultern waren ziemlich teilnahmslos, aber er hatte heute zu viel durchgemacht, um die

Anspannung seiner Muskeln komplett verbergen zu können.

„Wer bist du? Warum kannst du dich in einen Bären verwandeln?", fragte er und tauschte einige seiner Karten in seiner Hand.

„Es liegt in der Familie. Wir sind alle Bärenwandler. Es gibt noch viele weitere Wandler da draußen: Tiger, Drachen, Wölfe, Echsen und so weiter."

„Echsen? Du machst Witze."

Sie hob eine Augenbraue und grinste. „Vielleicht."

Sie erwartete weitere Fragen, aber er fing an, einen Punkt auf der Wand hinter ihrem Schreibtisch anzustarren. Sie hörte auf zu lachen, als sie bemerkte, worauf er da schaute.

„Ist das *die* Cleo?", fragte er, die Augen weit aufgerissen. „Sie ist doch die Milliardärin. Oder gar Billionärin. Ist sie auch ein Bär?"

Donna stand auf, nahm das Bild von der Wand und brachte es herüber. „Ja, es ist meine Schwester. Ich habe dieses Bild während eines Urlaubs in Griechenland gemacht. Wir hatten viel Spaß, aber ich sollte es wahrscheinlich nicht hier aufhängen. Es wirkt so, als ob ich damit angeben will."

Er sah sich das Bild genau an und Donna spürte wieder diesen alten Schmerz in ihr aufsteigen. Jeder ihrer Freunde seit der zweiten Klasse warf einen Blick auf Cleo und wusste sofort, dass Donna nur der Trostpreis war. Donna liebte ihre Schwester und war stolz auf alles, was sie getan hatte, um aus dem kleinen Familienunternehmen einen multinationalen Konzern zu machen. Aber manchmal dachte Donna, dass es auch nett wäre, eine Schwester zu haben, die nicht ganz so angsteinflößend war.

Dean gab Donna das Bild zurück. „Du siehst umwerfend auf dem Foto aus. Wundert mich nicht, dass du das Bild aufhängst. Aber wenn du so reich bist, warum arbeitest du überhaupt in einem Hotel?"

Donna spürte, wie ihr der Boden unter den Füßen weggezogen wurde. *Umwerfend!* Wann hatte ihr das letzte Mal ein Typ so etwas gesagt? „Meine Familie ist reich. Ich nicht. Ich lebe von dem, was ich hier verdiene, und versuche einfach nur eine normale Person zu sein." Sie schob sich eine Haarsträhne aus dem Gesicht. „Also, normaler Bärenwandler zumindest."

Deans grüne Augen schienen sie zu durchbohren. „Geld spielt bei dir also keine Rolle." Er deutete auf die Büroklammern, die auf dem Tisch lagen. „Dann lass uns doch mit richtigem Einsatz spielen?"

Donna bemerkte, dass sie noch auf die übliche Fragen wartete. Wann würde er anfangen, persönliche Fragen über Cleo zu stellen? Wann würde er damit aufhören sie anzusehen, als sei sie das schönste Geschöpf, das er je gesehen hatte?

Donna atmete tief durch. *Ich könnte genauso gut einfach den Moment nutzen.* „Strip-Poker." Ihr Herz schlug, als würde es jeden Moment aus ihrer Brust springen. „Ist das Einsatz genug?"

Dean fuhr sich mit seiner Zunge über die Unterlippe. „Alles klar. Der Verlierer muss ein Kleidungsstück ausziehen und während jeder Hand musst du eine meiner Fragen beantworten. Unabhängig davon, wer gewinnt."

„Wie wäre es, wenn wir beide am Ende jeden Spielzugs eine Frage stellen dürfen? Und die Antwort muss der Wahrheit entsprechen."

Sie wartete darauf, dass er „Nein" sagte, aber stattdessen sah er ihr einfach nur direkt in die Augen.

„Lass uns loslegen", sagte Dean.

Donna setzte ein paar Büroklammern. *Los geht's.* „Also, was möchtest du wissen?"

Dean schaute in seine Karten und legte zwei verdeckt auf den Tisch. „Den ganzen Morgen bin ich durch das Hotel gelaufen und habe nichts Außergewöhnliches gesehen. Später, als ich dann die Hydra gesehen habe, war es als... Ich weiß noch nicht einmal, wie ich es beschreiben soll. Alles hat sich verändert. Was ist da passiert?"

Sie gab ihm zwei Karten und nahm sich eine für sich selbst. „Man nennt es den Blick. Die meisten Menschen können das ganze übernatürliche Zeug nicht sehen – selbst dann nicht, wenn es direkt vor ihren Nasen passiert. Das Gehirn liefert irgendwelche Erklärungen, fast schon Entschuldigungen dafür. Ein großer Drache auf der Straße? Du wirst einen Autounfall oder so sehen, damit du nicht in diese möglicherweise gefährliche Situation gerätst. Du hast uns wahrscheinlich jeden Tag gesehen, ohne es zu merken. Aber letztendlich wird es zu viel – so wie das, was dir heute widerfahren ist – und dein Hirn kann es nicht mehr einfach wegerklären. Der Schleier deiner Wahrnehmung fällt und du kannst alles sehen, so wie es wirklich ist. Für immer."

Dean setzte ein paar Büroklammern. „Ich erhöhe. Als ich zu Anfang den Maschinenraum im Keller gesehen habe, sah es wie etwas ziemlich Gefährliches aus. Fast schon wie etwas Radioaktives. Aber jetzt, wo ich den Blick habe, hat sich auch meine Erinnerung geändert. Ich erinnere mich daran, etwas gesehen zu haben, was wie eine riesige Schneeflocke mitten in der Luft schwebte und voller zuckender, elektrischer Blitze war. Du musst mir erklären, was das war. Sind alle hier sicher?"

Donna fielen fast die Karten aus der Hand. *Die Welt dieses Mannes steht Kopf und er versucht immer noch alle zu beschützen.* Donna fuhr mit ihrer Hand über den Tisch und legte sie auf Deans. „Ja, alle sind in Sicherheit. Was du gesehen hast, ist etwas, was sich Magiekern nennt. Dieses Hotel läuft nur dank einer großen Menge Magie. Und dieser Kern verhindert, dass das Hotel einfach schmilzt. Selbst unser Sicherheits- und Feueralarmsystem läuft mit Magie. Ein allumfassendes und ständig überwachendes Netzwerk. Der Magiekern stützt den ursprünglichen Zauberspruch."

„Es ist also eine große, verzauberte Schneeflocke, die bei Bedarf Magie abgibt?" Dean seufzte und rieb sich die Stirn. „Ja, das klingt ja wirklich super sicher."

„Wenn es dir damit irgendwie besser geht: es *sieht* nur wie eine Schneeflocke aus."

„Was ist es dann in Wirklichkeit?", fragte er.

„Woher soll ich das wissen? Ich bin eine Bärenwandlerin und keine Hexe. Und ich bin nicht mehr an der Reihe Fragen zu beantworten." Donna warf ein paar Büroklammern in die Mitte. „Ich gehe mit. Aufdecken." Sie warf ihre Karte offen vor sich auf den Tisch und ein Full House lächelte sie an.

„Scheiße." Dean zeigte sein Blatt – ein Paar Dreien – und verzog das Gesicht.

Donna kicherte, während sie den Haufen Büroklammern zu sich schob. „Du verlierst die Runde und damit auch eines deiner Kleidungsstücke."

Dean blickte sie für einen kurzen Moment lang an, beugte sich dann vor, zog einen Schuh aus und warf ihn in die Ecke des Büros.

„Spielverderber." Donna nahm seinen breiten Brustkorb in Augenschein.

Dean zwinkerte ihr zu. „Was? Das Spiel hat doch gerade erst angefangen. Da lasse ich doch nicht direkt die Hüllen fallen."

„Haha, da hast du recht." Sie gab Karten für die nächste

Runde und legte ihren Einsatz. „Ich bin an der Reihe mit Fragen. Das gefällt mir. Das ist wie Wahrheit oder Pflicht. Also, Wahrheit: Warum wurdest du in die Abteilung für Inspektionen versetzt? Offensichtlich hast du sonst immer an vorderster Front gearbeitet."

Dean zuckte zusammen und legte seinen Einsatz. „Ich hatte vor über einem Jahr einen Unfall. Ich mag nicht darüber sprechen."

Sie zeigte auf die Karten. „Das sind aber nicht die Spielregeln. Ich habe deine Fragen beantwortet – zwei sogar."

Er sah weg. Für einen Moment lang war sein Gesicht so voller Schmerz, dass Donna ihre Tränen zurückhalten musste. „Lass uns einfach sagen, dass sture, gebrochene Feuerwehrmänner niemandem eine große Hilfe sind."

Donna räusperte sich. „Das glaube ich dir nicht. Aber das ist wohl deine Version der Wahrheit." Sie seufzte und zwang sich wieder verspielt zu klingen. „Zeit deine Karten aufzudecken." Wie sie erwartet hatte, verlor er erneut. Sie zwinkerte ihm zu. „Das nächste Kleidungsstück, bitte."

Er zog langsam, wie bei einem Striptease, sein Hemd aus und sie bekam einen ganz trockenen Mund. Er war vielleicht seit einiger Zeit kein aktiver Feuerwehrmann mehr, aber er war immer noch *stahlhart* durchtrainiert. Sie befeuchtete ihre Lippen.

„Vorsichtig, du verlierst dein Pokerface", lächelte er und sie merkte, wie sie rot anlief. In seiner Kleidung war Dean heiß. Aber oben ohne war er ein Kunstwerk.

Schnell gab sie wieder eine neue Runde Karten. Sie war froh, dass ihre Hände nicht nachgaben, denn alles, was sie in diesem Moment tun wollten, war, seinen nackten Oberkörper anzufassen.

„Warum arbeitet eine reiche Erbin in einem – zugegebenermaßen beeindruckendem und anscheinend auch magischem – Hotel? Solltest du nicht mit Privatjets auf private Inseln fliegen und Schirmchendrinks schlürfen?"

Donna ersetzte die Karten, die beide aussortiert hatten. „Ich glaube, ich fand es einfach schon immer merkwürdig, dass ich in einer reichen Familie aufgewachsen bin. Es ist ja nicht so, dass ich irgendetwas dafür *gemacht* hätte, um es mir zu verdienen. Und die irren Mengen Geld der Familie sind einzig und allein der Verdienst meiner Schwester Cleo und nicht meiner."

„Ich denke, es ist in etwa dasselbe wie bei mir. Ich konnte auch nichts dafür, dass ich so unglaublich gutaussehend *geboren* wurde." Dean gab vor ernst in seine Karten zu schauen und warf weitere Büroklammern in den Pott. „Ich erhöhe."

„Oh ja, genau so ist es." Donna lachte und schmiss ihre Klammern hinterher. „Meine ganze Familie will, dass ich einen reichen Mann heirate und mich in seiner Villa einschließen lasse."

„Das ist aber nicht sehr nett." Deans Augen blitzten auf. „Du bist eine tolle Frau. Ändere dich für keinen dieser Idioten."

Donna merkte, dass sie wieder rot anlief. Sie war sich nicht mehr sicher, wer hier wen verführte. „Es ist an der Zeit, ähm... deine Karten aufzudecken."

Wie Donna erwartete, gewann sie wieder. *Manche Dinge verlernt man eben nie.* Das Lesen der Körpersprache von Menschen war schon immer einer ihrer großen Stärken gewesen. Aber es brachte natürlich nicht so viel Geld nach Hause, wie Cleo.

Donna leckte sich die Lippen, während Dean auch seinen anderen Schuh auszog. *All die Jahre, in denen ich Poker gespielt habe, um an Geld für meine Studiengebühren zu kommen, scheinen sich endlich richtig bezahlt zu machen.* Sie grinste verschmitzt.

Erst als Dean die siebte Runde in Folge verlor, bemerkte er, wie tief er schon im Schlamassel steckte. Er konnte nur zurückschlagen, indem er ihre Konzentration störte. Er streckte sich oft oder beugte sich vor, um eine Karte vom Boden aufzuheben und ihr so einen Blick auf seinen großartigen Hintern zu gewähren. Als Dean nur noch seine Boxershorts mit Feuerwehrauto-Muster anhatte, war Donna zwar immer noch so gut wie komplett angezogen, aber in wenigen Runden würde sie lüsterm auf seinen Schoß kriechen.

Dean warf seine Karten in einem Durcheinander auf den Tisch. „Ich passe. Also, du hast mir alles über Märchen, Hexen, Magietheorie, verfluchte Wikinger und andere Dinge, die ich nicht mehr zusammenkriege, erzählt. Und ich verstehe auch, warum ich das alles anfangs nicht sehen konnte. Aber warum haltet ihr euch denn alle so versteckt?" Er mischte die Karten. „Ich verstehe ja, dass Menschen generell nicht sehr gut mit neuen und unbekannten Dingen umgehen können. Aber ihr könnt ja wohl kaum *Angst* vor ihnen haben; dazu seid ihr zu mächtig."

„Wer sagt, dass wir uns verstecken?" Donnas Stimme klang hart. „Die Menschen werden uns erst sehen, wenn sie wirklich bereit für uns sind. Hast du jemals etwas über die unglaublichen Kreaturen gelesen, die in den Tiefen der Meere leben? Wir sind ein wenig so wie sie: Unglaublich und unbegreiflich, aber sehr schwierig zu erkennen." Sie erhob sich halb von ihrem Stuhl. „Wir verstecken uns nicht. Die Menschen schauen einfach nicht richtig hin!"

Dean starrte sie an. „Das war..."

Donna geriet unmittelbar in Verlegenheit. Cleo sagte immer, dass Donnas Temperament immer so kurzweilig war wie das erste Mal einer Jungfrau. Sie starrte auf ihre eigenen Füße und wartete bis die Wut etwas verflogen war. „Das klang aggressiver als es eigentlich sollte. Das Thema reizt mich einfach zu..."

„Das war so sexy." Dean schritt um den Tisch; ein Geruch der Erregung umgab ihn. Der Geruch war unglaublich. Donna merkte, wie sie sich ihm entgegenlehnte; seine Hände fanden ihre Taille und er zog sie an sich. Sie hielt die Luft an. Jede Zelle ihres Körpers verlangte nach ihm. Ihre Lippen waren nur wenige Zentimeter voneinander entfernt.

Deans Handy klingelte mit einem jazzigen Lied. Er wich von ihr zurück.

Scheiße, fluchte Donna.

Er schüttelte den Kopf und rieb sich die Augen, ganz so, als würde er aus einer Art Trance erwachen.

„Scheiße, das habe ich komplett vergessen." Dean hielt das Handy hoch. „Es ist die Kavallerie."

BRODYS NAME auf dem Display schien ihn bereits zu verurteilen. Dean wagte es nicht Donna anzusehen, nachdem, was gerade passiert war.

„Ja, Sir?", sagte Dean ins Telefon. Er hoffte, dass man nicht durch das Handy hören konnte, wie durcheinander er gerade war. *Warum? Warum habe ich nur meinen alten Chef angerufen?*

„Du hast gesagt, du habest ein Problem, mein Junge." Chief Brodys schroffe Stimme klang durch den Hörer noch rauer, als sie eh schon war.

Dean schnappte sich seine Hose und sprang so hektisch hinein, dass er sie fast falsch herum anzog. „Nein. Das ist nicht mehr notwendig, Sir. Ich habe alles im Griff. Sie brauchen nicht hierher zu kommen." Er warf einen Blick zu Donna, die schon dabei war die Klamotten einzusammeln und ein paar Ordner auf dem Tisch zu verteilen, um das Pokerspiel zu verstecken. Dean versuchte sich daran zu erinnern, was er Brody bereits erzählt hatte. Er hatte sich genug Sorgen gemacht nicht allzu verrückt zu klingen und war deswegen am Telefon nicht zu sehr ins Detail gegangen. Aber was hatte er gesagt? „Ich habe alles unter Kontrolle."

„Wenn einer meiner Männer so etwas sagt, ist es meiner Erfahrung nach der richtige Zeitpunkt, um Verstärkung zu schicken. Deswegen bin ich bereits hier."

„Was?" Dean zog die Tür zu Donnas Büro auf und erstarrte.

Chief Brody stand mitten auf dem Flur, das Telefon noch an sein Ohr gepresst. Er sah immer noch genauso aus, wie vor einigen Jahren, als er in den Ruhestand ging: Die gleichen starken Schultern, die gleiche kleine Wampe über seinem Gürtel und dieselben Falten auf seiner Stirn. Er wirkte ein wenig müder, als ihn Dean in Erinnerung hatte, aber er hatte immer noch die gleiche Erhabenheit.

Oh Scheiße. Oh Scheiße. Oh Scheiße. Dean spürte, wie ihm Schweiß den Rücken herunterlief.

„Chief", sagte Dean.

„Michaelson. Es ist eine Weile her, mein Junge." Brodys Augen scannten Dean von oben bis unten und nur das leichte Zucken seiner Augenbraue verriet, dass er Deans zerzauste Klamotten überhaupt registrierte. „Du hast mir gesagt, es gebe ein Problem. Hat das Problem dir dein Hemd geklaut?"

„Nein, äh, nein", stammelte Dean. „Es gab ein Feuer..."

„Ein Feuer hat dir deine Klamotten verbrannt? Du solltest es besser wissen. Lüg mich nicht an, Junge", sagte Brody. „Was ist hier wirklich los?"

„Ähm..." Dean wusste, dass er Brody unmöglich den Maschinenraum zeigen konnte. Keinen der beiden. Bei dem echten würde er sofort alle Geheimdienste mit drei Buchstaben anrufen und der falsche Maschinenraum würde ihn keine Sekunde täuschen können. „Es hat ein Feuer gegeben. Wir wissen immer noch nicht, wo der genaue Ausgangspunkt war. Ich brauchte eine zweite Meinung."

Brody gab ein kurzes, ungläubiges Grunzen von sich und hakte seine beiden Daumen in die Gürtelschlaufen seiner Hose. „Und warum rufst du dann nicht die Jungs in deinem Büro an? Wenn es sich hier um Brandstiftung handelt, dann solltest du es besser wissen, als einen alten Hasen im Ruhestand anzurufen."

„Sie sind ja wohl kaum ein *alter* Hase", sprang Donna ein.

„Es ist eine lange Geschichte", sagte Dean. „Lassen Sie mich kurz meine Schuhe anziehen, dann zeige ich Ihnen die Stelle."

Brody widmete ihm wieder einen langen, abschätzenden Blick. „Alles klar, Junge. Mach das."

Dean verschwand wieder im Büro und fing an, sich den Rest der Klamotten anzuziehen. Sein Schuh war so weit unter das Sofa gerutscht, dass es ihn einen peinlich langen Moment kostete an ihn heranzukommen.

Dean versuchte sich so professionell, wie unter diesen Umständen überhaupt möglich, zu geben, als er aus dem Büro hinaustrat. Dort warteten Brody und Donna schon lachend auf dem Flur.

„Sie wollen mir doch wohl nicht weismachen, dass er wirklich den Baum hochgeklettert ist, oder?" lachte Donna. Sie strahlte über das ganze Gesicht und Dean stand einfach nur da und sah sie an.

Brody lachte nicht wirklich, aber seine Augen tanzten.

„Aber hallo. Das Frettchen wollte nicht herunterkommen und wir konnten ihn einfach nicht davon abhalten da hochzuklettern, um den kleinen Nager wieder runterzuholen. Nicht mal einen Rat hat er mehr angenommen. Ich habe versucht ihm klarzumachen, dass das Tier bessere Klauen hat als er, aber Dean war unbelehrbar."

Oh Scheiße, nicht die Geschichte schon wieder. Dean seufzte. *Wenigstens erzählt er ihr nicht von dem Unfall.*

Dean trat zu ihnen vor. „Wenn du das Gesicht des kleinen Mädchens gesehen hättest, dann wärst du auch sofort den Baum hochgeklettert."

„Und was hat sie für ein Gesicht gemacht, als das Frettchen dich gebissen hat und du in den Stechpalmenbusch gefallen bist?" Donna grinste über beide Ohren.

Großartig, er hat die Geschichte schon zu Ende erzählt. Perfekt. „Sie sah sehr glücklich aus", sagte Dean und lächelte durch die zusammengebissenen Zähne. „Ich habe das Frettchen während des Sturzes in den Händen behalten und habe es ihr zurückgebracht. Ich war der einzige, der einen Kratzer abbekommen hat. Und das miese, kleine Biest lebt heute noch."

Brody schnaubte. „Ich hab mich nur ein wenig mit deiner Freundin hier unterhalten. Sieht ganz so aus, als hättest du sie den ganzen Tag auf Trab gehalten." Dean konnte nicht sagen, ob der alte Mann beeindruckt war oder ihm eine Rüge erteilte.

„Ja, so ungefähr. Gehen wir und schauen uns die Stelle an, wo das Feuer war." Dean griff Brody am Ellbogen und führte ihn den Flur entlang. Donna holte schnell auf und ging auf Deans anderer Seite. Dann ging sie auf die Zehenspitzen, um ihm etwas ins Ohr zu flüstern.

„Beschäftige ihn für die nächste Stunde. Ich werde mich darum kümmern, dass er danach hier nicht weiter herumschnüffeln kann." Ihre Lippen streiften seine Wange, während sie sprach. Der leichte Hauch eines Kusses ließ Dean das Blut in den Kopf schießen.

Er nickte ihr zu, so dass Brody es nicht sah. Sie ging schnell in die andere Richtung des Flurs und verschwand die Treppe nach unten.

„Jetzt lass uns mal dein Problem ansehen", sagte Brody.

„Alles klar, Chief."

DAS ZIMMER SAH NOCH SCHLIMMER aus, als er es in Erinnerung hatte. Als er mit dem Feuer kämpfte, war er so abgelenkt gewesen, dass er das Ausmaß der Zerstörung gar nicht wirklich gesehen hatte. Die Bäume am hinteren Ende des Zimmers waren fast schon zu Kohle verbrannt. Dass sie überhaupt noch standen, konnte er sich nur damit erklären, dass irgendeine Art Magie dahinterstecken musste. Das Wolkengemälde an der Decke war mit Ruß bedeckt und sah so aus, als wäre das Zimmer unter einem Vulkan angelegt.

Brody sah ihn schief an. „*Das* ist es, wofür du das erste Mal in deinem Leben um Hilfe bittest?" Er kniete nieder, um ein wenig der Asche auf dem Boden zu untersuchen. „Ich hätte wetten können, dass du mich erst anrufen würdest, wenn du einen Kernreaktor findest."

Dean lachte, aber er hörte selbst, wie dämlich er klang. „Natürlich nicht. Ha. Ha. Sie waren mein Mentor. Sie haben mir gezeigt, wie man ein Feuer liest. Natürlich sind Sie die erste Person, die ich frage, wenn es um ein kompliziertes Feuer geht." Er deutet in das Zimmer. Wenn er nicht wüsste, dass dieses Hotel mit Magie lief, dann hätte er geschätzt, dass das Feuer gleich drei Brandherde in etwa auf Augenhöhe hatte. So etwas passierte nur bei Brandstiftung. Nachdem er sie gerettet hatte, hatte er keine Gelegenheit gehabt mit Moe oder seiner Elfenfreundin zu reden, aber keiner der beiden wirkte wie ein Brandstifter. Vor allem auch nicht, weil Moe durch das Feuer so außer Gefecht gesetzt worden war.

Brody schritt langsam durch das Zimmer, sah sich die umgekippten Becher auf dem Tisch, sowie die drei Brandherde an. Er machte ein Geräusch, das so klang wie eine Mischung aus Schnaufen und Seufzen. Dann zog er sein Telefon hervor.

Dean sprang zu ihm. „Chief!", rief Dean und griff die Hand des etwas in die Jahre Gekommenen. *Er darf jetzt nicht noch mehr Leute herbestellen!* „Ich muss mit Ihnen über etwas reden!"

Brody sah ihn, dann sein Handy und dann wieder ihn an. „Ja, mein Junge?"

Scheiße. Dean hatte keine Ahnung, was er ihn fragen sollte.

„Ich mag diese Frau." Dean wollte sich am liebsten vor die Stirn schlagen.

Brody nickte heftig. „Ja, also Junge. Ich weiß nicht, ob ich wirklich der Richtige bin, um dir da einen Rat zu geben. Ich bin überzeugter Junggeselle."

Dean spürte, wie sich Schweiß in seinem Nacken bildete. Brody hatte noch immer das Telefon in seiner Hand, bereit die richtigen Personen anzurufen, die den magischen Generator finden und dieses Hotel als Terroristen-Unterschlupf schließen würden.

Halt ihn einfach weiter auf.

„Also, dieses Mädchen ist wirklich etwas Besonderes. Sie kommt aus einem ganz anderen Umfeld als ich." Als er einmal angefangen hatte, kamen die Worte plötzlich wie von allein aus seinem Mund. „Sie kommt aus einer sehr reichen Familie, aber sie ist trotzdem sehr bescheiden. Sie ist hübsch, aber sie scheint sich dessen nicht bewusst zu sein. Und sie ist so schlau und clever, aber keiner gibt ihr die Anerkennung dafür. Ich weiß ja nicht, was sie in mir sieht, aber ich weiß, dass meine normale Masche bei ihr einfach nicht funktioniert."

Brody sah ihn einen Augenblick an und hob die Augenbraue. „Du hast eine Masche?"

„Also, ja, ich meine. Ich sage sonst immer so etwas nach dem Motto ‚Hi, ich bin Dean Michaelson. Ich bin ein Feuerwehrmann' und ich kann mir die Mädchen aussuchen, mit denen ich nach Hause gehe."

„Und?"

„Ich bin kein Feuerwehrmann mehr! Ich bin ein Niemand!" Dean war überrascht wie laut ihm diese Worte über die Lippen kamen und sie klangen so *echt*, dass er sie am liebsten wieder zurücknehmen wollte. Aber es war zu spät.

Brody sah ergriffen aus. Er steckte das Handy wieder ein und klopfte Dean auf die Schulter.

„Dean, Dean, Dean. Ein Bandscheibenvorfall hält dich doch nicht davon ab, ein Feuerwehrmann zu sein. Zumindest nicht in seinen Grundsätzen. Du dienst und beschützt immer noch. Du hast mich doch hergerufen, um dir bei der Sache mit dem Feuer zu helfen, oder?" Er klopfte Dean wieder auf die Schulter und klang aufmunternd: „Also lass uns den Brand einmal genauer unter die Lupe nehmen. Zeig mir alles, was du bisher herausgefunden hast. Wir unterhalten uns mal darüber."

Dean unterdrückte das peinliche Gefühl, was er seit seinem Aufschrei verspürte. Er hatte schon genug Aufsehen erweckt, um Brody davon abzuhalten Verstärkung zu rufen. Aber Dean wusste nicht, wie beschissen er sich wegen seines Unfalls eigentlich fühlte, bis er es hinausgeschrien hatte.

Brody ging mit ihm durch das Zimmer und fragte ihn über mögliche Ursachen und Auslöser aus. Könnte es eine Kerze gewesen sein? Warum nicht? Welche chemischen Stoffe könnten die drei Punkte plötzlich zum Brennen gebracht haben? Er schob Deans Kopf nahe eines der Brandursprünge, holte ein Vergrößerungsglas aus seiner Tasche hervor und sagte Dean er solle ihm zeigen, wo das Feuer ausgebrochen sein könnte. Der alte Mann fragte Dean immer weiter und stellte so schwierige Fragen, bis Dean vergaß, dass er Brody doch eigentlich nur ablenken wollte.

„Sieht so aus, als hättest du die Erklärung schon selbst gefunden", sagte Brody schließlich. Er sah Dean von oben bis unten an. „Du erinnerst dich an mehr, als du selbst denkst, Junge."

„Das ist wahr...", fing Dean an.

„Und du fühlst dich in der Lage diese Untersuchung abzuschließen?"

„Ich denke schon..."

Brody holte das Telefon aus seiner Tasche. „In dem Fall werde ich den Vorfall noch eben melden..."

„Warten Sie!", kam Donnas Stimme aus dem Flur.

Brody und Dean drehten sich herum, wobei Letzterer hörte, wie sein Mentor plötzlich die Luft anhielt. Neben Donna war ein hübscher älterer Herr, der, wie Dean fand, aussah wie eine Kreuzung von Denzel Washington und Sidney Poitier. Er hatte dickes, silbernes Haar und einen perfekt maßgeschneiderten Anzug, der seinen Körper betonte und die Erhabenheit seiner Bewegungen unterstrich.

Dean warf einen Blick auf Brody. Er wusste nicht viel über Brodys persönliches Leben außer dass sein Lebensgefährte nach über dreißig Jahren an Krebs verstorben war. Kurz danach kündigte er seinen Job und ging nur vor die Tür, wenn Dean oder ein paar Freunde ihn dazu drängten. Aber so, wie er seinen Blick nicht von dem Mann neben Donna wenden konnte, dachte Dean, dass Brody bereit sein könnte seine Trauer hinter sich zu lassen.

Donna kam herüber. Sie berührte Brody an der Schulter, während sich ihr anderer Arm um seinen Rücken, wie eine einarmige Umarmung, schlängelte.

„Chief Brody, lassen Sie mich Ihnen Max Tigris vorstellen. Er ist ein Freund von Lola, der Barkeeperin. Sie dachte, dass Sie zwei sich gut verstehen würden." Donna sah zwischen den beiden Männern, die nicht aufhören konnten sich anzustarren, hin und her. Sie lächelte, trat zurück und winkte Max näher. „Also...ähm...Max, warum führst du Herrn Brody nicht einfach im Hotel herum. Die Sauna war leer, als ich das letzte Mal dort war, und ich habe Cherri, unserer Masseurin, gesagt, dass sie euch mit allem, was ihr braucht, versorgen soll."

Max hielt seine Hand hin. Seine Stimme klang wie das dunkle Grummeln eines Flusses. „Auf geht's. Ich bin davon überzeugt, dass dir der Kurzurlaub hier gefallen wird."

Brody ging wie hypnotisiert auf ihn zu. „Ja, da bin ich mir sicher."

„Keine Sorge, Chief, ich kümmre mich um die Anrufe!", rief Dean ihm hinterher.

Max und Brody verließen Hand in Hand das Zimmer. Dean sah ihnen nach und wurde ein wenig sentimental. „Max wird doch nicht Brodys Herz brechen, oder? Ich dachte, du wolltest nur jemanden holen, um ihn für ein paar Stunden abzulenken. Aber das sieht mir nach ein wenig mehr aus."

Donna lächelte. „Ich habe Lola um Rat gefragt. Sie ist

eine Art Verkupplerin, macht aber keine halben Sachen."
Donna sah den zwei Männern nach, bis sie um die Ecke
bogen. „Ich würde mir um die beiden keine Sorgen machen.
Max ist ein Tigerwandler, was bedeutet, dass er super im
Bett ist. Außerdem ist er auf der Suche nach einer ernsten
Beziehung, nachdem sein Ex-Freund letztes Jahr gestorben
ist. Ich glaube, die beiden haben gefunden, wonach sie
suchen." Während sie das sagte, sah sie zu ihm auf. Dean
spürte, wie der Herzschlag in seiner Brust einmal aussetzte.
Er war sich nicht mehr sicher, ob sie noch über Max und
Brody sprach.

„Ähm, okay, aber habt ihr Max auch eingeweiht, dass er
sicherstellen soll, dass Brody keinen Anruf machen darf?
Selbst, wenn er weiß, dass ich den Anruf machen will, überprüft dieser Kerl es lieber selbst."

Donna zog Brodys Telefon aus ihrer Tasche. „Ich hab es
ihm abgenommen, als er Max beäugt hat. Er wird
niemanden anrufen und in der Sauna wird er nicht einmal
merken, dass er gar kein Telefon mehr hat."

„Du bist unglaublich, weißt du das?", grinste Dean. „Er
wird es allerdings trotzdem bald herausfinden und dann
wirst du in Schwierigkeiten stecken. Nicht umsonst hatten
alle in meiner alten Feuerwehr ziemliche Angst vor ihm."

„Wir müssen ihn nur so lange ablenken, bis wir einen
Weg gefunden haben ihm glaubhaft zu machen, dass du
wirklich angerufen hast. Was müssten wir machen, damit er
es glaubt?"

„Wahrscheinlich ein weiterer Anruf mit meinem
momentanen Chef, der ihm bestätigt, dass alles unter
Kontrolle ist." Dean streichelte sich in Gedanken sein Kinn.
„Jetzt, wo wir sein Handy haben, könnten wir einen Anruf
auf seiner Mailbox vortäuschen und sagen, dass die Brandstifter gefasst wurden. Oder aber..."

Donna schüttelte den Kopf. „Wir müssen etwas Besseres finden als das. Das ist zu leicht zu durchschauen."

„Ich hasse es, ihn anzulügen", sagte Dean. „Er war mein Mentor für so lange Zeit. Wenn nur..."

Donna legte ihre Finger auf seine Lippen. „Wir brauchen aber jetzt nicht sofort eine Lösung." Sie lächelte ihn an. „Wir hatten beide einen anstrengenden Tag. Brody wird heute Nacht nirgendwohin gehen und schon gar nicht ohne sein Telefon oder Max. Wir haben genug Zeit uns etwas zu überlegen." Ihre Finger pressten eine weitere Sekunde auf seinen Lippen, bevor sie zu seinem Kinn fuhren und dann seinen Nacken streichelten. Dean spürte ein Prickeln auf seiner Haut, das dem Weg ihrer Finger folgte. „Ich glaube wir haben die ganze Nacht Zeit."

Sie lehnte sich zu ihm vor. Seine Lippen schienen sich von ganz alleine auf ihre zu legen. Sie fühlten sich warm und weich an und er hätte so für immer verharren können. Es schien, als würde die ganze Welt mit einem Zungenschlag weggewischt. Als sie sich zurücklehnte, blinzelte er und der Flur trat wieder in seinen Fokus.

„Wir sollten uns einen Ort suchen, wo wir uns Gedanken darüber machen können, wie wir es machen", sagte Dean. „Ähm, um Brody davon abzuhalten den Maschinenraum zu finden."

„Jawohl", stimmte Donna zu. „Einen Ort, wo wir ungestört sind."

Deans Finger umrandeten ihr Gesicht. Ihre Augen waren so einfühlsam und schön. Sie waren so wunderschön blau, wie die vereisten Wände des Hotels. „Ungestört hört sich gut an."

Sie führte ihn durch den Irrgarten an Fluren, bis sie bei dem Zimmer angelangt waren, das sie ihm heute Morgen reserviert hatte. Es fühlte sich an, als wäre es schon eine

Ewigkeit her, seit sie ihm das Stück Plastik in die Hand gelegt hatte. Seitdem hatte sich seine ganze Welt verändert.

„Du siehst ein wenig enttäuscht aus", sagte Donna.

Dean lachte. „Ich glaube, ich habe einfach gehofft, dass ich mit meinem neuen Blick etwas mehr sehe, als nur eine Schlüsselkarte – ich weiß auch nicht – einfach irgendwie etwas Besonderes."

„Würdest du dich besser fühlen, wenn ich dir sage, dass unsere Türschlösser auf dem gleichen System basieren, wie die von Avalon?"

„Ist das so?"

Sie lachte. „Nein, natürlich nicht. Wäre aber toll, wenn es wirklich so wäre."

Sie öffnete die Tür und Dean entfuhr ein leises „Wow." Donna musste wegen der Inspektion wohl *wirklich* sehr besorgt gewesen sein, denn das Zimmer, was sie ihm reserviert hatte, war wahrscheinlich das teuerste des ganzen Hotels. Der Eingang führte in ein komplettes Wohn- und Esszimmer mit aufwendig geschnitzten Möbeln. Riesige Fenster, die von der Decke bis an den Boden reichten, boten eine unglaubliche Sicht auf den Wondernasium-Freizeitpark auf der anderen Straßenseite. Es war bereits dunkel und der Park leuchte wie ein Märchenland voller glitzernder Glühwürmchen. Das Riesenrad dominierte den Horizont mit seinen roten und grünen Lichtern.

„Weißt du, ich war noch nie ein großer Fan von Weihnachten, aber dieser Anblick ändert das gerade", sagte Dean.

„Wie kann man denn bitte Weihnachten nicht mögen?" sagte Donna. Sie kletterte auf das riesige, gefrorene Bett und kuschelte sich in das Fell ein. „Es ist die magischste Zeit des Jahres."

„Die mit den meisten Unfällen meinst du wohl." Dean

trat zu ihr ans Bett. „Weihnachten, Erntedankfest und Neujahr: Die Jahreszeit der Hausbrände. Jede Menge betrunkener Verwandte, die mit Öfen spielen, von denen sie keine Ahnung haben, oder zu viele Lichterketten in überlastete Steckdosen stecken. Und lass mich erst gar nicht von denen anfangen, die noch echte Kerzen an ihrem Tannenbaum haben." Er legte sich neben sie auf das Bett und sie kuschelte sich an ihn, so dass er ihre Kurven an seiner Seite spürte. Ihr berauschender Geruch hüllte ihn ein und Dean stieß einen glücklichen Seufzer aus.

Sie stieß im leicht den Ellbogen in die Rippen. „Oh, komm schon. Du legst mich nicht rein. Was ist dein wahres Problem mit Weihnachten? Ist es dir zu materiell?"

Er fing an verlegen zu lachen, aber ihr mitfühlendes Lächeln überraschte ihn. Für einen Moment blieb er still.

„Ich weiß doch, dass da was ist", sagte sie. „Du musst es mir nicht erzählen, aber ich habe immer ein offenes Ohr für dich." Sie berührte ihn leicht am Arm. Es war ihre weiche Berührung, die seinen Widerstand letztendlich brach.

„Es war der Unfall, der mich den Job kostete...", sagte Dean langsam, als würde jemand die Worte wie ein Kaugummi langsam aus seinem Mund ziehen. „Es passierte letztes Jahr an Weihnachten." Es fühlte sich ermutigend an, wie sie neben ihm die Luft anhielt, und die Worte sprudelten plötzlich aus ihm heraus. „Der Ex-Mann einer Frau hatte sich betrunken und vor Eifersucht einen der Bäume im Vorgarten in Brand gesteckt. Ich glaube, er wollte ihr einfach nur einen Schrecken einjagen, denn als einer der Äste das Dach in Brand steckte, geriet er in Panik und wählte sofort 112. Die Familie schaffte es noch rechtzeitig raus. Aber der Hund – eine kleiner, völlig ausgeflippter Welpe – war immer noch auf der zweiten Etage gefangen."

„Und du bist rein, um den kleinen Hund zu retten?", fragte sie.

„Ich weiß." Er zwang sich zu lachen. „Es hört sich an wie ein Spruch, mit dem ich versuche die Mädchen rumzukriegen oder? Retter der Hündchen. Retter der Frettchen. Sie schickten mich immer, wenn es Katzen hoch in den Bäumen zu retten gab. Die Jungs auf der Feuerwache machten immer Witze darüber, dass ich der Held der Haustiere war."

Einer ihrer Finger fuhr seine Brust entlang. „Es gibt schlimmere Spitznamen." Sie senkte den Blick für einen Moment. Er nahm ihr Kinn in die Hand.

„Was ist los?"

„Es ist nichts. Es tut mir wirklich leid, dass du wegen deines Unfalls Weihnachten so hasst. Eigentlich solltest du eher die verrückten, eifersüchtigen Ex-Freunde und ihr Verhalten hassen und nicht die Festtage, während welcher diese Zwischenfälle passieren."

Er wusste, dass sie recht hatte, aber das interessierte ihn gerade weniger, als der unglückliche Blick, der kurz über ihr Gesicht gehuscht war. „Nein. Es ist etwas wegen der Spitznamen. Ich hab's gesehen. Du sahst so traurig aus."

Sie lächelte ihn an. „Wer ist jetzt der Einfühlsame?" Sie sah wieder weg. „Es ist wirklich nichts. Ich habe nur meine Gedanken wandern lassen. Es ist nichts gegen das, was du durchmachen musstest: Den Job zu verlieren, den du liebst, obwohl du das Richtige getan hast."

Er nahm ihr Gesicht in beide Hände und küsste sie sanft. Der Kuss fühlte sich richtig an. Einer dieser gefühlvollen, sensiblen Küsse, die er sich immer vorgestellt hatte jemandem zu geben, den er wirklich schätzte. „Muss ich erst ein Stapel Karten auspacken, damit du es mir erzählst?", lächelte er.

Sie presste die Lippen aufeinander und es sah aus, als versuchte sie sein Lächeln zu erwidern, schaffte es aber nicht wirklich. „Es ist so dämlich. Ich hatte nie einen Spitznamen."

„Glaub mir, die sind wirklich überbewertet."

Sie schüttelte den Kopf. „Ein Spitzname bedeutet, dass du jemandem wichtig genug bist, dass er dir einen besonderen Namen gibt. Es bedeutet, dass man etwas hat, was einen von den anderen unterscheidet und was mehr bedarf, als den Namen, der einem gegeben wurde. Ein Spitzname bedeutet, dass sich jemand für dich als Person interessiert."

„Das ist nicht wofür Spitznamen..." begann Dean.

„Meine Schwester hatte vier." Sie blickte ihm in die Augen und er sah, wie sie mit den Tränen kämpfte. Er legte seine Arme um sie, zog sie an seine Brust und wollte irgendwie ihren Schmerz lindern. „Unsere Eltern nannten sie „Streitaxt", ihre Freunde nannten sie „Kaiserin", die Leute aus der Nachbarschaft riefen sie „Bärenkönigin" und unsere Mutter nannte sie „Cleo-Spätzchen". Ich war immer nur „Donna". Einfach nur langweilige, unbedeutende Donna."

„Aber du bist der Wahnsinn! Du hattest die Idee die Hydra zu holen, um das Feuer zu ersticken. Du hast einen Weg gefunden, um Brody abzulenken. Du hättest wahrscheinlich sogar seine Depression heilen können. Du willst einen Spitznamen? Ich gebe dir einen Spitznamen. Frau..." Er suchte händeringend nach etwas Schlauem, gab dann aber auf und nannte sie einfach „Frau hübsches-gedanken-lesendes-Pokerface."

Sie deutete ein Lächeln an, aber wenigstens lächelte sie. „Wenn du es schaffst, dass man mich so nennt, dann kaufe ich dir ein Pony."

Er kam ein wenig näher. „Aber was, wenn ich gar kein

Pony haben will? Was kannst du mir sonst noch für eine Belohnung anbieten, Frau hübsches-gedankenlesendes-Pokerface?" Er streichelte ihre Seite und seine Finger spielten an ihrem Brustkorb.

Sie beugte sich zu ihm vor und legte ihren Zeigefinger an seine Brust. „Ich weiß nicht, Haustierheld. Vielleicht könnte ich dir ein nettes, kleines Frettchen besorgen."

„Ich könnte mir da etwas vorstellen, was ich viel lieber haben würde als ein Haustier..." Seine Finger folgten der Vorderseite ihrer Hose und über ihren Bauch. Dann schob er die Spitze seines Zeigefingers unter den Bund und streichelte ihre Hüfte. Sie kam ihm noch näher und ihre Finger taten es seinen gleich und fuhren seinen Gürtel entlang. Die Berührung ihrer Finger fühlten sich so gut an, dass er fast vergessen hätte hinzuzufügen: „...Frau hübsches-gedanken-lesendes-Pokerface."

Sie lächelte. „Vielleicht sollten wir den Rest des Abends nicht mehr so formell sein." Sie beugte sich vor und küsste ihn. „Und du kannst mich einfach nur Frau Poker nennen." Sie öffnete ihren Mund, seine Zunge glitt hinein und erfreute sich an ihrem Geschmack.

„Was ist mit Frau Hübsch?" Er zog sie fest zu sich heran und rollte sich gleichzeitig im Bett, so dass sie jetzt auf ihm war. Sie öffnete seinen Gürtel und hob ihr Gewicht, damit er sich die Hose ausziehen konnte. Ihre Hände ergriffen sofort seinen harten Schwanz und streichelten ihn durch den dünnen Stoff seiner mit Feuerwehrwagen gemusterten, Boxershorts. Er wandte sich unter ihr und versuchte noch mehr ihrer Wärme zu spüren.

„Hübsch hört sich so langweilig an." Sie zog seine Boxershorts weit genug herunter, so dass sein Schwanz heraussprang und sie seinen Umfang endlich zufrieden in Augenschein nehmen konnte. Sie legte ihre Finger um seinen Schaft, wobei sie ihn nur leicht berührte. „Ummmm, das ist gut." Sie befeuchtete ihre Lippen. Er langte nach ihr und wollte ihr dabei helfen, ihr Oberteil auszuziehen, aber sie schlug seine Hände sanft von sich. „Was ist mit Frau Gedankenlesend?"

Dann beugte sie sich vor und nahm ihn tief in den Mund. Er stöhnte. Sie fühlte sich einfach unglaublich an. Er spürte, wie ihr Gaumen sich um seine Eichel schmiegte und er konnte nicht anders, als seinem Instinkt zu folgen und tiefer in ihren Mund einzudringen. Ihre Zunge verwöhnte gleichzeitig seinen Schaft, während sie seinen Schwanz weiter ein- und ausschob. Mit ihren Händen massierte sie seinen Hoden, spielte mit seinen Eiern zwischen ihren Fingern.

„Verdammte Scheiße, fühlt sich das gut an", ächzte er. Mit den Fingern drückte sie den Schaft seines Schwanzes, während sie mit ihrer Zunge auf- und abfuhr. Die Eichel rieb an ihrem Gaumen und dann nahm sie ihn wieder ganz tief in den Mund. Er spürte sogar den Puls an ihrem Rachen, der seinen Schwanz ganz umschloss. Dann fing sie an zu summen und das Vibrieren stellte ihm die Nacken-haare auf.

„Oh wow. Das...das ist..." Sie lächelte mit seinem Schwanz in ihrem Mund, offensichtlich zufrieden mit seiner Reaktion und summte noch stärker. Er hob fast schon vom Bett ab. „Mach...damit weiter und ich werde...sofort in dir kommen."

Er versuchte ihn herauszuziehen, aber sie nahm seinen Hintern in ihre Hand und hielt ihn genau dort, wo er war. Ihr zufriedenes Schmatzen gab ihm den Rest und er kam heftig unter langem und lautem Stöhnen. Sie sah zu ihm auf, um ihm demonstrativ zu zeigen, wie sie es alles herun-terschluckte. Sie wischte sich einen Rest des Spermas aus ihrem Mundwinkel und er wusste, dass er sich in sie verliebt hatte.

„Frau Gedankenlesend", sagte er, „ich glaube, du musst dich jetzt ganz ausziehen. Sofort."

Sie knurrte, fing an, sich die Hose auszuziehen und sich das Hemd aufzuknöpfen. Sie warf es in eine Ecke und offenbarte ihre unglaublichen Brüste, die er schon den ganzen Tag angesehen hatte. Sie waren zu groß für seine Hände, aber trotzdem presste sie ihren Körper nach vorne, damit er sie noch fester in die Hand nehmen konnte. Mit seinem Daumen spielte er an ihren Brustwarzen. Er liebte, wie spitz sie für ihn wurden. Sie machte ein leicht knurrendes Geräusch und er lehnte sich vor, um ihre Brüste mit seiner Zunge zu verwöhnen. Seine Hände wollten überall gleichzeitig sein: sie streichelten die Innenseite ihrer Oberschenkel, ihren Arm und versuchten all ihre sensiblen Zonen des Körpers zu finden, um ihr dieses Knurren wieder zu entlocken.

Er griff ihre Oberschenkel und zog sie auf sich, dass sie mit gespreizten Beinen über seinem Gesicht war. Dann hielt er sie fest, während er über ihren Damm leckte, bis sie stöhnte.

„Ohh, wir sollten dich lieber Herr Gedankenlesend nennen", ächzte sie, während sie mit ihrer Hüfte auf seiner Zunge kreiste und ihn mit ihrem Saft einhüllte. Mit Zeige- und Mittelfinger umkreiste er ihre Öffnung. Ihr Stöhnen wurde etwas leiser. „Oh ja." Ihre Atmung wurde schneller. „Ich will dich in mir haben." Er fuhr mit seinen Fingern tief in sie hinein und rieb an ihrer Innenseite entlang. Dass sie so feucht war und sich ihm so hingab, machte ihn ganz verrückt. Sie reagierte auf alles, was er mit ihr machte. Die Art, wie sie voller Leidenschaft und ohne Scham ihren Kopf in den Nacken warf, ließ ihn fast ausflippen.

„Du bist so heiß", sagte er, während er ihren Kitzler leckte. „Gott, du bist so verdammt, unglaublich heiß." Er schob sich tiefer in sie hinein und spielte weiter mit seiner Zunge an ihrem Kitzler. Sein Daumen fuhr weiter über die Seiten ihres Damms, bis er hörte, wie sie die Luft anhielt.

„Genau da!", schrie sie, während er an der Stelle den Druck erhöhte und weiter mit seinem Zeigefinger kreiste und mit seiner Zunge noch intensiver leckte. Sie wandte sich und ritt ihn heftiger, wobei ihre Atmung immer schneller und ekstatischer wurde.

„Ja!", schrie sie, während sie kam und ihm ins Gesicht spritzte. Voller Wollust leckte er es auf. So stark und gut hatte er sich das ganze Jahr nicht mehr gefühlt. Sie glitt seinen Körper herunter, bis sein steifer Schwanz direkt unter ihrer Muschi war. Dann kreiste sie mit ihrer Hüfte über ihm, nur seine Eichel drang immer wieder in sie ein.

„Ich brauche dich in mir." Die Bewegungen ihrer Hüfte wurden schneller, während sie ihn langsam in sich aufnahm. „Ich brauche dich auf der Stelle!"

Er lehnte sich vor und legte sie auf ihren Rücken. Sein Schwanz war schon bereit und am Eingang ihrer Vagina. Sie schob ihre Hüfte zurecht, damit er besser an sie herankam und schaute ihn dann beeindruckt an.

„Frau Gedankenlesend, du brauchst niemanden." Er drang tief in sie ein, legte ihre Beine auf seine Schultern, damit er einen besseren Winkel hatte. Sie schrie voller Lust, wandte sich und presste ihre Hüfte feste gegen ihn, damit er noch tiefer in sie eindringen konnte. „Du-bist-per-fekt", sagte er und drang mit jeder Silbe fester und tiefer in sie ein.

„Oh Gott!"

Er spürte, wie sie ihrem zweiten Orgasmus näherkam. Dann stieß er fester zu und genoss den Anblick, wie ihre großen Brüste im Takt zu seinen harten Stößen tanzten. Sein unterer Rücken begann zu schmerzen, aber er ignorierte es und konzentrierte sich auf das Wahnsinnsgefühl in Donna zu sein und sie um seinen Schwanz zu haben. Ihre Atmung wurde so schnell, dass es fast schon so klang, als ob sie völlig außer sich sei.

„Dean! Dean! Ja, oh Gott!" Als sie erneut kam, spürte er, wie der Orgasmus durch ihren ganzen Körper zuckte, während sie schrie und stöhnte. Sie kommen zu sehen, war alles, was noch fehlte, damit auch er in sie abspritzte.

Er kam langsam wieder zu sich und er bemerkte, dass er immer noch auf ihr lag. Sie hielt ihn an sich, beugte sich vor und küsste seinen Nacken, bevor er sich herunterrollte und sie fest an sich zog.

„Ich meine wirklich, was ich gesagt habe, Frau Gedankenlesend", sprach er zärtlich in ihre Haare.

„Hmm?" Donna konnte kaum noch ihre Augen offenhalten und es erfüllte ihn ein bisschen mit Stolz, dass er sie so erschöpft hatte.

„Du bist perfekt."

Sie öffnete ein Auge, um ihn anzusehen. Er wusste, dass sie gerade seine Körpersprache und sein Gesichtsausdruck interpretierte bei dem Versuch irgendetwas zwischen den Zeilen lesen zu können. Er sah sie einfach nur an und dachte an all die Dinge, die er so an ihr schätzte und die ihm das Gefühl gaben, der Mann zu sein, der er wirklich sein wollte.

Sie lächelte. „Frohe Weihnachten, Dean." Sie schmiegte sich an ihn und schlief ein.

❧

DIE SONNE SCHIEN Donna ins Gesicht, aber sie wollte

einfach nicht aufwachen. Der Abend war so perfekt gewesen. Der Morgen bedeutete die Rückkehr in die Realität und sie war dafür noch nicht bereit.

„Hmm. Frohe Weihnachten, Frau Gedankenlesend." Dean rollte er sich herüber und zog Donna zu sich.

Vielleicht kann ich die Realität ja doch noch ein wenig hinauszögern.

Sein warmer Oberkörper an ihrem nackten Rücken fühlte sich unglaublich an. Sie spürte seine hart verdienten Muskeln mit jedem seiner Atemzüge an ihrem Rücken. Sie kuschelte sich noch näher an ihn und fand denselben Atemrhythmus. Seine Hände spielten mit ihren Brüsten, spielten mit ihren Brustwarzen und sie spürte, wie es zwischen ihren Beinen schon wieder schön warm wurde.

„Ich muss dieses Jahr aber echt brav gewesen sein, dass ich so ein wunderschönes Geschenk bekomme", kicherte Donna. „Ich habe so verdammt viel zu tun heute." *Meetings arrangieren, Gäste beschwichtigen, Brody ablenken.* Sie stöhnte auf. „Dein verdammter Körper bringt mich fast dazu meine Arbeit für heute zu vergessen."

„Ich bitte tausend Mal um Entschuldigung, gnädige Frau", sagte Dean mit einem verschmitzten Grinsen. Seine Finger spielten weiter mit ihren Brüsten und seine andere Hand fuhr nach unten zu ihrem Venushügel.

„Hmm, vielleicht können alle ja doch noch einfach ein *paar* Minuten warten."

Sie stöhnte und drehte ihre Hüfte so, dass seine Finger in sie hineinglitten. Zielsicher fanden seine Finger den sensiblen Punkt in ihr: „Oh verdammt, das fühlt sich so gut an."

„Hm-hm." Seine Stimme klang gedämpft, während er seinen Mund an ihren Hals presste und sie sanft biss, so dass sie sich wandte und ihre Beine weiter spreizte. Er legt sich auf sie und sein Schwanz drang in sie ein, als wäre er ein perfekt passender Schlüssel für ihr Schloss.

Sie hatte nicht gedacht, dass sie das unglaubliche Gefühl von letzter Nacht würden wiederholen können, aber sein harter, dicker Schwanz berührte sie einfach immer wieder genau an den richtigen Stellen. Sie stieß ihm mit ihrer Hüfte entgegen, so dass er bei jedem Eindringen auch ihren Kitzler traf und hörte erst auf, als der Orgasmus wie eine heftige Welle durch sie hindurch fuhr. Ein solches Gefühl hatte sie sich niemals träumen lassen.

„Wow, ich liebe es zu sehen, wie du kommst. Du bist wunderschön." Dean half ihr auf alle Viere, um sie von hinten nehmen zu können. Sie lehnte sich vor, um ihn noch tiefer in sich aufzunehmen und Dean stieß immer schneller zu. Sein lustvolles Stöhnen, erweckte erneute Erregung in ihr. Sie wusste, dass sie noch einmal kommen würde.

„Oh Gott, Baby, hör nicht auf damit", stöhnte sie.

Sein Schwanz fuhr erneut in sie hinein und machte jedes Mal ein rhythmisches, klatschendes Geräusch dabei.

„Ja, Ja! Ja!", schrie sie, als sie erneut kam und spürte sein warmes Sperma nur wenige Sekunden später in sich. Sie fiel nach vorne auf das Bett, umarmte dabei die Kissen und spürte, wie sich Entspannung in ihrem ganzen Körper breit-machte. Er küsste zärtlich ihren nackten Rücken zwischen den Schulterblättern und sie dachte, sie müsse gleich heulen vor Glück.

„Ich mache uns eine Runde Kaffee", sagte er.

Wow, das ist einfach der perfekte Mann.

„Gott, ja, Kaffee ist genau das richtige jetzt." Donna sprang auf und fing an sich eine für die Arbeit geeignete, Hose anzuziehen. „Wir müssen schließlich hellwach sein, wenn wir Chief Brody immer einen Schritt voraus sein wollen."

„Das habe ich auch gedacht, bevor du aufgewacht bist und ich, ähm, ein wenig abgelenkt wurde." Er errötete. Donna konnte ihm nicht widerstehen, küsste ihn und ließ ihre Lippen noch einen Augenblick auf seinen verweilen. Er umarmte sie innig und legte seinen Kopf auf ihr Haar. „Ich werde mit Brody sprechen. Wenn er immer noch den Maschinenraum sehen möchte, werde ich ihm diese magische Schneeflocke zeigen und ihm alles erklären."

„Dann wird er aber auch wissen, dass du ihn zuerst angelogen hast." Donna wusste, dass es Deans Entscheidung war – er war es, der Brody angerufen hatte und ihn immer noch am besten kannte – aber es machte sie irgendwie nervös. Wenn Brody plötzlich auch den Blick bekam und realisierte, dass es Magie wirklich gab, würde er vielleicht einen Herzinfarkt bekommen. Menschen lernten die Wahrheit auf unterschiedliche Art und Weise. Manche besser als andere.

„Ich sage ihm lieber die Wahrheit, als ihn immer weiter anlügen zu müssen", sagte Dean. „Ich bin vielleicht nicht mehr in der Lage, Menschen aus brennenden Häusern zu tragen, aber ich habe immer noch meine Ehre."

Donna lächelte über das ganze Gesicht. „Ich weiß."

DEAN UND DONNA gingen Hand in Hand durch das Winter-Wondernasium-Hotel. Das Hotel war jetzt schon fast bis ins Extreme geschmückt: Lichterketten, Weihnachtskränze, Girlanden und Lametta bedeckten so ziemlich jeden Zentimeter Eiswand im Hotel. Als sie die Eingangshalle erreicht hatten, traf Donnas Blick als Erstes auf Betsy. Die Hydra – mit kleinen Weihnachtsmützen auf all ihren Köpfen – war von Gästen umgeben, die ihr gebannt zuhörten, als sie die Geschichte erzählte, wie sie das Feuer gelöscht hatte. Moe und seine Elfenfreundin kuschelten auf einem Eisblock daneben und fügten hier und da noch eine Ausschmückung zur Geschichte hinzu, dass es letztendlich so klang, als hätte die Hydra alleine die ganze Stadt gerettet.

Donna warf einen flüchtigen Blick zu Dean, um herauszufinden, ob es ihn störte von übernatürlichen Kreaturen umgeben zu sein. Aber seinem beeindruckten Blick nach zu urteilen, schien es ihn überhaupt nicht zu stören. Der restliche Raum war von dem riesigen Frühstücks-Buffet auf langen Tischen eingenommen. Waffeln, Ambrosia, Speck, Rabenflügel-Pastete, Pudding und andere Leckereien, die zu exotisch waren, dass Donna sie hätte benennen können.

„Hmm... es riecht fast so, als wären die Elfen bald fertig mit dem Weihnachtsgebäck. Und sieh mal", flüsterte Donna zu Dean hinter vorgehaltener Hand. „Selbst Krampus lächelt." Der knorrige alte Dämon grinste mit seinen scharfen Fangzähnen über einem Glas Eierlikör. „Das muss doch einfach ein gutes Zeichen sein, oder?"

„Ihr zwei seid in *ernsthaften* Schwierigkeiten." Chief Brody trat zwischen das Pärchen mit einem zusammengerollten Pfannkuchen in der einen und einem Geschenk in der anderen Hand. Max Tigris stand nur einen Schritt hinter ihm und grinste wie verrückt. Er trug einen Pyjama und bekam es trotzdem noch hin äußerst elegant auszusehen.

Donna riss beim Anblick von Brodys Pullover, auf dem ein Rentiere Feuerwehrwagen zogen, die Augen auf. *So einen muss ich für Dean besorgen.*

„Chief." Dean richtete sich auf, um seinen Mentor zu begrüßen. „Ich wollte Ihnen alles erklären. Ich..."

„Ich kann es nicht glauben, dass ihr zwei *Heimlichtuer* losgezogen seid, um mir ein Geschenk zu besorgen. Jetzt fühle ich mich schlecht, weil ich nichts für euch habe." Er nahm den Deckel der Geschenkbox ab und zeigte ihnen den Inhalt. „Die *gesamte* ‚Beach Boys'-Kollektion mit unveröffentlichten Szenen und Tour-Highlights? Woher in aller Welt wusstet ihr das?"

„Eigentlich ist das gar nicht von uns." Donna deutete auf den spektakulär dekorierten Tannenbaum, der sich über die gesamte Eingangshalle erstreckte. „Dieser Baum wurde dazu verzaubert, die Geschenke von dem dicken Mann höchstpersönlich abzuliefern."

Chief Brody kicherte. „Wenn das wahr wäre, dann sollte diese Box mit Holzkohle gefüllt sein", zwinkerte er. „Und wo wir gerade von Entflammbarem reden: Ich habe den Grund für euer extra knuspriges Eiszimmer gefunden."

Dean verschluckte sich und spuckte, als er fast an seinem Eierlikör erstickte.

Donnas Herz raste, während sie Dean ein paar Mal feste auf den Rücken schlug. *Scheiße. Er hatte letzte Nacht trotzdem weiter Nachforschungen angestellt.*

„Es tut mir leid, ich...", sagte Dean unter Husten.

„Verschluckt?" Die laute Stimme des Chiefs war leiser als sonst. „Wie dem auch sei, Max hier hat mir geholfen einen Blick auf die Reservierung des Zimmers zu werfen. Es wurde von ein paar Elfen gebucht – deshalb auch das ganze Grünzeug – aber sie haben dann das Zimmer mit ein paar Drachenwandlern getauscht, die den Ausblick des Zimmers so gut fanden. Nach ein paar Runden Bier-Pong heizten sich die Gemüter auf und drei von ihnen spuckten gleichzeitig Feuer und... tschüss, Bäume."

„S-Sie..." Donnas Gedanken überschlugen sich und sie bekam keinen klaren Gedanken gefasst. „Sie wissen... "

„Von all dem? Genau so ist es." Brody rieb sich das Kinn. „Seht euch doch all das graue Haar mal an; man wird doch niemals so alt, ohne nicht das eine oder andere gelernt zu haben. Wie auch immer. Ich habe mit den Drachenjungs geredet und ihnen einen Vortrag gehalten." Langsam erschien ein Lächeln auf seinem Gesicht. „Eigentlich glaube ich sogar, dass ich ihnen einen ziemlichen Schrecken eingejagt habe. Ich kann es also immer noch."

„Oh ja, das kann er wirklich", stimmte Max zu.

Dean war vollkommen platt. „Chief, Sie wissen gar nicht, was es mir bedeutet, dass Sie auch dabei sind, bei..." Er deutete in den Raum und zeigte auf die Elfen, die Goblins, Drachen, Satyrn und alle anderen Übernatürlichen, die sich hier versammelt hatten. „All dem."

„Willst du mich auf den Arm nehmen? Ich hatte seit langem nicht mehr so viel Spaß", sagte Chief Brody. Er lächelte Max an und Donna spürte das erste Mal an diesem Morgen, dass vielleicht doch noch alles gut gehen würde.

Lola erschien und trug einen lumpigen, roten Sack. „Frohe Weihnachten, ihr Verrückten."

„Frohe Weihnachten, Lola", schallte Brodys Stimme.

„Ich habe gehört, dass du das Rätsel um das verkohlte Zimmer gelöst hast, Schlaumeier."

Chief Brody lief rot an. „Das war doch gar nichts. Ich bin einfach nur den Hinweisen gefolgt."

„Interesse daran, wieder die Arbeit aufzunehmen? Ein Schnüffler wie du, kann doch bestimmt nie die Füße stillhalten." Lola gab ihm einen grün-rot gestreiften Cocktail. „Drüben, ein paar Dörfer weiter, hat es einen Vorfall mit einem Heißluftballon und ein paar Minotauren gegeben. Interesse?" Sie warf einen Blick auf Max. „Ich weiß, dass Max ein paar Freunde dort in der Nachbarschaft hat, die dir bei der Untersuchung helfen würden. Und genauso Max, wenn du denkst, dass er eine... Hilfe sein könnte."

„Auf jeden Fall!" Chief Brody war hellauf begeistert. Er

drehte sich zu Max. „Was denkst du? Sollen wir uns gleich heute schon auf den Weg machen?"

Max erhob sein Glas und lächelte. „Ich weiß zumindest, wie man eine Menge Spaß in einem Heißluftballon haben kann."

Donna wusste zwar nicht genau, wie sie sich das vorstellen sollte, aber dem Erröten von Brody nach zu urteilen, konnte sie es sich zumindest denken.

Ganz plötzlich schüttelte Brody die Hände von Donna und Dean. „Ich danke euch für ein tolles Weihnachten dieses Jahr." Er lehnte sich zu Dean vor und flüsterte ihm extra laut zu: „Lass sie nicht davonziehen. Sie ist eine für die Ewigkeit."

Dean flüsterte laut zurück: „Das habe ich auch nicht vor." Dann lehnte er sich zu Donna und sprach: „Frau Gedankenlesend."

Lola hob eine Augenbraue, aber hielt sich zurück ein Kommentar abzugeben. „Oh, und bevor ich abhaue... Geschenke!" Lola übergab Dean und Donna festlich dekorierte Pakete und behielt auch eines für sich selbst. „Der dicke Nikolaus hat sich dieses Jahr wirklich nicht lumpen lassen."

Dean zog eine kleine Ampulle mit weißem Pulver aus seiner Geschenkbox. „Ist das..." Er schüttelte es vor sich in der Luft. „Zucker? Koks?"

„Wow, das ist Drachenstaub!" Donna nahm die Ampulle in die Hand und hielt sie gegen das Licht. „Es ist eines der besten Heilmittel, die es überhaupt gibt. Es wird aus Drachenschuppen hergestellt. Daran kommt man nur sehr schwer." Sie zog ihn für einen Kuss zu sich. „Dein Rücken wird wieder so gut wie neu sein. Du kannst..." Ihr fuhr es durch Mark und Bein. „Du kannst wieder zurück in dein altes Leben, Feuer löschen..."

„Oder ich kann mich in die Brandschutzabteilung hierher versetzen lassen." Er zog sie an sich. „Jemand muss ja schließlich hier sein, um dich beim nächsten Mal zu retten, wenn die Drachen mal wieder Feuer legen."

„Meinst du das ernst?" Donna widerstand dem Drang, wie ein kleines Kind zu quietschen. *Er bleibt!*

Ihre Aufmerksamkeit wanderte zu dem langen, dünnen Geschenk in ihrer Hand, als sie jemand am Ärmel zog.

Lola flüsterte Donna zu: „Du willst deins vielleicht später erst öffnen, Frau Gedankenlesend..." Sie gab Dean einen vielsagenden Blick. „Im Schlafzimmer."

Donna brach in herzliches, schallendes Gelächter aus. Sie hatte den besten Job der Welt und die Menschen, die sie liebte, um sich.

Ich liebe Weihnachten.

Lieber Leser,

Wir hoffen, dass Ihnen Bärenwandler-Billionär gefallen hat. Wir lieben diese von uns erschaffene Welt und das Erfinden von immer neuen Orten und Bewohnern, um diese Welt zu füllen. Viele Leser stellten uns die Frage: „Was passiert mit Lola?" Nun, freuen Sie sich auf mehr von Lolas geheimnisvollen Kuppeleien, denn es gibt noch viele Abenteuer in AUDREY'S Bar (und viele übersinnliche Liebesgeschichten).

Als wir diese Serie erstmals veröffentlichten, bekamen wir eine Menge E-Mails von Lesern, die sich für diese Bücher bedankten. Einige mochten eine bestimmte Serie oder deren Charaktere mehr als andere. Als Autoren lieben wir Feedback und Ihre Vorliebe für diese Welt ist der Grund, warum wir weiter Bücher über AUDREY'S und Lolas Welt schreiben.

Ohne Bewertungen geht heutzutage leider nichts mehr. Sie, lieber Leser, haben jetzt die Macht, über ein Buch zu entscheiden.

Also los, erzählen Sie uns, was Ihnen gefallen hat, was Sie richtig super oder überhaupt nicht gut fanden. Wir würden uns freuen, von Ihnen zu hören.

Vielen Dank, dass Sie Bärenwandler-Billionär gelesen haben und in unsere Welt eingetaucht sind

Weiterhin viel Spaß!

Annie & Jess („AJ") Tipton

ÜBER DEN AUTOR

AJ Tipton ist ein Pseudonym für Annie und Jess (Capiche? „AJ." Sie verstehen schon!). Arbeitsbienen bei Tag, so verbringen wir unsere Abende damit, Fantasien zu Papier zu bringen, die erstaunen, anregen und unterhalten sollen. Wir leben in Brooklyn, sind leicht durchgeknallt und stolz darauf.

Wollen Sie mehr Geschichten über Bizarres und Verwunderliches? Tragen Sie sich in unsere Subscription-Liste ein und Sie werden die/der Erste sein, der weiß, wann ein neues Buch erscheint. Es gibt auch immer mal wieder eine Überraschung. Oder kontaktieren Sie uns direkt per E-Mail an a.j.tipton.author@gmail.com

Ideen für zukünftige Bücher – alles von Sexrobotern bis zu Geisterbordells – werden uns noch für die nächsten Jahre beschäftigt halten und wir laden Sie dazu ein, daran teilzuhaben. Lassen Sie uns wissen, welche Serie Ihnen am besten gefällt. Wir lieben es, von unseren Lesern zu hören.

ajtiptonauthor.wordpress.com
ajtiptonauthor@gmail.com